隆家卿のさがな姫

阿岐有任
AKI Arito

文芸社文庫

人物紹介

※年齢、官位は寛仁《かんにん》四年（一〇二〇年）時点

藤原隆家《ふじわらのたかいえ》（四二）
正二位中納言《しょうにいちゅうなごん》。荒くれ者で知られ、「さがな者」の異名を取る。

姫君
隆家の長女。身体は弱いが気が強い。染色の名手。

若君
隆家の次女。健康で冷静沈着かつ聡明な気質。

藤原道長《みちなが》（五五）
前太政大臣《だじょうだいじん》。隆家の叔父。出家の身だが、事実上の最高権力者。

藤原実資《さねすけ》（六四）
正二位大納言《だいなごん》兼右近衛大将《うこのえたいしょう》。隆家の隣人で年の離れた友人。

藤原経輔《つねすけ》（一五）
正五位下右兵衛佐《うひょうえのすけ》のち左近衛少将《さこのえしょうしょう》。隆家の嫡男（次男）。

北の方
隆家の正妻。姫君、若君、経輔らの母。

敦儀親王《あつのりしんのう》（二四）
三品式部卿《さんぼんしきぶきょう》。先帝三条院の第二皇子。通称二宮または式部卿宮。

藤原兼経《かねつね》（二一）　従三位《じゅさんみ》右近衛中将。隆家の従兄弟で、道長の猶子。若君の恋人。

源《みなもとの》経房《つねふさ》（五二）　正二位権《ごん》中納言兼皇太后宮権大夫。道長の義弟で猶子。

藤原娍子《すけこ》（四九）　皇后。先帝三条天皇の嫡妻。敦儀親王ら四皇子二皇女の母。

藤原道綱《みちつな》（六六）　正二位大納言兼皇太后宮大夫。隆家の叔父で、道長の異母兄。

藤原良頼《よしより》（一九）　従五位上右近衛少将。隆家の長男だが妾腹のため別居。

藤原頼通《よりみち》（二九）　従一位関白《かんぱく》内大臣。道長の嫡男（鷹司《たかつかさ》腹）。人臣の最高位にある。

藤原公任《きんとう》（五五）　正二位権大納言。右大将実資とは従兄弟同士。通称四《し》条《じょう》大納言。

藤原行成《ゆきなり》（四九）　正二位権中納言。能吏であり道長の信も厚い。

和泉式部《いずみしきぶ》（四三）　太皇太后藤原彰子に仕える女房。既婚。

藤原定頼《さだより》（二六）　正四位下左中弁《さちゅうべん》。四条大納言公任の嫡男。

敦平《あつひら》親王（二二）　三品大宰帥《だざいのそち》。先帝三条天皇の第三皇子（母は皇后娍子）。

藤原道雅《みちまさ》（二九）　従三位左近衛中将。隆家の甥。「悪三位」の悪名を馳せる。

藤原妍子《きよこ》（二七）　皇太后。道長の次女（鷹司腹）で、先帝三条天皇の嫡妻。

藤原教通《のりみち》（二五）　正二位権大納言兼左近衛大将。道長の五男（鷹司腹）。

藤原通任《みちとう》（四七）　従三位参議《さんぎ》。皇后娍子の実弟。

今上帝《きんじょうてい》（一三）　当代の天皇。御名は敦成《あつひら》。先々帝の第二皇子で道長の外孫。

東宮《とうぐう》（一一）　東宮敦良《あつなが》親王。今上帝の同母弟。

藤原彰子《あきこ》（三三）　太皇太后。道長の長女（鷹司腹）。今上帝および東宮の生母。

藤原威子《たけこ》（二二）　中宮《ちゅうぐう》。道長の四女（鷹司腹）。今上帝の后。

藤原嬉子（一四）　従三位尚侍《ないしのかみ》。道長の六女（鷹司腹）。事実上東宮妃に内定。

小《こ》一条院《いちじょういん》（二七）　准太上天皇敦明《あつあきら》親王。先帝三条天皇の第一皇子、元東宮。

藤原寛子《ひろこ》（二二）　道長の三女（高松《たかまつ》腹）。小一条院の後妻。通称高松殿女御《にょうご》。

藤原氏九条流略系図

・丸数字（①〜⑦）は
　きょうだいの年齢順を指す
・　　　寛仁４年（1020年）時点で故人
・※は同一人物

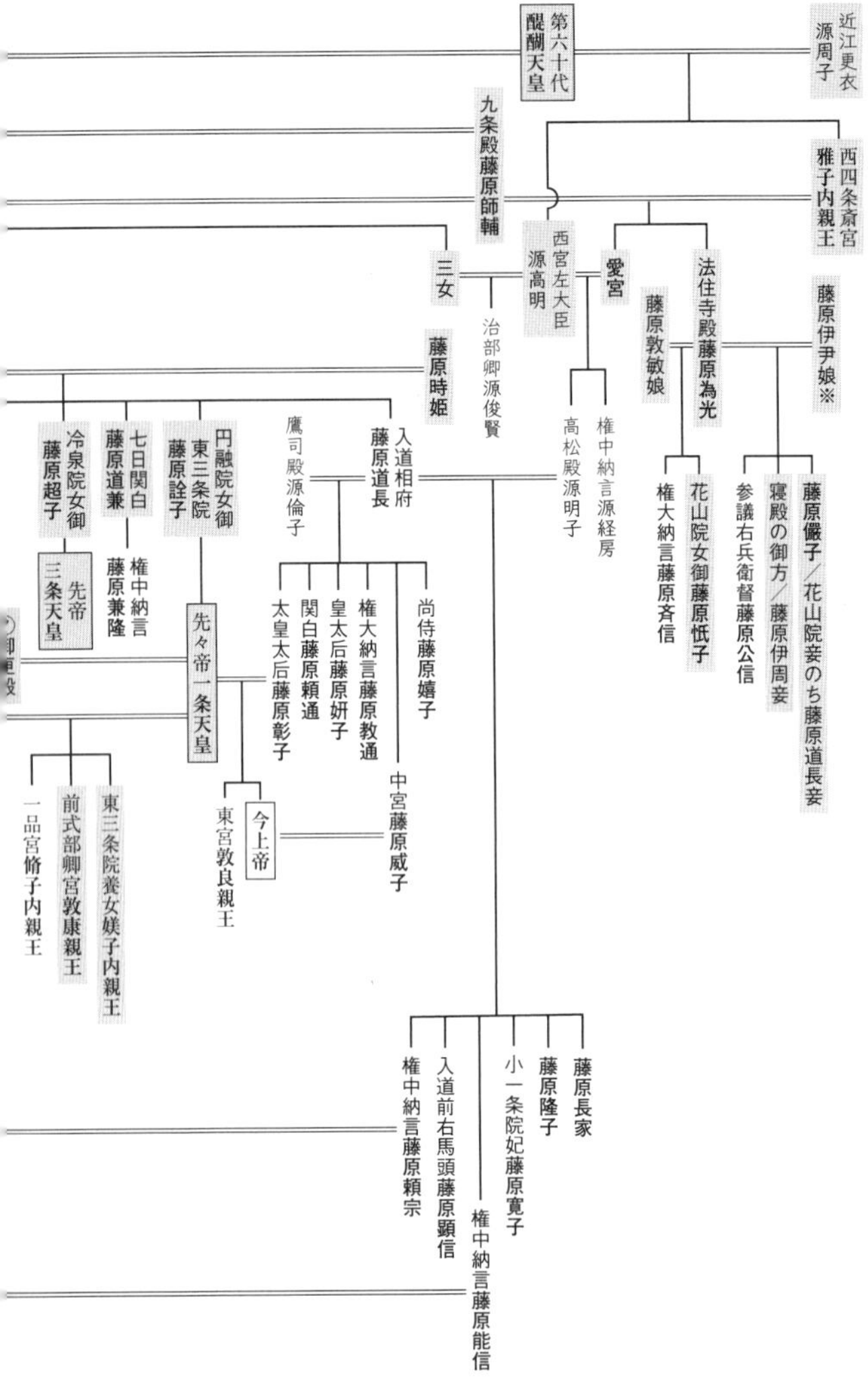
近江更衣 源周子
第六十代 醍醐天皇
西四条斎宮 雅子内親王
九条殿藤原師輔
法住寺殿藤原為光
愛宮
西宮左大臣 源高明
三女
治部卿源俊賢
藤原伊尹娘※
藤原敦敏娘
権中納言源経房
高松殿源明子
藤原時姫
藤原儼子／花山院妾のち藤原道長妾
寝殿の御方／藤原伊周妾
参議右兵衛督藤原公信
花山院女御藤原忯子
権大納言藤原斉信
入道相府 藤原道長
鷹司殿源倫子
円融院女御 東三条院 藤原詮子
七日関白 藤原道兼
冷泉院女御 藤原超子
尚侍藤原嬉子
権大納言藤原教通
皇太后藤原妍子
関白藤原頼通
太皇太后藤原彰子
権中納言 藤原兼隆
先帝 三条天皇
先々帝一条天皇
中宮藤原威子
今上帝
東宮敦良親王
東三条院養女媄子内親王
前式部卿宮敦康親王
一品宮脩子内親王
藤原長家
藤原隆子
小一条院妃藤原寛子
権中納言藤原能信
入道前右馬頭藤原顕信
権中納言藤原頼宗

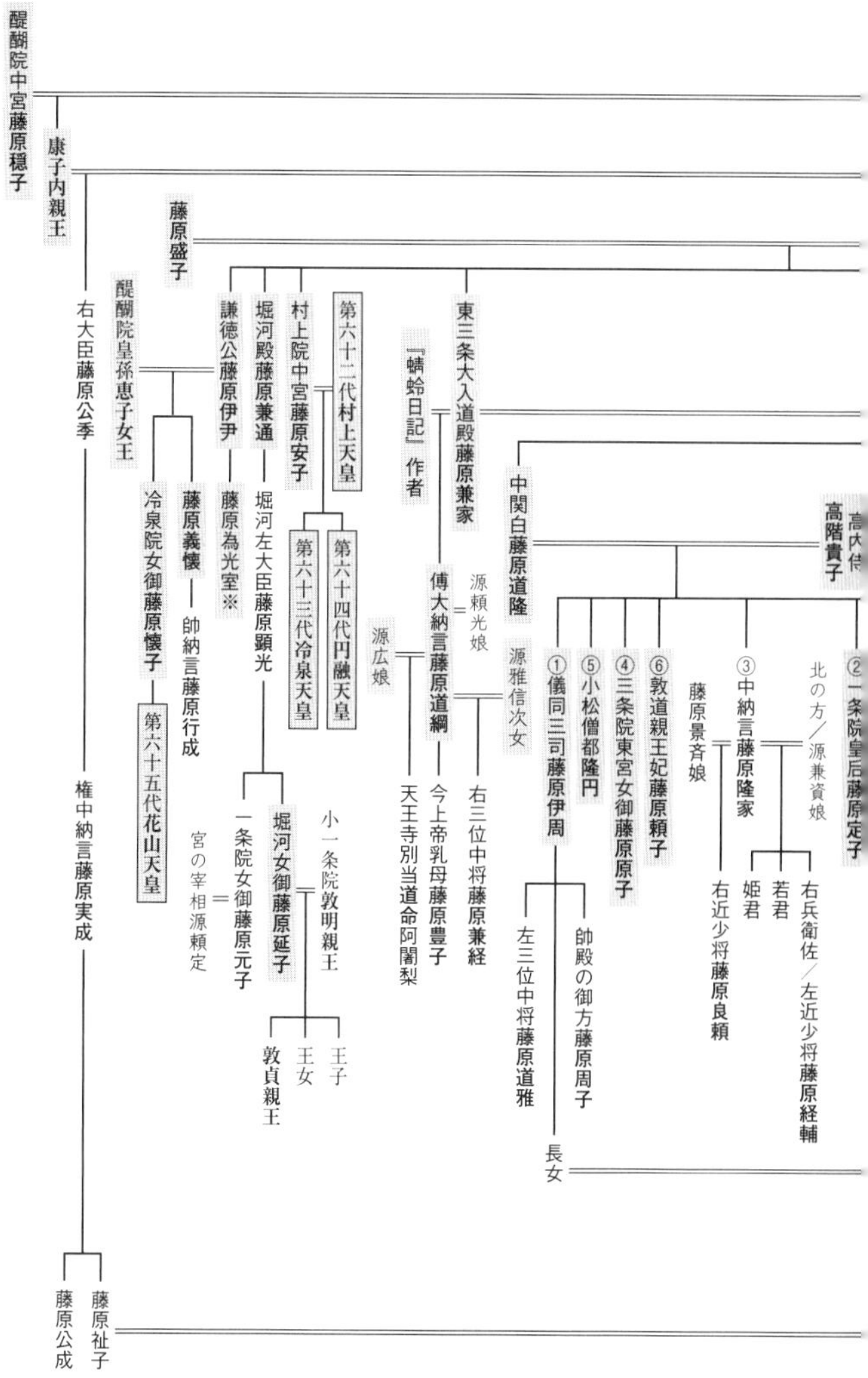

醍醐院中宮藤原穏子
康子内親王
右大臣藤原公季
権中納言藤原実成
藤原祉子
藤原公成
藤原盛子
醍醐院皇孫恵子女王
謙徳公藤原伊尹
藤原義懐
帥納言藤原行成
冷泉院女御藤原懐子
第六十五代花山天皇
藤原為光室※
堀河殿藤原兼通
堀河左大臣藤原顕光
一条院女御藤原元子
宮の宰相源頼定
堀河女御藤原延子
小一条院敦明親王
敦貞親王
王女
王子
村上院中宮藤原安子
第六十二代村上天皇
第六十三代冷泉天皇
第六十四代円融天皇
『蜻蛉日記』作者
東三条大入道殿藤原兼家
源広娘
傅大納言藤原道綱
源頼光娘
源雅信次女
天王寺別当道命阿闍梨
今上帝乳母藤原豊子
右三位中将藤原兼経
中関白藤原道隆
高内侍高階貴子
①儀同三司藤原伊周
左三位中将藤原道雅
帥殿の御方藤原周子
長女
⑤小松僧都隆円
④三条院東宮女御藤原原子
⑥敦道親王妃藤原頼子
藤原景斉娘
右近少将藤原良頼
③中納言藤原隆家
北の方／源兼資娘
姫君
若君
右兵衛佐／左近少将藤原経輔
②一条院皇后藤原定子

目次

一　世の聞こえ【よのきこえ】

大宰権帥藤原隆家《だざいのごんのそちふじわらのたかいえ》は、大陸より襲い掛かった女真《ジュルチン》族の海賊を撃退するという華々しい武功を立て、寛仁《かんにん》三年の暮れに京へ凱旋した。

「天晴《あっぱ》れ帥殿《そちどの》！」

「中納言《ちゅうなごん》！　いと畏《かしこ》くも武勇の御方《おんかた》！」

救国の英雄の帰京に、人々は熱狂した。島国の日の本は、外敵から侵略を受けることは稀である。そのため人々は外国籍の海賊が筑紫《つくし》沿岸の島々を襲って数百人を虐殺し、千人以上を拉致し、さらに筑前《ちくぜん》に上陸して内陸部に侵攻するとは想像もしていなかった。寛仁三年の晩春から初夏にかけて発生した、刀伊《とい》の入寇《にゅうこう》と呼ばれる未曾有の事態に、九州から遠く離れた京の都までもが恐怖に慄《おのの》いた。

だが、国難は幸いにも排除された。博多《はかた》まで至った刀伊らを、大宰権帥率いる国防軍が撃退した。打ち破られた海賊らは海へ撤退して高麗へ渡り、二度と日本へ戻ってはこなかった。

快挙である。大宰権帥とは、九州にあって軍事および外交を司る国防機関たる大宰府の事実上の長官である。その重要性ゆえ上流貴族たる公卿《くぎょう》から選任され、京の都から五年の任期で赴任してくる慣わしだった。都育ちのやんごとなき大貴族は、通常は戦術や戦闘の心得など何もない武の素人ではあるが、筑前から臨む海は戦争を遠ざけ専ら外交が主任務であるためそれでよかった。——これまでは。

当代の大宰権帥、中納言藤原隆家も、専門の武人ではなかった。前《さき》の関白《かんぱく》の息男かつ先々帝の皇后の実弟という臣下の身分としては最上級の生まれで、巧みな歌を詠む生粋の貴族である。一方で武芸はせいぜい教養としての嗜み程度、それだけに誰も期待していなかった。まさか隆家が、朝廷に含むところがないではない地元の武力集団を配下に従え、能《よ》く指揮して数千人の戎狄《じゅうてき》を敗退せしめるとは。

勝利の吉報は、今度は都に歓喜の渦を巻き起こした。そして大宰権帥の任期を終えた隆家が京に帰還すると、大喝采が彼を迎えた。隆家は真っ直ぐに自邸に戻るでもなく内裏《だいり》に参上するでもなく、方違え《かたたがえ》を理由にまずは都の片隅の別邸に立ち寄り物忌《ものい》みと称してそこに籠もったのだが、面会を求める声は雨あられと降り注ぎ、手紙の山はうず高く積まれ、邸の周囲には人が群がった。

しかし一方で、隆家を待ち構えていたのは歓迎だけでもなかった。武勲と名声を得た彼は、一部の人間にとっては脅威に映る。その筆頭が前太政大臣《さきのだじょうだいじん》藤原道長《みちなが》である。先年出家し公職から退いたものの今なお国政に絶大な影響力を有する彼は、入道大《にゅうどうだい》相国《しょうこく》と称されて僧形ながら事実上の為政者として都に君臨していた。

「……隆家が、帰り来たりぬ」

火鉢の前で、丸まった猫を膝の上に撫でながら、ぽつりと道長は呟いた。

「まことに」

首肯したのは権《ごん》中納言　源《みなもとのつねふさ》　経房であった。七人ある中納言のうち唯一の源氏であるため源《げんの》中納言と呼ばれる彼は、道長の妻の弟でありその縁で猶子《ゆうし》ともなり、非常に近しい関係にあった。

二人はしばし沈黙の中で向かい合い、そして同時に大きく息を吐いて頭を抱えた。

「――如何《いか》にせん」

五十を過ぎた男二人が出すにしては何とも情けない声であった。呻くような音のあと、がばりと顔を上げて泣き声のように湿っぽく甲高い声で堰を切ったように喋りだしたのは経房であった。

「入道殿はよろしやないか、こなた叔父上にあなた甥御殿ときたるもんや。まろは血の縁《よすが》も何もなければ、必ずや半殺しにさるるわ。ああ嫌やなあ……！」

「血縁が何ほどのもんかいな、これまでに隆家が叔父ややからいうて手加減などしたることありしや？　無かりき、つゆ無かりけり。あれが十七の歳には我が随身《ずいじん》を殺されたり、歳を重ねて少しは落ち着きたるかと思えば、此度《こたび》は三千の海賊を打ち払いたりときたり。よう手に負われんわ」

隆家は道長の甥であった。道長の前に摂政・関白の地位にあった嫡兄藤原道隆《みちたか》公こそ、隆家の実父である。道長が人臣の最高位に昇り詰める過程で、嫡流の甥はその程度はさておき障害でしかなかったが、しかし追い落とすにはあまりに血が近い。当人同士の望むと望まざるにかかわらず、隆家は道長にとっては目の上の瘤に生まれつき、そして大きく育った。同じ血の通う腫瘍は根こそぎ抉り取るには痛すぎ、いくら灸を据えても治しきれずに今また熱を持って痛みだした。

「何故《なじょう》、今になってまた……」

溜息まじりに愚痴が落ちる。当歳四十一の隆家は、とっくに政界の敗者となっていたはずだった。関白の子といっても二十歳になる前に父とは死に別れ、後見なく歩まねばならなかった。若気の至りで法皇に弓引いた——比喩ではない——ことから、一時流罪の憂き目を見た。皇后の位にあった実姉定子《さだこ》は悲嘆のあまり出家してしまい、二十四歳にして崩御した。遺された皇子、隆家にとっては甥にあたる敦康《あつやす》親王は、道長の長女である中宮彰子《ちゅうぐうあきこ》が皇子を産みまいらすに至って、后腹《きさいばら》の第一皇子としては異例のことに立太子されずに異母弟に皇太子の位を譲った。

十七歳で権中納言に任じられてから不惑を数えるまで、途中流罪による一時免職や権官《ごんかん》から正官への昇叙はあったものの、隆家は二十余年ずっと中納言の職にある。頭打ちとなった官職ひとつとってみても、左大臣、摂政、太政大臣と人臣の最高位を極めた道長には遠く及ばない。三十の半ばを越した頃には来し方と行く末を見据えて思うところあったのか、隆家は筑紫の名医の元での眼病治療を表向きの理由として大宰府への赴任を希望し、多少のごたつきはあったが聞き届けられて九州へ下っていった。隆家にとっては文字通りの都落ちで、一方の道長は頂点に昇りつめる。隆家の筑紫下向直後に先帝は東宮敦成親王《とうぐうあつひら》に譲位し、道長は天皇の外祖父となった。さらには太皇太后、皇太后、中宮をすべて我が娘で占める前代未聞の一家三后を成し遂げ、臣下の身の男が望みうるすべてを手に入れた――のではあるが。

「出家しつるに、かような大武勲をば打ち立てて戻り来たるとは」

満願成就の道長は、今年の春に嫡男頼通《よりみち》に跡目を譲って落飾《らくしょく》した。ところが僧形になった道長が入道殿と称されるようになってからわずか数日後に、大宰権帥が治める筑紫は海賊の襲撃を受けたのである。隆家は見事にこれを打ち破り、空前絶後の武勇の誉れと共に揚々と帰京した。

「帥殿は化け物におわしますなぁ」

おそらくそれは、経房のみならずまた隆家の敵のみならず味方でも何人かは思うところだろう。彼は折れるということを知らない。後見を亡くし、大罪を得て配流されても、二年ほどで飄々と舞い戻る。甥が立太子されなければ時の帝が相手でも公然と非難し、落ち込んだ様子も見せずにかえって堂々たる振る舞いを世に見せつける。挙句《あげく》が、更迭にも等しい大宰府下向からの、救国の英雄としての帰還であった。権勢を強めるばかりの叔父道長に阿《おもね》ることもなくひたすらに我が道を突き進む隆家が何を考えているのか、余人には計り知れない。通常であれば心が折れてしまうであろうに、諦めて叔父の軍門に下ればどれほど楽か知れないのに、常に不敵な笑みを浮かべてそこに立つ。

挫かれても挫かれてもいつの間にか不死鳥のように復活している隆家は、老境に差し掛かった道長とその嫡男頼通にとって不気味な壁だった。出家を早まった、と道長は思わざるを得ない。頼通は隆家よりも年若である上に、穏やかで荒事を好まぬ気性であった。常に荒事のど真ん中にあるような隆家は、悲しいかな親の贔屓目をもってしても頼通がまともにやり合って敵う相手ではなかった。

「如何にしたるものかな、経房」

という次第で相談なのだか愚痴なのだか自分でもよくわからない繰り言に道長は義弟かつ猶子を付き合わせていたのだが、相手は相手で混乱の極みにあった。

「嗚呼……辞世の歌なりと詠まんかな……」

「――さて、そなたは隆家とは親しゅう付き合いたるにはあらずや？　何故かように怖《おそ》れたるか」

「いかにも、しかして怖れずにいられまさんや。帥殿はまろを友と頼みて、式部卿宮《しきぶきょうのみや》をば託されたり。その宮が去年《こぞ》の暮れに薨《こう》ぜられぬれば、帥殿は如何ほどに怒りたまうか、嗚呼考えたくもなし」

「あー……」

納得の声が出た。ニャア、と猫が唱和した。経房は貴族社会における立ち回りが巧みで、道長の近くに侍りながら、道長とは微妙かつ複雑な関係の隆家とも親交があった。通り一遍の付き合いではなく、親友とも称されるほどの親しさで、そのため隆家は大宰府に下る際には経房にひとつ大きな頼み事をした。故一条《いちじょう》帝と隆家の姉皇后定子の遺児、式部卿宮敦康親王と一品宮脩子内親王《いっぽんのみやながこ》の世話である。父母を亡くし後見の弱い彼らを都に残していくことは不安だったのだろう、隆家は経房を頼り、くれぐれも式部卿宮と一品宮を宜《よろ》しくと言い残して筑紫へ下向した。

経房にも否やはなく、貴い皇子女に心を込めて仕えた。しかし敦康親王は昨年、隆家の大宰権帥任期中に急な病を得て、二十歳の若さで薨去してしまった。

姉の忘れ形見を友に託した甲斐もなく亡くしてしまった隆家の心中はいかばかりか。敦康親王は立太子ならざりとはいえなおも高位の皇位継承権者であったが、その死により隆家は皇位継承権を有する唯一の血縁を失ってしまう。それによって被《こうむ》った政治的損失もまた甚大であった。

「嫌や、殺さる、死にとうない……」

「婿殿がおるやろ」

「それ！」

義弟があまりに取り乱しているので、妙に冷静な心持ちになってきた道長が軽く突っ込みを入れてみれば食いつくように返事が返ってくる。経房には娘があり、先日婿取りをしたと聞く。その婿君は、確か隆家の長男だ。

「もはや婿殿のみがまろの命綱なれば、日頃下にも置かぬ扱いにて婿傅《むこかしづ》きを」

さようか、と道長は適当に返した。婿を丁寧にもてなすのは結構なことである。誰が相手でも、裏の動機が多少不純であろうとも。道長の思考は眼前の経房を離れて内に向かう。

――隆家が帰り来たり。都に戻りて何をなす？

個人としての資質はともかくも、所詮は中納言に過ぎない隆家と、道長の跡を継いで摂政の地位にある頼通では、権勢の違いは歴然である。今や皇室への繋がりを断たれた隆家が、今上帝の叔父である摂政頼通から政界の覇権を奪い取る手段のあろうはずはない。そのはずなのだが。

道長は膝の上の猫を半ば無意識に撫でながら、胸の内に巣食う不安を払拭できないでいた。都落ちだったはずの大宰府下向は、隆家を救国の英雄に祭り上げるという誰も予想だにしなかった結果に終わった。次はどんな離れ業を見せるやら、いつまた皇統近くに返り咲くか、道長とその陣営が隆家に抱く懸念は枯れない。

隆家は、甥という血縁の近さと本人の単純明快な気性が相まって、昔から憚《はばか》ることなく堂々と道長と対立してきた。否——対立とは少し違うかもしれない。不倶戴天の政敵として常に政争を繰り広げてきたわけではなく、叔父と甥としての親交はごく普通にあった。ただ、隆家は道長のために己を曲げることが些《いささ》かもなかった。思惑が一致すれば側で笑い、目指すところが異なれば躊躇なく反発した。阿るにしろ逆らうにしろ誰もが道長の意向を無視することはできない中で、隆家だけはこの世の最高権力者の意思など気にも掛けず、自分の思うままに生きていた。その彼の強さは他者を惹きつける。道長の敵は言わずもがな、経房を初め道長の身内でも隆家と好誼《よしみ》を結びたがる者は少なくなく、何より道長自身にとって彼はどうにも憎めない甥であった。

隆家に魅せられたのは人の身だけではないかもしれない。中央政治から自ら退いておきながら華々しく舞い戻った彼の人智を超えた悪運には、何か空恐ろしいものさえ感じられた。

道長は身震いする。火桶の炭がもう真っ白になって幾ばくかの時が経ち、冬の寒さはつるりと剃って剥き出しの頭皮に堪えた。懐炉《かいろ》代わりの猫を頭に乗せてみると、丸い頭の上で猫は足場を定めきれず、道長の坊主頭に深く爪を立てた。

「痛っ」

経房が何やら憐憫にも似た視線を無言で投げかけてくる。だが互いが何かを言う前に、女房《にょうぼう》が一人局《つぼね》に参上した。

「大殿、炭をば持ち参じませり。あなかしこ、かくも遅くなりましてまこと無礼《むらい》を」

「ああ、よいよい」

恐縮しつつ火の入った炭を火桶に継ぎ足す女房に、道長は鷹揚に手を振る。通常であれば、客人を迎える主君の局の火を切らすなど使用人としてあるまじき失態である。だが道長は咎め立てする気になれなかった。冬は流行り病の季節で、今年も例年に違わず流感で寝込む者は多く、この世の事実上の最高権力者の邸宅とはいえ例外ではない。熱を出した奉公人に無理をさせて自分や家族や客人を病穢に触れさせるわけにもいかないので、多少の不便は我慢するしかなかった。

そういえば、と炭を交換した女房が退出していく中で道長はふと思い当たる。

「この冬の病は、ただの風邪にはあらざらん」

冬場に病が流行するのは毎年のことだが、今年はどうもそれが酷かった。都の庶民の間には死者も多く出ているという。経房は曖昧に首肯した。

「はあ。疱瘡《もがさ》と見受け候《そうろう》」

疱瘡であれば厄介な疫病である。嫌なことになった、と思いつつ再び熱を放ちだした火桶に道長が手をかざしていると、同じく暖を取りに距離を詰めた経房の顔が妙に物言いたげであることに気づいた。

「如何《いかが》したるか」

「その……巷《ちまた》にては、『帥殿は疱瘡を引き連れて戻り来たまいき』との噂が流れおるようにて」

経房の話によれば、都で猛威を振るう疫病と隆家の帰京を結びつけた風説が誰からともなく流れるようになったという。海の向こうから来た蛮族と接触した隆家が、悪しき病を都に運んできたのだと。

「それはまた。つくづく悪評には事欠かん奴やな」

大手柄を立ててての凱旋であるのに恐怖の混じった流言飛語で誹謗されもするあたりが、隆家の人望である。昔からそういう男だった、と道長が思わず苦笑を零《こぼ》すと、急に第三者の笑い声が割って入った。

「我はかく息災なるに、自らは病まず人にのみ感染《うつ》る疱瘡か。この隆家が思うままに一人二人と病に倒れ、そら！　――ハッ、かような力あらばとうに使っとるわ」

誇張抜きで道長の心音は一拍飛んだ。経房に到っては座位のままその身体が床から一瞬離れた。振り向くと御簾《みす》の向こうに直衣《のうし》姿の男の影があった。簾《すだれ》越しの顔ははきとは見えないが、自ら名乗った人影の正体は声からも物言いからも明白だった。

「――隆家……！」

「如何《いか》にも。御機嫌麗しゅう、叔父上」

今は救国の英雄とも災厄の元凶とも称される、筑紫から帰還したばかりの甥がそこに立っていた。

二　ののしり【罵り】

荒唐無稽な噂話を大口を開けて笑い飛ばしはしたものの、隆家は御簾の向こうの二人分の人影を前に上機嫌ではなかった。僧衣姿の影は着座だと三角形に見える。その頂角から懐かしい声が投げかけられた。

「久しいな、隆家。今日来るとは知らざり、急に如何《いかが》したるか」

嬉しげな叔父の声音に、隆家は鼻を鳴らす。

「これは異《い》なること。帰京の挨拶に来《こ》よ来よと、催促の文をば寄越《よこ》したんは叔父上やないか。しかして取り次ぎの女房もおらずとは何としたることか？」

「おお——それは面目無し。冬にて風邪が流行りおれば、人手が足らんでな」

事情の説明を受けて隆家は軽く舌打ちした。来るのではなかった、と思っていた。帰京してからこちら、物忌みだと言っているのに挨拶回りの要求が引っきりなしだ。何卒《なにとぞ》拝謁の栄誉を賜りたく、と腰の低いのもあれば、手土産持っての訪問がないのはけしからん、と居丈高なものもあった。そのどちらも隆家は歯牙にもかけず放っておいたが、最も血の近い目上の親族で、かつ都の最高権力者である道長からの呼び出しだけは無視しきれなかった。無視しても良かったな、と今になって考える。

御簾を払い上げると、見知った人の見慣れぬ僧形とまともに目が合った。

「……出家なされたりとは既に聞けども。まことに頭を丸められたんやな」

隆家にとっての道長は必ずしも黒の袍に身を包み冠を被った衣冠姿ではなく、砕けた烏帽子直衣や狩衣姿さえ見たことがある。近しい親戚として、それぐらいには私的な付き合いがあった。だがさすがに被り物を取った姿は見たことがなく、髪さえ剃り落とした禿頭には違和感が大きい。爪痕と思しき赤い線が入っていれば余計に。下手人と思しき猫は鈍色袈裟《どんじきけさ》の裾に隠れ、尻尾を狸のように膨らませていた。

「ええ歳やからな。そなたは変わりなく――否、眼帯を外すを得たるか。筑紫の唐人の医師とやらは、まことに名医なりしか」

隆家は頷く。七年前に眼病を患った隆家は、筑紫下向まで右目を覆った眼帯姿だった。大宰権帥への赴任は、その地に海の向こうから渡ってきた大陸の医術を心得た名医がいると聞き及び、是非にもその治療を受けたかったというのも動機の一つである。大陸から渡来したのが医術だけなら言うことはなかったが、その代償は海賊の撃退だった。神仏はなかなかどうして阿漕《あこぎ》な商売をする。それでも視力は何としても取り戻したかったし、結局のところは勝ったし、阿漕ヶ浦に網を打った甲斐はあったのだろう――多分。実際の舞台は伊勢《いせ》湾ではなく博多湾だったが。

隆家は治療済みの右目も使って、焦点をもう一人の男に合わせた。

「……経房殿か？」

「そ、帥殿《そちどの》。久しゅう」

「まことに。――四年の間に老けたるな、経房殿。初めは分からざりけり」

軽口のつもりだったが、経房は何やら萎縮してしまった。一方の道長は鷹揚に笑った。

「そなたは変わらず若々しい――と言うより、四十路越しても落ち着かんなあ。まあ座れ。酒など出さん」

「及ばず。用は済みたれば、隆家はこれにて罷《まか》らん」

「何と。待て、隆家。四年半振りやというに、それはあまりに」

「あのな、叔父上」

既に踵を返していた隆家は、首だけで振り返る。

「是非にと請われて物忌みのところを曲げて忍び来たるに、召使いどもは風邪やて？著座《ちょざ》して病穢に触れなば更に忌み籠もりが延《の》ぶやないか」

「穢はこの屋舎には未だ入らず。第一――」

病の穢《けが》れは伝染する。触穢《そくえ》が及べば物忌みが義務付けられ、数日間公の場に出ることは許されない。官人については公務への影響が大きいだけに、穢の範囲は格式でもって定められていた。同じ敷地内でも建物が違えば穢れは及ばず、同じ建物でも単に立ち入っただけか腰を下ろして飲食を共にしたかでも隔離の有無や期間が異なる。都の貴族には常識だった。だが道長は胡乱げに目を細める。

「そなたが触穢など気に掛くるものか。昔から、方違えは浮気の隠れ蓑、物忌みと言わば狡《ずる》休み、病はこれすなわち仮病。今更何を白々しい」

それは事実であった。窮屈な決まり事を真面目に守るような良い子供ではなかったし、今も全くもって良い大人ではない。隆家は肩を竦め、ニッと笑顔を作って叔父に向けた。

「さればよ、狡休みのが叔父上と酒飲むよりええと言うとるのや」

本心を言うとタダ酒は多少惜しい。だが、長酒の相手が複雑な関係の叔父の俄《にわか》坊主姿ではとても楽しみきれない。それは酒に失礼というものだろう。

道長は眉間に皺を寄せる。

「この叔父への無礼は気に掛けぬか」

別に、と口に出しては言わなかったのが隆家の持ち合わせるなけなしの礼儀だ。あとは全部、四十年前に母の腹に置いてきた。満面の笑みを作り、扇を半開きにしてひらひらと振る。

「挨拶の義理は果たしたり。叔父上、さらば息災なれ」

「このさがな者めが！」

足取り軽く辞去する隆家の背に投げかけられた道長の声は言葉に反して明るく、笑み含みだった。さすがに叔父は隆家の性格をよく知っており、今更臍を曲げるでもない。複雑な関係ではあるが、四年半に及ぶ空白を経ても一応近親としての親愛の情は残っているらしかった。

数年ぶりの叔父との再会を小半刻と続かせずにあっけなく切り上げ、隆家は別宅に蜻蛉帰りして再び数日引き籠もった。本邸への帰宅は数日後ろ倒しになり、何が悲しくて妻子より先に叔父の顔を見なくてはならなかったのか、少しばかりの後悔を一人酒に紛らわして寝腐った。

そしてようやく本邸大炊御門第《おおいのみかどだい》への帰宅が叶ったのは、邸内が大晦日の追儺《ついな》の最終準備に追われている、年の暮れも暮れの寒い日のことだった。その頃には後任の大宰権帥が任命されて隆家は晴れてお役御免となり、前帥《さきのそち》または単に中納言と称されるようになっていた。

「誰ももはや、鬼遣《おにや》らいに興ずる年頃にもあるまいに」

「え？」

声変わりを経た聞き慣れない響きで、間の抜けた返事が返ってくる。隆家が留守の間に元服《げんぷく》を済ませた烏帽子姿の次男は、年の瀬に鬼を打ち払う振《ふ》り鼓《つづみ》を嬉々として振り回してポンポンカンカンと音を鳴らしていた。その姿に一言言ってやりたくもなったが、すんでのところで自分が十四歳の年の暮れには追儺の鬼役に向かって桃の弓から本物の矢を放ち、弓を折ったことを思い出した。元より腐りやすい桃の木は武具には向かず弓は祭礼用だったのだが、ついうっかりいつもの気分で矢を番《つが》えたら中で腐っていたらしく射ると同時にバキンと折れた。おかげで矢は逸れ鬼役に当たることはなかったが、今は亡き父には叱られ兄には呆れられ姉には無言で冷たい視線を送られた。最後のが一番堪えた。

隆家は咳払いし、経輔《つねすけ》と耳に新しい成人名を付けられた嫡男の胸ぐらを掴み上げて妻と娘が起居する北の対《たい》に引きずっていく。北の対の母屋《もや》の中心部で、妻と年頃の娘二人は父親にも滅多に顔を見せぬ貴婦人の倣《なら》いに従い、几帳《きちょう》の向こうに座していた。

数年ぶりの再会に、口火を切ったのは長女の姫君だった。

「花も盛りの娘二人、京に残して顧みず、さりしかして鎮西《ちんぜい》にありては女を侍《はべ》らせ、幾人めかの異腹《ことばら》の弟をば我らに給うとは」

救国の英雄も一門の主も、妻と娘を前にしては立場の弱い父である。隆家は明後日の方角に目をやり、誰にともなく心中で言い訳を始めた。確かに任地でちょっと羽目を外してまた庶子をこさえたことは認めるが、血脈を絶やさぬよう妻妾を複数抱えて種蒔きに勤しむのが高位貴族の務めである以上、責められる謂れはない。大宰権帥の任務も、海賊の撃退というこれ以上ない形で全うした。誇りに思ってもいいくらいではないか——と、思っても口には出せない父であった。姫君の物言いには人を萎縮させる何かがある。

几帳の綻《ほころ》びからいきなり人影が飛び出してきた。顔を認識する前に、隆家は襟首をぐっと掴まれて大きく揺さぶられる。

「よくぞ帰り来たまいけるかな、こんのクソ親父がーっ！」

この声と言動は長女である。がっくんがっくんと上下前後左右に上半身を振り回されながら、隆家は内心嘆息する。

——中納言の姫が、口も手もかく容赦なく出すとは、誰に似たりや。

声に出ていたのか、ぽつりと妻北の方が「殿にや」と呟くのを耳が拾った。

父の直衣の襟ぐりを掴んでひとしきり喚き散らした姫君は、やがてふつりと糸が切れたように気を失った。前に倒れ込んだ肢体を受け止め、隆家は娘を抱き上げる。

——軽い。

冬の寒さに耐えられるよう、衣を幾重にも着込んでいるにしては軽すぎた。努めて動揺を表に出さぬようにしながら、隆家は北の方を振り返る。

「姫の寝所《しんじょ》は、塗籠《ぬりごめ》に変わりないか」

肯定が返ってきたので、隆家は娘を抱え上げたまま対《たい》の屋《や》の最奥へ向かった。基本的に風通しの良い寝殿造《しんでんづくり》の家屋にあって、塗籠だけは建て付けの壁に囲まれている。閉塞感のある空間を好かぬ者は多く、最近では人の居所より貴重品を保管する納戸《なんど》として使用されることが多いが、中納言家では昔から塗籠は姫君の寝所と決まっていた。冬場は特に。

姫君は小さい頃から身体が弱かった。しょっちゅう熱を出し、幾度も生死の境を彷徨った。成人した今も体つきは華奢で頼りなく細っこい。冬場は風邪など引かさぬよう、風の通らぬ塗籠で、分厚い畳の上で綿入りの衣を幾重にも重ねさせ、温石《おんじゃく》を並べた帳台《ちょうだい》の中に寝かせた。

ひ弱な身体に似合わず気性は激しい姫君は、激昂してはその怒りの力に五臓六腑が耐えきれず、このようにふらりと倒れてしまうことがよくあった。だからこそ、父に対する暴言と暴挙にも黙って耐えているのだ。これが息子であったら怒鳴り返し殴り飛ばして父の威厳を身体に教え込むことに何の躊躇いもなく、健康な次女であっても平手打ちの一発くらいお見舞いした上で一喝するだろうが、長女にそれをすると下手をしたら死にかねない。そう、すべては娘を案じる親心ゆえであって、断じて姫君の剣幕に気圧されたわけではない。ないと言ったらない。

隆家は姫君を寝所にそっと寝かせ、血の気の感じられない頬を指先で撫でる。浅いながら呼吸をしていることを確かめてから、家女房《いえにょうぼう》に寝ずの番での看病を命じた。

姫君は熱を出し、それから数日臥せったまま新年を迎えた。それでも病床から口だけは達者に、恨み言を父にぶつける。

「独身《やもめ》の娘を放《ほう》らかしよってからに、クソ親父が！　筑紫にて羽伸ばしおる間に姫がいくつになりたると思っとるのや、言うてみい！　はや年も明けたるに」

数え年は誰もが元旦に一つ年を取る。自身も四十二歳になったばかりの隆家は、長女の年齢を指折り数えた。

「にじゅうい――」

「女の齢《よわい》を声に出して言う者があるかっ！」

君が言えと言うたんちゃうんかい、と思いつつ肩を竦めながら隆家は口を噤む。要するに、適齢期に縁談の世話もせずこの父が任国に下ったおかげで嫁《い》き遅れかかっているのが、姫君は不満なのである。

確かに隆家が大宰権帥を拝命し筑紫に下った五年前には、長女はもちろん次女も裳着《もぎ》を済ませて成人していた。それなのに特に婿の世話もせずに都を後にしたことを、少しは悪いと思っている。ただあの頃には隆家もまた病んでいた。右目を突き視力が著しく落ち、あまりに見え方が違う両の目の視界はやがて無事な左目も苛み、頭痛と目眩が日々の供だった。祈祷も薬も物の役に立たず、遠く筑紫に唐人の名医がいると聞きつけて藁にも縋る思いで転任を希望したのだ。

風評に偽りはなく、隆家の目は治った。ただし今また危機にある。

「次に姫の齢を口にせば、その治りたる眼《まなこ》を再び突いてくれん」

「それは堪忍」

隆家は大きく息を吐く。さすがに度を越している暴言を、父としては叱責するべきなのだろう。しかし震える腕で半身を起こし紫色の唇からか細く恨み言を絞り出す姫君を見ると、憐《あわ》れが先に立つ。言いたいことを言わせてやろう、と思って、隆家は娘のために設えさせた御帳台の前に深く腰を下ろした。

「そも、姫は関白の孫《むまご》なるぞ。中宮《ちゅうぐう》に立ちてもけしからぬことはなきに、父は大臣にも昇らで、あな恥ずかしや、この万年中納言が！　后《きさい》がねと傅《かしず》いて育むべきなるに、入内《じゅだい》の沙汰も何もなしとはいかなる次第や！」

入内、立后とは大きく出たものである。だが、あながち夢物語でもなかった。藤原氏はそうやって栄えたのだ。隆家の父道隆は関白まで出世し、姉定子は皇后に立った。その流れを汲むなら、隆家も娘を入内させておかしくない。公卿の家柄に生まれた男なら、誰でも天皇の外祖父となって権勢を振るうことを夢に見る。隆家も例外ではなかった。血眼になって入内合戦に参戦したことこそなかったが、十数年前に複数の妻のうち誰を嫡妻たる北の方に迎えるかを決めねばならなかった時、長男の生母ではなく次男と二人の娘の母を選んだのは、娘の入内が頭の片隅にあったからだった。

とはいえ、姉定子の入内時に父道隆は既に大臣であり間もなく関白に任ぜられた。一方の隆家は叔父道長が順調に出世していく傍らで中納言であり続け、后妃の父には不足であった。公卿にも至らぬ男の娘が入内し女御《にょうご》に叙された例がないではない――他ならぬ隆家の祖父藤原兼家《かねいえ》と叔母超子《とおこ》である――が、いずれ大臣になることが既定路線であればこその話であって、時の権力者道長と常に政治的に緊張関係にある隆家が大臣に昇る可能性などほぼない。

隆家の姫君は気位高く、我こそ后にと幼少時より心に決めていたようであった。そのために、父の官職が変わらぬまま結婚適齢期を迎えると、元からきつかった当たりがさらに厳しくなった。

隆家は弱々しく反論を試みる。

「いうて、当今《とうぎん》の帝は御年《おんとし》十三におわすに」

入内は相手があっての話で、年齢差ばかりは如何《いかん》ともし難《がた》い。だが隆家の言葉に姫君は吠えた。

「今中宮かて二十二や！　元服を経《へ》たまえば何も言うことはなきに、主上《おかみ》の御元服の折いずこにおったんやクソ親父！」

筑紫である。隆家にとって亡き甥の異母弟である今上帝は、隆家の大宰府在任中に十一歳で元服し、道長の四女すなわち自身の叔母である藤原威子《たけこ》を后に立てた。それでもまだ数え十三歳になったばかりで、形だけ成人させても夫婦の営みができるかどうかも怪しい。だが隆家の長女は、そんなことは気にしないらしい。

実のところ隆家には、かかる後宮事情のすべてが割とどうでもいい。先々帝一条院が長男敦康親王の立太子を断念すると、隆家は後宮政策への熱意を失った。姉の忘れ形見の親王の手前、叔父道長の直系にあたる皇統に阿《おもね》ることはできなかったからである。しかし父が入内合戦から事実上退いても、姫君のほうは痩せた身体に野望を肥え太らせていた。とはいえ、必ずしも幼帝への入内を強行に望んでいたわけでもない。

「式部卿宮《しきぶきょうのみや》を姫の婿に迎えたてまつるとは空言《そらごと》か！　筑紫にありたる間に隠れさせたまいき！」

痛いところを突かれた。それは、隆家にも大誤算であった。東宮に立つことが叶わなかったとはいえ、甥の式部卿宮敦康親王はなお高位の皇位継承権者であり、道長流の皇統に何かあれば再び日の目を見る可能性は無きにしもあらずであった。

その敦康親王に、隆家は当初娘を入侍《にゅうじ》させる気でいた。少なくともまだ二十代の若く野心に燃えていた頃は、摂関家の一員として、年の頃も釣り合う娘と甥を娶《めあわ》せていずれは国母の父に——という野望を抱かなかったわけがない。従兄弟と結婚し后にという話を、それがまだ十分に現実味があった幼い頃から聞かされて育った姫君は、敦康親王の立坊《りつぼう》ならず大宰帥ついで式部卿に任ぜられても、父の昇進が遅滞しても、まだ望みを捨てなかった。

敦康親王が皇統の嫡流に返り咲くことができるかはさておいても、両親も祖父母も亡くして後ろ盾の弱い甥を後見するなら、叔父と甥であるというだけではなく婿でもあったほうがやりやすい。ゆえに隆家としても姫君を敦康親王に嫁がせる気を失くしたわけではなかったが、娘と自身が共に健康問題を抱えている中で時の左大臣道長に真っ向から喧嘩を売るのは得策とは思えなかった。大宰権帥の任期はたかだか五年であるから、それが明けてからでも遅くはあるまいと考えた。実際に勤め上げた今、姫君は二十歳を過ぎたばかりで、遅すぎることはないと思うのだが、当人の同意は得られていない。なぜなら式部卿宮こと敦康親王は一年と少し前の一昨年の暮れ、隆家の大宰府赴任中に、二十歳の若さで薨去してしまったからである。

――姫が大きゅうならば、宮が背の君となりたまうのや。

幼い頃から言い聞かせていた隆家の言葉は、永遠の嘘となった。

「ええか！　早う姫をしかるべき公達《きんだち》と仲立ちせねば、姫は刺し違えんともその目ェ貰い受くぞ！　筑紫に下りたる甲斐をも無くなしてばや！」

温石が飛んできた。すっかり冷えてただの石だった。隆家は胸元で受け止めつつ、石を人に向かって投げるような乱暴さは誰に似たのかと考える。口か顔に出ていたらしく、傍に控えていた女房に「殿に」と言われた。

三　中納言【ちゅうなごん】

年が明けて寛仁四年の政始《まつりごとはじめ》は、始まる前から波乱が見えていた。降り積もった雪を白日が照らす正月十七日、数年ぶりに中納言隆家卿が大内裏《だいだいり》に姿を現したからである。

——まずい。この上なくまずい。

結政《かたなし》を行う弁官《べんかん》らは正月半ばに冷や汗をかいた。新春一発目の政始は、することは別に通常の外記政《げきせい》と変わらない。朝廷に提出された申文《もうしぶみ》を外記や弁官ら中級以下の官吏が結政で整理した後、公卿らが参入して当該文書を審議し裁定を行う。この公卿らによる協議と裁決を政《まつりごと》といい、月に数度開催されていた。政の議長は上卿《しょうけい》と称され、通常は左大臣が務めるが、左大臣が欠席の場合は次席の右大臣、右大臣も不参の場合は内大臣、それも不在なら大納言——と、要は出勤した公卿の中で最も位階の高い者がその日の上卿となる。ただし、公卿の末席の参議《さんぎ》には上卿となる資格がなく、中納言以上がすべて欠勤の場合には政は成立しない。

とはいえここ十数年、政が不成立となったためしはない。権中納言藤原行成《ゆきなり》卿は事務能力に長けた能吏であり、勤勉が過ぎるほどの彼は不参の懈怠を犯すことがないからである。大納言以上が姿を現さずとも行成卿はそつなく上卿を務め政務を捌《さば》いた。「行成なくして朝廷は回らず」とまで称され、前太政大臣道長の覚えもめでたい。

しかし、上役の出席があれば行成は当然に上卿を譲る。大納言以上が一人も姿を現さない中、隆家が衣冠に身を包み参内したとの報が当人に先んじて外記南舎に届くと、公卿の閲覧に供すべき申文の整理を行っていた弁官らは一気に混乱に陥った。

「さらば、今日の上卿は前帥《さきのそち》殿ということに？」

隆家と行成はどちらも正二位で位階では並ぶ。官職は隆家が正官の中納言であるのに対し行成は権官で、在任年数も隆家のほうが長い。それが大問題であった。弁官らは一様に、本日の審議対象である申文の束を見下ろす。

その中には、隆家から提出された、刀伊の入寇の功績につきしかるべき褒賞を求める請文があった。女だてらに漢才を讃えられた亡き母高内侍《こうのないし》譲りの漢文の素養も持ち合わせた隆家は、素行に見合わぬそれは見事な漢詩文で自身の勲功が正当に報いられるべき由を綴った。公卿らによる審議の場で隆家自身が議長を務めるのなら、その申文は間違いなく受諾されてしまう。それが、公職を退いてなお事実上の権力者として都に君臨する道長の意に反するであろうことは、昨年以来明らかだった。

「大納言にも昇らせたまわぬに褒賞など良しとさるるはずもなし、あなや、こは如何《いか》に！」

　刀伊の入寇における隆家の勲功は疑いようもなく、昨年の夏頃までは隆家に多額の恩賞が下され官位にも昇進の沙汰があるだろうとの予測が当然に都中の貴族の口に上った。折しも昨年十月、権大納言源俊賢《としかた》卿が老齢を理由に辞任した。隆家の帰京直前のことであり、空いた権大納言の席には隆家が任ぜられるものと誰もが思った。

　だが、隆家が帰洛しても物忌みと称して参内しないでいる間に、昨年末の除目《じもく》で権大納言に任ぜられたのはそれまで権中納言を務めていた道長の五男教通《のりみち》卿であった。教通は今年やっと二十五歳、関白及び三后と同母の兄弟である彼の、隆家と行成を飛び越えての昇叙は、父親による強引な引き立て以外の何物でもなかった。同時に道長の嫡男頼通公は摂政から関白に遷《うつ》る。頼通・教通兄弟の背後で万事を差配する道長が、隆家の救国の功にどう報いるべきと考えているかはそれで明らかになった。

「前帥殿かて、昨年の沙汰を思い起こさばこれが無事に受理さるとは思いたまわざらんに、懲りぬ御方や」

「今更や。波乱を大いに好みたまう御方ゆえにな。しかし、何も新春から……」

　実は、隆家が恩賞の請願を行ったのはこれが初めてではない。刀伊の入寇に決着が付くと、彼は即座に命懸けで国を守った筑紫土着の武士団への褒賞を朝廷に申請した。公卿らの間で賛否は割れ、陣座《じんのざ》で議論が繰り返された。物の道理としては、国防の最前線で血を流した兵士達は報われて然るべきである。ただ朝廷としては、ただでさえ目の届かない九州の武力集団に、この上富と名声まで与えるのは慎重にならざるを得なかった。戦闘が朝廷の命を受けてのものであれば論功行賞も必然であったのだが、事はそう綺麗には推移しなかった。海賊の接近を察知した隆家は筑紫より京に火急の報せを送り、朝廷は直ちに追討を命じ成功報酬を約した勅符《ちょくふ》を発したが、その勅命が大宰府に到達する前に隆家率いる現地軍は海賊を撃退していたのである。

隆家の命に従い奮闘した筑紫の武士団の功績は疑いようもないが、これを手放しで表彰しては朝廷の意思決定は軽んじられ、指揮命令系統に混乱を招く。ゆえに褒賞の必要はなし、と当時主張したのが権大納言藤原公任《きんとう》卿と行成であった。そこにはおそらく隆家への畏怖も多分に含まれていただろう。中納言として国政に参与する資格を有する彼が、九州土着の武力と深く結びついた上で朝廷の命令を待たずに独断で武力行動に出たとなれば、その結果がどれほど有り難かろうと無条件で肯定するわけにはいかない。少なくとも道長の一派はそのように考えた。

一方で、畏《かしこ》くも天皇の勅《みことのり》を事後承諾のような形で軽々に運用すべきではないとの言に理を認めつつも、なおも褒賞は下されるべきと主張する声もあった。大納言兼右《う》近衛大将《このえたいしょう》藤原実資《さねすけ》卿は、道長に憚ることなく遠き筑紫の地の隆家を擁護して、並み居る公卿を前に静かに述べた。

『刀伊人、国島の人民千余人を追い取り、並びに数百人・牛馬等を殺害し、また壱岐守を殺す。しかるに大宰府、兵士を発し忽然と追い返し、並びに刀人を射取る。猶《なお》賞有るべし。もし賞進すること無くんば、向後の事、士を進むること無かるべきか』

事態の重大性も隆家に率いられた地元兵士達の勲功も明らかである。第一、ここで何も褒賞を与えなかったら、懸念の筑紫の武装勢力はそれこそ朝廷に反感を抱いて乱を起こしかねないし、そうまでのことがなくとも今後は国防のために働く意欲を大いに挫かれるだろう。海からの敵襲は非常に珍しいことではあったが、数百年歴史を遡れば前例のないことでもなく、先々の備えを考えると現地の武力を削ぐことは得策ではなかった。

かかる右大将実資の意見に結局は公任も行成も賛同し、恩賞は特例として可決された。それはもう半年も前のことで、その後今に至るまでに、筑紫土着の武力への警戒論を唱えた行成自身が隆家の後任の大宰権帥に任官されるなどの進展があった。とはいえ行成は未だ任地へ下向せず京に留まっている。

地元の指揮官や兵士達は一応は報われたとはいえ、総大将の隆家自身には恩賞の沙汰も昇進の打診も何もなかった。ただ、隆家の本拠地は京の都であるから、任期満了して帰京してから正式に褒賞が下されるのだろうと都の貴族は皆思っていた。しかし昨年末の権大納言人事で一同は一気に冷や水を浴びせられる。まさか関白頼通とその父道長がそこまで隆家を警戒しているとは予想外だった。

道長と対立する気など欠片もない大方の貴族としては、隆家が上卿として自身の申文を裁可するのを手を拱《こまぬ》いて見ているわけにはいかなかった。道長の不興を買うことを全く恐れぬ人間など、隆家以外にはそういない。

「刻限まではまだ時あり。何としても、他に上卿たるべき卿相の参内を」

決意したようにそう言ったのは、左中弁《さちゅうべん》を務める藤原定頼《さだより》という男であった。周囲の弁官らも頷く。どうにかこうにか隆家より上役の公卿を呼び出して上卿を務めてもらえば褒賞の議論に待ったをかけることができるかもしれない。

誰を、と皆が考えた。関白頼通はそもそも政への参加資格がない。彼は天皇の政務に関《あずか》り白《もう》すという役職名通り、天皇による最終的な裁可にこそ関与する立場であって、その前段階の臣下の間での議論では発言権がない。左大臣藤原顕光《あきみつ》公は七十七歳の高齢で非常に言動が鈍く、道長に「至愚のまた至愚なり」と評されるほどその政治能力に不足がある。顕光が何と言おうと押しの強い隆家に押し切られるのは目に見えていた。右大臣藤原公季《きんすえ》公も老齢、内大臣は関白頼通の兼務で、大納言の筆頭藤原道綱《みちつな》卿は体調不良のため欠席の届けを既に出している。

左中弁定頼は自分の従者を呼び出し、火急の用を言いつけた。

「直ちに四条に戻り、父上の参内を請え！　走れ、何なら父上にも走らせよ！」

　定頼は、四条大納言と称される権大納言公任の嫡男である。昨夏、隆家の奏上した筑紫の兵団への褒賞不要論を唱え、年末には教通の権大納言昇進に真っ先に賛成した公任なら、道長の意を受けて隆家を抑え込むことができるはずだった。駆け出していく従者の背に定頼は叫んだ。

「ゆめゆめ、小野宮《おののみや》の右大将の耳には入らすなよ！」

　右大将実資は公卿の中では唯一隆家の味方で、時の権力者たる道長を畏れぬ数少ない人物でもある。実資は正官の大納言であって従兄弟の公任より上位であるから、彼が出席すれば公任は参内しても上卿にはなれない。昨年の論争を思えば実資が政を主催したが最後、結論は明らかだ。それだけは何としても避けなくてはならない。

　従者の姿が消えると定頼は結政所へ戻り、出来る限り文書整理の手を緩めさせる。何としても時間稼ぎが必要だった。だが願いも虚しく、刻限を過ぎていくらも経たぬうちに隆家が姿を現した。

「――今の外記どもは、手際の悪きことやな」

　外記局の中級官吏らは縮み上がった。政始の舞台は内裏建春門《けんしゅんもん》外の外記庁で、その準備の結政は外記南舎で行われるが、痺れを切らした隆家は廊を渡って南舎まで出向いてきたらしい。公卿がわざわざ下々の作業所に足を運ぶとは尋常でなかった。

「前帥殿、まことに申し訳なく。政始なれば申文も常より多く、今暫く待ちたまえ」

定頼の言葉に、隆家はただ冷たい視線で一同を見下ろす。筑紫下向以前から眼病を理由に引き籠もりがちであった彼は、公の場に姿を現したのは実に七年ぶりである。その立ち姿は結政所の中級官吏らを驚愕させた。

――若い。四十路は過ぎとるはずやのに。

隆家は決して童顔ではない。だが、彼の見た目は異様に若々しかった。黒の位袍越しにも見て取れる引き締まった体躯にぴんと伸びた背筋、一本の白いものも見えず黒々と豊かに冠から零れ出んばかりの髪、日に灼けてはいるものの何の苦悩も刻まれた様子がない張りのある肌、そして何よりも活気に満ち溢れた目の輝き。眼帯を外した両の目の眼光は鋭く、直視に耐えず官吏らは一様に顔を伏せた。

「かなう限り早《はよ》う仕上げて持ち参じます。前帥殿の申文も必ず。何卒、今しばし猶予《のどめ》たまえ」

「――ほう？　握り潰さるるかと思うとったのやがな。さほどに肝の太いのは弁官にはおらぬか。益体《やくたい》もない」

何とでも言え、と中級官吏らは心を一つにする。道長と頼通の意に反することはできないが、荒くれ者で知られる隆家に目を付けられるような真似はもっとできない。誰だって出世はしたいし我が身は可愛い。

そして、やはり、と悟る。隆家が、去年の陣定での大論争から数ヶ月を経た上でなお臆面もなく再度の褒賞の請願を行い、そして数年ぶりに公務に顔を出したのは、明らかに波風を立てることを意図しているのだ。何の異論もなく受理されるとは本人さえ思っていない。今日の政始は荒れるだろう。

「――前師殿。時既に押したれば、更に結政を妨《さまた》ぐるはよろしからず。公卿は南舎までは立ち入るべきにあらねば、外記庁へ戻りたまえ」

一同にとって救いの声が響いた。権中納言行成であった。隆家は半身に構えて振り向き、「帥納言《そちなごん》」と去年までは自己を指していた通称で呼びかける。

「あるべき所になきは帥納言も同じじゃないか。権帥に任官されたるにいまだ都におわすとは、惜しいことをなさる。今時分、筑紫は蛸《たこ》が旬やぞ。素潜りにて捕らえたる蛸がそれは美味くてな」

人を食った笑みを浮かべた隆家に対し、行成は表情を変えなかった。

「筑紫にては、御白ら素潜りを？」

「海女《あま》らに混じりて」

「それは面白げな話。かような所で立ち話よりも、外記庁にて他の公卿にも聞かせたまえ」

隆家は笑いながら肩を竦める。上手く話を運ばれたことに気づいていないわけではないだろうが、強いてこの場に留まるつもりもなさそうだった。飄々と踵を返し、北の庁舎へ戻っていく。結政所の官吏たちは固唾を呑んで二人の中納言を見送った。

「さほどに面白き話やないのやけれどもな。玄界灘《げんかいなだ》は潮が速うて、流されたり。助けてくれたんは若からぬ海女なりしが、天女にも見えたるわ」

「御身無事にて幸いなるかな」

「子が出来たり。あまりに幼ければ筑紫より連れ来るは未だかなわず、帥納言がかの地におわしまさば何卒親代《おやしろ》の後見《うしろみ》を賜《たまわ》りたく」

「――海女の子を？」

「海女と、我の子を」

「……筑紫に参る沙汰は、入道殿にも諮《はか》りていずれまた」

二人の声が遠ざかり完全に聞こえなくなってから、官吏らは大きく息を吐いた。これから大いに論戦を繰り広げるはずの二人の、一方は底抜けに明るく他方はあくまで平静に応じるやり取りに、胃を痛めるべきなのか呆れたほうがいいのか。地方に赴任した男が現地妻や妾との間に落胤の一人や二人こさえるのはよくあることだが、大内裏の中で明け透けに語ってみせるあたり隆家は相変わらず恥も外聞も気に掛けない。

今は一月だが、まさか去年だか一昨年だかの彼はこの季節に玄界灘で素潜りをしたということだろうか。四十路にもなって、海賊も出る海で。

――並の貴族ではない。

良きにつけ悪しきにつけ――九割九分悪しきだが――それだけは確かだった。

――怖い。

心中に湧くその感情を、表に出さぬようにするのは中級官吏には一苦労だった。畏怖は、京の都では中流貴族以下の人間には馴染みの感情だ。道長や頼通を筆頭に権勢を誇る上流貴族は、当人の性格がどれほど穏健であろうともその権力が不可避的に他者を威圧する。だが隆家を前にして掻き立てられる感情は、強大な権威に足が竦むとかそういった次元ではなく、もっと本能的な恐怖だった。正真正銘生まれついての大貴族なのに、彼は貴族社会にあって根本的に異質だった。毛並みの良い懐っこい犬のような顔をして、狼が群れの中に紛れ込んでいるような。

「――四条大納言、只今参内したまいけり」

誰かの声に、外記南舎の一同はやっと肩の力を抜く。公任は嫡男定頼から火急の報を受けて、雪解け水に濡れる道を牛に駆けさせた。上卿として政始を行うべく急遽参内した公任が外記庁に着座する頃合いを見計らい、弁官らは史官を伴って中文の束を北の庁舎に持参した。

四　のきのたまみづ【軒の玉水】

実に七年ぶりの出仕は、あるいはこれが最後かもしれない。

隆家は、何やら息せき切ったのを必死に押さえ込んでいるような風情の四条大納言公任に会釈しつつそう考えた。他に上席の姿はない。行成が相手であれば多少ゴネることもできたが、公任が出張ってきた以上は上卿の座を巡っては波風の立てようもなくなってしまった。

――ま、ええやろ。元より本命の矢は申文《もうしぶみ》や。

弁官がぞろぞろと入場して、史官が申文を読み上げる。折しも春の除目で国司ら外官が任命されたばかりなので、その人事に不満の声が上がっていた。遠国は嫌だとか上国に任じてくれとか、漢詩に彩られた言葉の綾を剥ぎ取ると要はそういうことだ。とはいえ除目からまだほんの数日、申文の数はさほど多くない。他人の申文の審議には、隆家は端的に自身の意見を一言だけ言うに留めた。「良し」「然《しか》らず」「宜《うべ》なり」「却下」――ある意見は受け入れられ列席公卿の総意とされ、またある意見は賛意を得られず退けられた。

そして最後の最後に隆家の申文が俎上に上がった。適当に半刻ほどで書き上げた漢文を史官が朗読するのを聞きながら、隆家は周囲の様子を窺った。

「刀伊は身に中《あた》りたる毒箭《どくや》の如し、帥《そち》これを慈愍《じみん》して安穏ならしめんと欲し、これを饒益《にょうやく》せんと欲して、毒箭を除く術《すべ》を求索《ぐさく》せり。しかるに勅符の到らざるを謂《い》うは、愚癡の人の『我は箭を除かず』と言うに似たり。彼の人を知るべきを要すや、彼の弓を知るべきを要すや、彼の筋を知るべきを要すや、彼の弓束《ゆづか》を知るべきを要すや、彼の弓弦《ゆづる》を知るべきを要すや、矢の木を、筋を、羽を、鏃《やじり》を知るべきを要すや。誰もまた知ること能《あた》わずや、中間に於いてまさに命の終わらんとすべきを」

　上卿公任は苦虫を噛み潰したような顔になった。「愚癡の人」とまで言われるのが堪えただろうか。とはいえ文句の言いようもないはずだ。その言葉は隆家の内から出てきたものではなく、経典の引用だからである。ある者が毒矢に射られたが、その者は、射手の素性、弓の種類、鏃《やじり》の形状、弦《つる》の素材、矢羽根の鳥等々、すべての詳細が明らかになるまでは矢を抜いてはならぬと言い、そうこうしているうちに毒が回って死んでしまった――という仏教の説話をふと思い出して引いた。仏の教えは、少なくとも種本としては役に立つ。万事が整うまで待っていては手遅れになっていた。勅符の到達前に、刀伊は既に博多に上陸していた。

　朗読は続く。

「刀伊を破りて帰るに恩賜錦衣《おんしきんい》は影もなく、如何《いか》に余香を拝す術あらん。賢を進むれば上賞を受くと人言えども、菅公《かんこう》清涼に侍して後は北野《きたの》の火 雷 神《ほのいかづちのかみ》と祀《まつ》らる。今はただ鷓鴣《しゃこ》の飛ぶを待つのみか」

史官の声が震えた。大宰府に左遷された挙句怨霊《おんりょう》となって祟った菅原道真《すがわらのみちざね》公を引くのは自分でも意地が悪いかとは思ったが、同じ職に就いた好誼《よしみ》で見逃してもらおう。百年以上前の前任者は朝廷への脅し文句にうってつけだったのだ。

「これはこれ義に非《あら》ず、また法に非ず。これ梵行に非ず、神通を成さず、等しき道に至らず。今宣旨《せんじ》に依りて帥に風流三接なさしめ錦衣して家に還らすべし。臣某、誠惶誠恐、謹言。——正二位行中納言藤原朝臣《あそん》」

結びを聞き終えて公任はこめかみを押さえた。「臣某」と読まれた部分と最後の「朝臣」の次には隆家ははっきりと自己の名を書いたが、史が呼び捨てにするのは不敬なので読み替えられた。別に気にしないのだが、貴族の仕来りは色々と仰々しい。

さて、上卿はどう出るか——と隆家が真っ直ぐ公任を見据えていると、沈黙はいくらも経たずに破られた。

「……前帥殿は『箭喩経《せんゆきょう》』をも良く習いたまいけりや。見事なり」

「忝《かたじけな》く」

いかにも原典は数多の仏教典のうち毒矢の喩えで有名な仏説箭喩経であった。貴族の嗜みも、稀に役に立つ。

「また菅公の九月十日、詩仙李氏をも引きたまうとは。漢才ありとは既に聞き及べども、かほどまでとは知らず。双無き才《ざえ》なり」

――本歌悉《ことごと》く当てられたる上に褒められてもなあ。こと四条大納言の口からやと嫌味にしか聞こえんわ。

隆家自身、一通りの漢文の素養はあると自負しているが、それでも公任に及ぶはずはない。彼は漢詩、和歌、管弦のいずれにおいてもその腕前が絶賛される一流の文化人であった。幅広い才能は三舟の才と称される。実際、公任は隆家が用いた元ネタを難なく特定した。あからさまに言い回しを流用した仏説箭喩経のみならず、菅原道真がかつて醍醐《だいご》天皇から下賜された御衣を前に『九月十日』と題した七言絶句で詠み上げた、大宰府に左遷された身の歎き。李太白《りたいはく》と言わず詩仙李氏と言ったからには、李《り》白《はく》の『越中懐古』だけでなく李頎《りき》の『寄綦毋三』をも引いたことにも気づかれている。

『越中懐古』は、越《えつ》王勾践《こうせん》が仇敵呉《ご》王夫差《ふさ》を破って帰還し錦の衣が褒美として下されたのも今は昔、かつての宮殿の跡地に今はただ鷓鴣《しゃこ》が寂しげに鳴くばかり――という亡国を偲んだ詩だった。鷓鴣とは雉《きじ》の一種だ。要は褒美を寄越さなければ国が滅ぶぞと、菅公の祟りと併せて隆家は脅しを掛けたのである。

「四条殿には及ばず。――とは申せ、御自ら漢詩は歌詠みに劣れりと評されたるなりや。暮れの新大納言任官の折には隆家など及びもつかぬほどの中文を奉りたらんと思い侍《はべ》るに、未だ御嫡男の参議昇叙の沙汰なしとは、あな惜しや、まことにその才は錆びにけるか」

こめかみを押さえていた指の合間に青筋が立つのが見えた。公任が若い頃、三艘の舟に分かれて川を遊覧する遊びがあり、それぞれ漢詩、和歌、管弦の腕が確かな者だけが乗船を許された。公任は三舟すべてに乗船資格が認められたため今でも三舟の才と讃えられる。当時の彼は和歌の舟を選んで乗ったが、後に漢詩を選んでおけば名声は更に上がったものをと後悔したと伝わる。

その逸話の真偽は隆家にはどうでも良いが、公文書も各種の記録もすべて擬漢文で記されるので、出世に直接役立つのは和歌より漢詩であることは間違いない。褒賞の請願も公職への自薦も、漢文で中文を書かないことには始まらない。そして隆家はある筋から、公任が自分の息子の公卿入りを望んで幾度となく中文を提出したことを聞き及んでいた。

昨年末、隆家を飛び越えての教通の権大納言昇進は、教通の舅である公任の後押しも大きかった。公任としては、娘婿の出世と道長に恩を売ることの他に、もう一つ目論見があった。嫡男定頼の公卿昇進である。十月に空いた権大納言の席を埋め、下位の太政官を順繰りに一階ずつ昇進させて末席の参議に空席を作り、そこに我が息子を就けることをも企図していた――らしい。公任の従兄弟からの又聞きである。

実際、教通に飛び越えられた隆家と行成は据え置きだったが、それから下の議政官は年末に席次が一つずつ上がった。しかし新参議に任じられたのは定頼ではなく別の人間だった。

「――我が子は未だ若輩にて、入道殿がまだ早しと仰せられたるゆえにな」

心なしか苦々しげな公任は、道長の意向であって中文の漢文の巧拙が問題ではない、と言外に言わんとしたのだろうが、隆家が引っかかったのは別のところだった。

「若いて、教通よりもか？」

深く考えてそう言ったのではない。現に敬語も敬称も付け忘れた。ただ、教通は道長の五男だ。公任の家族事情など隆家は知らないが、嫡男というからには生まれ順はさほど後ではないはずで、だとすると道長と同い年の公任の嫡男がそれほど若いとは思えなかった。引っかかりを覚えると考えるより前に口に出ていた。

顔を顰めたのは公任だけではなく、隆家は中文の束を持ってきた弁官が隅で唇を噛んだのに気づいた。先程結政所《かたなしどころ》で作業の遅滞を詫び、隆家の中文を持参することを約した男だ。

――何や、こいつか。

見比べてみればなるほど公任に似ていた。弁官は参議のすぐ下の役職であるから、確かに公卿昇進候補の筆頭にほど近いところにはいるのだろう。ただ、二十五歳より下には見えなかった。

——ということは、痛いところを突いたんかな。

喰らった以上の嫌味を返した上に、意図せず駄目押しまでしてしまった。気まずい空気が流れる前に、話を戻したのは行成だった。

「四条殿の御嫡男にはいずれ改めて昇進の沙汰も侍《はべ》らん。前帥殿の申文の審議を」

隆家は足を組み替えて笑みを浮かべる。行成の言うとおり、本題は自分への褒賞の有無だった。

公卿らが、隆家の申文を何としても否決したがっているのは承知の上だ。だが、どうやって？　理は珍しく隆家にある。本当に、もしかしたら生涯で最初で最後かもしれないというくらい、隆家のほうに正当性があるはずだ。命懸けで戦った。国を救った。褒美を寄越せ。単純で完璧な論理展開だった。

宮中に今更何を期待するでもない。だが決して有耶無耶にさせはしない。どんな屁理屈を用いて隆家を排除できるというのか、少しばかり興味があった。

切り込んできたのは行成だった。

「前帥殿の救国の功は疑うべくもなけれども、願わくは尋ねさせたまえ。刀伊の入寇《こ》《ぞ》は既に去年の夏に過ぎたり、しかして年も明けたる今申文を奉らんと欲したまうは如何なる次第に侍るか。些か時機に遅れたる申文とは思《おぼ》したまわずや」

今更遅い、の七音をよくもそこまで引き伸ばせるものだ。隆家は笑みを作った。

「この身が京に戻りたるは先月、しばし物忌みにて参内もかなわざれば、今が望みうる限り最も早き機会にて。――それに」

「それに？」

「内府《ないふ》殿が関白に遷られ、今年よりは主上が御自ら奏上を御覧ずべし。一世一代の初めての勅裁に、悪《わろ》からぬ題目にやあらん」

一瞬で隆家以外の全員が凍った。隆家は得たりと頷く。姫君より一つ歳上なだけの藤原威子《たけこ》――道長の四女――が今上帝の中宮に立ってしばらく経つ。その間に姫君はかなり鬱憤を溜めていたし、思えば頼通は随分長く摂政に留まったものだった。摂政は幼帝を補佐して政務を代行する職掌で、天皇が元服すれば関白に遷るのが決まりだ。后を立てたからには今上帝はとっくに成人しているのに、内大臣頼通が関白宣下を受けたのはつい先月である。今上帝が御年十一にして元服したのは隆家が筑紫に在った二年前の正月のことで、ほぼ二年間頼通は慣例を曲げて摂政であり続けたことになる。

十一歳が政務を執るには幼すぎるというならもう数年待てば良かったのに、道長と頼通は威子を立后させせんがために早々に御元服の儀を行った。その結果、頼通が摂政として天皇の政務を代行することには無理が出た。そしてとうとう無理を押し切れなくなった頃に、折良く隆家の帰京が重なった。先方にとっては折悪《あ》しかったかもしれない。

「前帥殿は……内府殿が摂政の官職《つかさ》を離れたまいて勅裁を代行なさるに今は能わざるがために、今日に到りて中文を？」

「去年《こぞ》の筑紫の者どもへの恩賞の沙汰を思えば、同じ方へ同じような請文を出《いだ》すほど無為なる事もなし。かかる労はさすがに厭《いと》わしゅう存ず」

どんな妙手でも、必ず悪い面はあるものだ。昨年末の除目では、隆家の昇進を阻んで教通を権大納言に特進させたがために、頼通もとうとう関白に遷任せざるを得なくなり、天皇は完璧な傀儡ではなくなってしまった。

そして、天皇は無謬でなくてはならない。勅裁には過誤は一切あってはならない。道長や頼通が時に強引な手を使い得たのは彼らが臣下の身であって、理論上はいざとなれば君側の奸の責めを負いうる立場であるからだ。だが、天皇は天皇であるがゆえに些かの横暴も許されず、常に正道を往かなくてはならない。外敵を打ち払った国防の総指揮官に、度重なる請願にもかかわらず恩賞を与えないことは果たして正義と言えるか。言えなければ国家の威信そのものが揺らぐ。若い頃に法皇に弓を射掛けたこともあれば天皇その人を「人非人」と罵ったこともある隆家にとっては元より皇御孫《すめみま》の威光など幻に等しかったが、民草にはそうではない。そして臣民の大部分を占めるのは庶民だった。

だから、隆家への恩賞を否決するならどんな屁理屈でもって正当化しようというのか、見てみたかったのだ。褒賞を下すも下さぬも、摂政がもはやいない以上は天皇の名のもとに決定される。名目上だけのことであっても主体が藤原でなく天皇である以上は、権威に物を言わせて押し通すことは出来ず、必ず大義名分を要する。そして理は明らかに隆家のほうにある。申文が表に出てきてしまえば棄却は困難だ。逆の立場だったら、隆家は下官が結政の作業中に誤って紛失したということにして申文を闇へ葬っただろう。それを防ぐために結政所の様子を探ってもみたわけだが、現場の官吏達にそれだけの度胸がなかったのは良かったと言うべきか興醒めと感じるべきか。

公任と行成を初め、列席の公卿らがどうにか都合の良い理屈を考え出そうとしているのがありありと見て取れた。隆家の中納言据え置きが一面では悪手でもあるのは、まさにこの点だ。ほんの一階だけでも隆家を昇格させておけば、年労からして当然の昇進であっても、それをもって恩賞に代えると言い張ることも出来たかもしれないのに。道長と頼通はかえって自分の首を締めたのではあるまいか。

今度こそ沈黙が降りた。暇なので隆家は頭の中で姫君を相手に双六《すごろく》を遊んでみた。サイコロの目も思い浮かぶに任せると、なぜか数手で長女にコテンパンにされた。二戦目に入る前に、公任がいかにも苦し紛れといった様子で一言だけ絞り出した。

「………疱瘡《もがさ》」

現実に引き戻された隆家は一瞬目を瞬かせ、言葉の意味を悟ると眉間に力が寄るのを感じた。

――ほう。そう来るか。

公任のたった一言を足掛かりに、息を吹き返したのは行成だった。

「前師殿が戻られてより、疱瘡いとど京に流行り候。かかる病は近頃見えず。言うに難けれど、刀伊の唐土《もろこし》より運びたる病が、前師殿の一行に憑きたるにやと疑わしく。貴家の郎党には病を得たる者もありと聞き申す」

――そら、冬の長旅やから体調を崩す者の一人や二人はおったわ、当然やろが。

そう口に出すのはやめておいた。彼らだって承知の上だろう。誰も、隆家に疫病を操る力があるなどとは思っていない。意のままに出来ぬ以上は見えぬ病を意図して持ち込みようもない。それでも、この場で理屈さえ立てば良いのだ。

「刀伊の入寇にて殺害さるは数百人、前師殿の働きなかりせば数千の死者あらまし。一方、去年の暮れより疫病によりて都に死せる者も多く、既に数十とも百とも。今はこの数が数千に昇らぬようにとばかり心を砕くべきにあらずや。幸いに前師殿の勲功によりて刀伊は既に遠ければ、今は疱瘡を先とすべしと存ず。――加階の沙汰は定めてあるべかしく、しかして今は令外の権官をもってしても大納言にも大臣にも空きなければ、いずれまたの折に」

――今日だけで何遍こいつの「いずれまた」聞いたんかな。

隆家は行成を睨《ね》めつけながら舌打ちを堪える。隆家の勲功を打ち消すために疱瘡を持ち出し、反論を封じるために明言を避けて優先順位の問題にすり替える。行成の弁論は巧みで、場の空気が明らかに変わった。公任の咳払いが響く。

「論は熟したりと見ゆ。さらば評を。前師殿の申文なれば、前師殿は決に加わるは慎みたまえ」

直接の利害関係者であることを理由に、隆家は評決から弾き出された。公任が上卿として音頭を取り強引に進めた評決で、出された結論は「前師隆家卿個人に対する恩賞は、時勢に鑑み無期限延期」であった。

――宮中など、つくづく碌なもんやないな。知っとったけれども。

隆家が溜息を押し殺している間に申文に押印がなされ、その日の政は慌ただしく終了した。途端に弁官の誰かが努めて明るい声を出す。

「諸卿は南所へおわしませ、盃酌の用意が候」

政始が通常の外記政と異なる唯一の点は、終了後に食事と酒が振る舞われることである。何かの埋め合わせのように「前師殿も」と声が掛かったが、隆家は断った。

「所用ありて、我はこれにて」

あからさまにほっとしたような空気が漂う。「さらば、また」「次まで御息災に」と上辺だけの挨拶を投げかけられる中、隆家は公任と行成に目を向けた。

太政官に、隆家より上席は彼らを含めて九人。そのうち、頼通と教通の兄弟を除く全員が隆家より年長だ。どうせまた近々、昨年の十月と同じことが起きる。その時道長達はどうするつもりだろう。

公任と行成は揃って隆家の視線に気づき、会釈してくる。隆家は口角を吊り上げて笑みを作った。

「——とっととくたばれ、クソ爺ども」

言い捨て、一様に身を強張らせた諸卿の間をすり抜けて隆家は外記庁を出る。屋根の雪を陽光が解かして軒先から水が滴っていた。昨日から続く晴天の下で、なお屋根にも地面にも雪が残っている。ふと思いついて、真っ白く日光を反射する積雪を一掬《ひとすく》い手に取り、両手で握り固めると大きく振りかぶって全力で建春門に向けて投擲した。

雪玉は門扉に当たり、軽いながらも大きな音を立てた。建春門には左衛門府《さえもんふ》の詰所が置かれているため、一瞬後には衛門府の武官が慌てた様子でわらわらと出てきた。その有様にほんの少しばかり溜飲を下げて、隆家は内裏に背を向ける。

——まことに、雉が寂しく鳴くばかりに荒れ果てばええわ、こんな所！

空気は一面湿っぽく、隆家は鬱陶しさを払うように足早に大内裏を抜けて帰りの車に乗り込んだ。

五　うから【親族】

家に戻ると隆家は湯殿《ゆどの》に直行した。雪を握って指がかじかんだので、湯で軽く手を洗いたかったのである。わざわざ女房に桶を運ばせるほどのことではない――という より必要な湯の量を考えれば運んでいる間に冷めてしまいそうだったので、自分が出向いた。それが失敗で、年末以来寝付いていた姫君がようやく床払いして起き上がり湯帷子《ゆかたびら》姿で湯浴みをしているところに出くわしてしまった。

「とっととくたばれクソ親父ーっ！」

悪気はない。本当にない。それは姫君もわかっていて、あられもない姿を父に見られたことにはさほどに怒りを見せなかった。長女の姿を認めるや否や隆家は回れ右をして女房らが扉を閉める音を背後に聞いたが、父の珍しい衣冠姿を一瞬で目敏く見咎めた姫君は扉越しに参内の首尾を尋ねた。隆家が褒賞を却下された上に大いに砂を掛けて退散してきたことを知ると、姫君は激昂した。

「何を考えとるのや！」

「いや、その、そうは言うても侮られたるままにはしておけんし」

「阿呆かっ！　褒美もなく加階もなく情けなき有様は今更や！　かくありてはせめて姫の入内を譲歩として引き出すほどのことが何故できぬのか！」

――その手があったんか。

行成の言葉を借りるなら時機に遅れた恩賞の請願より、今上帝が――公卿らによる事前の選定を経た上でとはいえ――直々に奏上を決裁するようになった今この時に、入内の打診をねじ込むのはあり得ない手ではなかった。実質的には隆家の功労が報われないことの埋め合わせとして、名目上は救国の功あり筑紫の武人らとも強固な信頼関係を築いた中納言の娘ならば今後の国防に関しても必ずや帝の助けとなるはずとも何とでも。だが、隆家はそんな高度な交渉はつゆとも思い浮かばないくらいの朴念仁であった。

「見栄えせぬ面に中身も空ならば首から上は何のためぞ！　中文も退けられてすごすごと帰り来たるとは、負け犬が恥の上塗りを――」

唐突に姫君の声が途切れた。湯殿の中で女房らの悲鳴が上がる。

「姫君！」

「姫君！　御気を確かに！」

隆家は湯殿の戸を蹴破った。姫君は胸を押さえてずぶ濡れで膝をついていた。湯殿の外で待機していた女房から身体を拭くための布を奪い取って姫君を包み、さらに着替えの衣を羽織らせるとその外側から抱き上げる。華奢な身体からは湯気さえ立ちのぼっているのに、その肌はあくまで抜けるように白かった。

「火桶と温石《おんじゃく》！　白湯《さゆ》も持て来《こ》よ！」

声を張り上げて指示を出しつつそのまま北の対の塗籠に担ぎ込み、女房らに命じて姫君の身体を手早く拭かせ寝間着用の衣を重ね着させて寝台に運ぶ。侍女に介添えされつつ白湯を口に含んだ姫君は、一口目を嚥下するのがやっとであとは椀から目を背け褥《しとね》に倒れ込んで寝入った。

隆家は嘆息する。

――入内やら婿取りやらを望まれても、姫のこの身体がそれに耐うるや否やは。

白い顔に細い髪。濡れて水気を含んでもなお絹糸のように軽く流れる髪は見た目には美しかったが、妻や次女の重ささえ感じさせる豊かな黒髪と比べれば嫌でもその不健康さが目についた。

複数の女房を姫君の看護に付け、隆家は寝殿に戻ってびしょびしょになった服を着替える。外側の袍のみならず下襲《したがさね》や袴まで水が染みていた。折角の湯浴みも束の間、姫君の床払いは水泡に帰した。

姫君の健康状態は、数年前に比べ明らかに悪くなっていた。昔は、よく寝込みはしたが一応は室内で手習いや人形遊びなどをして過ごすのが日常で、今のように基本的に寝付いているということはなかった。それでも、北の方によれば隆家が大宰権帥として筑紫にある間よりは快復したという。

「殿が帰りたまう前は、言葉も発さず水もよう飲まぬ有様《ありさま》にて。石をも持ちて放つほどの力を出すとは嬉しきばかり、今日も湯殿まで自ら歩いて」

その石の標的となったのが自分の夫だということに何も思うところはないのかと隆家はちらりと考えたが、涙ぐむ妻を前に何も言わないでおいた。湯殿で倒れても北の方が却って安堵するくらい、去年までの姫君の病状は重篤だったようだ。隆家の帰京と共に快方に向かい始めたというのは不幸中の幸いだが、良くなってあの状態というのは、隆家には全くもっていただけない。そして悲しいことに、あの暴れぶりからすれば姫君が多少の快復を見せたというのも父に再会できた嬉しさゆえではないことは明らかだ。子供の頃から、どこからか隆家の浮気を聞きつけては蹴りを入れ、父の狼藉を耳にしては烏帽子を引っ剥がしに突進してきた娘である。父を仮想敵と見なして事あるごとに突っかかり攻撃し、そしてその度に倒れるのは今も変わらない。親としては、その弱い身体で結婚生活など送れるのかという不安のほうが大きい。ただ婿を取るだけなら手許に置いておけるが、入内ときては。

仮に入内をねじ込むことが出来たとしても、それが本当に姫君の幸福だとも思えない。あの勝ち気な性格を煙たがらず逆に可愛げを見出すのは、歳上でなくては難しいだろう。今上帝はまだ十三、その弟の東宮は十二、いくら何でも包容力を期待するのは無理がある。

——頭が重いわ。

痛い、と思えないあたりが基本的に考えるより先に身体が動く隆家の限界である。

とはいえ近頃の隆家は政始を唯一の例外として家に引き籠もっていた。宮中に出張っていったところで疫病神扱いされるだけだということはよくわかった。今更悪名が増えたところで困りもしないが、疱瘡の大流行にもかかわらずせっかく壮健でいるのに、都で病を得ては洒落にならない。宮中に持ち込んで公卿がいくら死に絶えようと帝が穢に触れようとどうでもよかったが、病弱な姫君を罹患させるわけにはいかない。隆家は外出を控え、疫病対策には道長が九品の阿弥陀仏を奉る阿弥陀堂の建立《こんりゅう》を発願したと聞いたので、唐の綾錦《あやにしき》を飾りにと送っておいた。正確には妻が家司《けいし》と打ち合わせて差配するに任せた。隆家自身にそんな気の利いたことを期待するほうが阿呆である。外のことはとりあえずは人任せに、隆家は家の中のことを考えてはさしたる思いつきも出ずに時間を空費する日々を過ごした。

——何としたるもんかな。

雨の上がった庭で綻び始めた梅の花を、軒先から滴る雫越しにぼんやりと見つめる。雪も仕舞いで春雨の季節だった。堂々巡りの思考で熱さえ帯びてきたような頭を冷やすために簀子縁でまだ寒さの残る風に当たっていると、背後から「父上」と声を掛けられた。

「おう、若《わか》」

次女であった。隆家の邸では、二人ある姫のうち、言葉の慣用に従って何の捻りもなく姉姫を姫君、妹姫を若君と呼び分けている。若君は病弱な姫君より背も高く肉付きも良く、性格も温厚だが芯は強く、よろずにつけ手のかからない娘であった。

「頼みがありまして」

だから、このように頼み事をしてくることは珍しい。しっかりした気質の若君は親の手を煩わせることがほとんどなかった。病弱な姫君に大人がかかりきりでもいじけもせず、かえって弟の面倒を見るなど小さいうちから大人の一員として振る舞った。

「珍しいな。何用か」

「近いうちに、わたくしの人をご覧ぜらるることのあらまほしく」

――聞かんかったことにしよかな。

正二位中納言藤原朝臣隆家、不惑を過ぎて生まれて初めて娘から彼氏紹介の打診を受け、いの一番に脳裏に浮かんだのは逃走の算段だった。いつかはこんな日が来るとは思っていたが、思うと直に体験するとでは天と地ほど違う。

妻問婚《つまどいこん》は、基本的に事実関係が先に立つ。女房や乳母を通じて男が女のもとへ通い情を交わし、三日続けて通ったならば三日目の夜に所顕《ところあらわ》しの披露宴を行って正式に夫婦となる。作法上、女の親は所顕しまでは表向き知らぬ存ぜぬを決め込む。無論建前上だけのことで、そこへ至るまでは親が色々と手を回すのだが、それでも実際に婿を迎える準備をするのは女親や女房らであって、男親は最終段階まであまり顔を出さない。

若君が父親に恋人の面通しを願い出たということは、つまりはもう関係は熟しているることを意味し、あとは表に出すだけということだ。隆家が大宰府に赴任している間に男を通わせ仲を育んでいたのだろう。

「……誰ぞ」

我ながら低い声が出たが、若君は怖じ気づいた様子もなくさらりと答えた。

「三位中将《さんみのちゅうじょう》なり」

「……道雅《みちまさ》か⁉　勿《まな》、それはならず。若、考え直せ。確かにあれは我が甥にて生まれは卑しからず顔も美しければ歌も巧みなれど、かの悪三位《あくさんみ》に妻が居着かぬことはそなたも聞いとるやろ」

藤原道雅は隆家の亡き兄伊周《これちか》の嫡男であり、従《じゅ》三位左近衛中将の官爵を得ている。慕った嫡兄の子なので、隆家とて疎かにするつもりはなく、請われれば喜んで世話をした。従兄妹同士の結婚はよくあることだし、通常であれば一も二もなく賛成したのだが、道雅が相手となると待ったをかけたい。

　何となれば、彼は父譲りの美貌と歌才には文句のつけようがない一方で、切れると手の付けられない乱暴者なのである。それゆえ悪三位の異名を取り、これまで複数の妻と通じては別れを繰り返してきた。鉄拳制裁で矯正するには甥は二十九と育ちすぎ、娘を託すには不安のある相手であることは確かだ。

　若君はしかし、表情を変えない。

「悪三位と、道雅の中将殿もさがな者と呼ばわれたる父上にばかりは言われたくはなからんに」

「喧《やかま》し」

　確かに隆家の若い頃は、叔父道長の従者と乱闘の挙句死人を出したり、法皇に弓を射かけたり、天皇や斎院相手に暴言を吐いたりと、甥に負けず劣らず荒くれ者で名を馳せた。挙句についた仇名が「性無者《さがなもの》」である。思えば妻の父はよく離縁を言い出さなかったものであるが、それはそれ、これはこれである。

「――それはそれとして、否、道雅の中将殿にはあらず」

「何やと？　さらば誰や」

　中将とは四位相当の官職であるので、三位の高位でその職にある者がそうゴロゴロいるはずはないのだが、若君は嘘は言っていなかった。

「皇太后宮大夫《こうたいごうぐうだいぶ》殿が息男、兼経《かねつね》殿なり」

「……道綱《みちつな》の叔父上の」

皇太后宮大夫こと大納言藤原道綱は、隆家の亡父の異母弟だった。その息子といえば隆家の従兄弟にあたるが、兼経は割合遅くに出来た子で、年齢は隆家の半分ほどだった。それでも既に三位に昇り、今は右近衛中将を務めている。

悪くない縁だった。年齢も釣り合う。兼経は、叔父道長の養子に入ったため若くして公卿に昇っている。隆家と道長はどちらかと言えば政治的に緊張関係にあるが、だからこそ道長もこの縁談に横槍は入れまい。道長は昔から、政敵本人は追い落としてもその周囲はむしろ積極的に自分の姻族に取り込む政策を取っていた。隆家の嫡兄伊周《これちか》を失脚させた後、その娘、悪三位の妹を自分の次男頼宗に嫁がせた。孫を東宮とすべく先帝の嫡男敦明《あつあきら》親王に東宮位を辞退させた後、自身の三女寛子《ひろこ》と結婚させて抱え込んだ。前太政大臣は、そういう男なのである。敵方を完膚なきまでに叩きのめすことは好まず、いつもどこか逃げ道を作っておいて後始末には温情を見せる。隆家のように殴る蹴る弓射かけ斬りかかり半殺しの目に遭わせるというようなことはせず、どこか手ぬるい。その手ぬるさを思えば、道長も反対はしないはずだ。

隆家は溜め息を吐く。考えれば考えるほど反対できない。年頃といい出自といい官冠《つかさかうぶり》といい申し分なく、道雅の中将のような悪評も聞かない。何より娘自身が望んでいる。

でも逃げたいしせめて引き伸ばしたい。隆家は咳払いした。

「しばし待て。悪からぬ縁なれば否やはなけれども、姫のほうが先や」

「それは承知しております。明日にも三日夜《みかよ》通いをとは申さず。されども」

これまで表情を変えず声に淀みもなかった若君は、ここに至って初めて眉根を少し寄せて一瞬だけ言いにくそうにした。

「せめて兼経殿に、叶わば父君の大納言殿に目通りを。道綱の大叔父上は、御年六十六にて……」

「くたばるか」

「父上」

苦言のような響きが混じったが、隆家は気にかけなかった。この性格は昔からだ。道綱の叔父はもうかなりの老年である。そして若君が、姫君の激しい気性も独り身であることへの不満もよくよく承知の上で姉を飛び越えて自身の縁談を打診してくるからには、もう長くないのだろう。政始での最後っ屁の憎まれ口は別にそちらへ向けたものではなかったのだが――

「心に留め置くゆえ、三日続けて通わすは今しばらく待て」

若君は何か言いたげだったが、言葉には出さずにただ頭を下げた。

高位貴族の姫は、衆目に顔を晒すものではない。話が終わると、若君はさっさと奥に引っ込んだ。次女の姿が簀子縁から消え気配が庇《ひさし》からも消えると、隆家は思わず舌打ちする。

「兼経とは。仔細の言いようもないやないか。この父の不在の間に、ようもかの如き男を通わせたるものや。あの立ち回りの殊《こと》なること、誰に似たるやら」

庭に控えていた従僕から間髪入れず「まことに。若君は殿にはつゆ似たまわず」と首肯が返ってきた。そこまで一刀両断しなくてもいいと思う。隆家は扇を投げつけた。見事に頭に命中して小気味の良い音がした。

六　きさいのみや【后の宮】

その夜、隆家は隣の小野宮第《だい》に右大将藤原実資を訪ねた。実資は隆家の父の又従兄弟であって、氏こそ同じでも他人もいい所の関係であるが、有り難いことに昔から目を掛けてもらっている。実資は隆家の父道隆や兄伊周には辛辣だったので、純粋に個人として評価されているらしい。二十二歳年上の実資を隆家のほうも父とも慕った。家が隣同士なこともあり、飲みたい気分の時はよくこうして押しかけては酒に付き合ってもらっている。

「中納言も婿取りに悩まるるようになられたるか」

「笑いたまうなよ、実資殿」

隆家は盃の酒をぐいっとあおり、一気に飲み干して二杯目を注がせた。

「くそ、姫のみならばまだ脇息《きょうそこ》を投げられんとも欺くことも叶わんに、若が先に男を通わすとは」

「年頃の娘からは長く目を離すべからず、ということかな。良き訓《おし》えを賜《たまわ》ったり」

隆家は実資を睨《ね》めつける。隣人は気の毒なことになかなか子に恵まれず、五十過ぎてやっと出来た娘はまだ裳着を経ていない童女である。

「おお、よくよく心懸けられよ。あと四、五年もせば千古《ちふる》姫とて男と目合わんに」

「ははははは、いやいやこれは中納言、面白きことを」

千古というのがその、遅くに出来たために溺愛される愛娘の名であった。実資の目が笑っていなかったので隆家は三杯目を傾けてごまかした。

しかしこうなると、ますますもって姫君の縁談の世話からは逃げられない。大体にして中納言家の者は姫君の言うことには逆らえないのだ。妻は丈夫な体に産んでやれなかった負い目があるらしくよろずにつけ長女には甘く、幼い頃からろくに外遊びもできず成長の遅かった姫君をよく知る乳母や女房らも同様。息子達は、姉に逆らえる弟などいないことを隆家は身をもって知っている——一条帝皇后定子は穏やかな人柄であったが、それだけに静かな声に怒りの響きを聞き取った時の空恐ろしさといったら。唯一の例外は若君だった。身体が弱く不自由の多い姉姫を不憫に思いつつ慕っていた若君は、昔から姫君の世話に邸中の大人が掛かりきりになっても文句も言わず、姉のために花を摘んできたり枕元でお喋り相手になったりと甲斐甲斐しく尽くしていた。病がちな体質のせいかどうあっても腰より下には髪が伸びない姫君のために、若君はこまめに自分の髪を梳《くしけず》って落ち髪を集め、かもじを作って姉に渡した。そうやって妹に姉のように気にかけられると、姫君も大きな借りを感じるようになったらしく、妹には癇癪を起こして当たるようなことはなかった。誰の言うことも聞かずとも、若君が諫めれば聞き入れた。

　ところが今回はその若君が、自身の結婚に先立つべき姫君の縁談の一刻も早い成就を望んでいるので、彼女から姉を諭してもらうことはできない。そしてこの父は無力で、家庭内で孤軍奮闘するほどの力はない。できるのはこうして酒を呑んでくだを巻くくらいだ。

「……まことや、実資殿。道綱の叔父上はいかほどに悪《わろ》きか」

　隆家は人付き合いにまめなほうでもなければ、勝手に人が寄ってくるほどの権威もない。悪評には事欠かず、そのために遠巻きにする人間のほうが多い。加えてここ五年ほどは京を遠く離れて筑紫にあったとなれば、貴族社会の最近の動静にはとんと疎かった。公任が嫡男定頼の公卿入りを切望しているだの何だのは、すべて公任の従兄弟である実資から聞いた話だった。

　ふむ、と実資は考える様子を見せた。彼は多少女に弱いところを除けば当代随一の良識の人で、人付き合いの義理も欠かさない。

「大宮《おおみや》大夫の大納言は、この老体よりさらに二つ年嵩《としかさ》にあらるるゆえにな。枇杷殿《びわどの》に参ずることもこの頃は稀とかや。若々しき大宮に仕えまつらるるは寄る年波に日々に重しと。元より鷹揚《おおどか》なる御人柄にして、枇杷殿の后とはなかなかに合わざらんところを、いずこかの中納言が頑として大夫の職を固辞されたるばかりになあ」

「うっ」

隆家は言葉に詰まった。大宮とは皇太后の別称で、今現在その地位にあるのは道長の次女、藤原妍子《きよこ》である。八年前、先帝の御代に中宮に立ち、道綱はその折に中宮大夫に任じられた。

妍子は道長の娘の中でも最も容色に優れていた反面、やや軽薄で享楽的で空気を読まない性格だった。おっとりした性格の道綱とは相性が悪く、ただでさえ既に還暦を前にしていた彼は気苦労が絶えなかったらしい。異母兄と娘の相性を、根回しの鬼である道長の叔父が承知していなかったはずはなく、もともと中宮大夫の職は隆家に打診された。

隆家はこれを撥ねつけた。従姉妹の妍子を嫌ったわけではない——若い頃の考えなしな性格なら、隆家は人のことを言えた立場にない。だが、三条《さんじょう》帝には既に親王を四所までなした妻藤原娍子《すけこ》がおり、彼女を軽んじるべきではないとの三条帝の意向を重んじた隆家は、娍子妃が皇后に立つとその皇后宮大夫を引き受けた。皇后娍子とはとっくに没した父親同士が飲み友達であったという以上の関係はなく、あえて道長の叔父に真っ向から逆らった形になった。その割を食って道綱の叔父は妍子の中宮大夫に任じられ、天皇の代替わりあって彼女が皇太后に転じ枇杷殿を御所とするようになってもまだ皇太后宮大夫として奉仕している。

加えて始末に負えないことに、そんな経緯があっても妍子のほうは従兄弟の隆家を妙に気に入っているようで、五年前に筑紫に下向する際には扇を下賜され『涼しさは生《いき》の松原まさるとも添ふる扇の風な忘れそ』との歌まで贈られた。高位の女が男に扇と歌を贈ることは何やら意味深で、既婚の身も父左大臣の立場も何も考えないその振る舞いがいかにも彼女らしく、隆家は後ろ髪を一本たりとも引かれず鎮西へ下った。普通一国の后が、夫帝が存命だというのに他の男に自分を忘れてくれるななどという歌を贈るだろうか。隆家は、大宰府にあって従姉妹を思い出したことは一時たりともなかった。

そんな風に隆家が自分の心の赴くまま行動している傍ら、皺寄せを受けて報われない宮仕えをしてきたのが道綱の叔父である。彼が心労と老齢とで弱っている今、埋め合わせにその息子の後見くらいしてやっても良いのでは、と実資に言外に言われ、隆家は反論できなかった。しばし黙り込んだ後、何杯目かもう忘れた酒を口にしつつ、隆家は盃越しにちらりと実資を見る。

「……実資殿。何やら今日は、怪しう道綱の叔父上に肩入れなさるなァ」

「さようか？」

実資は道綱を評価しておらず、一文不通の人とまで言って憚らない。元より彼は他者への評価が辛《から》く、擁護の言葉を聞くことは極めて稀だ。実資は賢人の異名を取るほど類稀《たぐいまれ》な知識人であるから、自己と比較すると周囲が不出来に見えてたまらないのだろう。彼と比べれば誰だって浅学非才の身になるだろうし、隆家自身だって例外ではないために気に入られていることのほうが不思議だが、それはさておき彼が道綱に同情的な言葉を口にするのは不自然だった。

首を捻ると視界の端に文箱《ふばこ》が映った。開きかけた文箱の一番上に、桜色の品の良い料紙に女手と思わしき筆跡が見えた。当歳六十四の実資には不釣り合いだ。

——もしや。

「中納言！」

咎める実資の声も聞かず、隆家は文箱を漁って桜色の紙を手に取る。若い女の筆跡で歌が一首踊っていた。

——さもこそは都のほかに宿りせめうたて露けき草まくらかな

それは隆家が十代の頃に作った歌だった。若気の至りの狼藉が過ぎて配流された時に、感傷的になって詠んだ。若君の字だ。実資を振り返れば視線を逸らして肩を竦められる。

「……その、千古の手習いにと、若君がな。料紙の選びといい香といい、かような事は若き女君の右に出づる者はおらぬな。隣近所の縁やと言われて、若君はよう来られて千古の遊び相手《がたき》を」

――根回し済みか、若！

外堀は周到に埋められていた。結婚話を持ち出せばこの父が隣の小野宮第で愚痴を零《こぼ》すことまで読み切って、若君はまず実資が何よりも大事にしている千古姫から籠絡し、まさしく将を射たわけだ。

「次は、中納言が若かりし日に北の方に詠まれたる歌など手習いの手本に書きつけて来らるべきとかや」

「――若ぁ！　この父を脅すか！」

隣の自邸に向かって隆家は叫ぶが、しんと寝静まった我が家から返ってくる声はなかった。

「いやまこと、先手を打つこと巧みなる娘御や。母君の血なるかな？」

どうせ隆家は、単身政始に乗り込んでいってあえなく恩賞の請願を否決されるくらい、根回し工作の類は不得手である。舌打ちして今夜最後の酒をあおった。

――飲みすぎた。

翌朝、迎え酒をしようとすれば北の方に止められたので、隆家は褥《しとね》の上で桶を枕に吐き戻す羽目になった。若い頃にはどうということもなかった酒量でこの体たらくとは、四十路《よそじ》の坂はきつい。

「若かりし頃にもしばしば悪酔いなされけり。ただ潰れても何とも思わざりけるのみにて」

長く連れ添った妻は容赦ない。酔い潰れるのは昔から、ただ若い頃には酒の醜態を気にしなかっただけだろうと言われると反論はできなかった。宮中で女官を相手に絡み酒をやらかし、それをかの紫式部《むらさきしきぶ》に日記に残されるということもあった隆家である。清少納言《せいしょうなごん》といいどうしてあの手の文筆に一家言ある女は隆家のことを面白おかしく日記やら随筆やらに書くのか、書くのはまだいいとしてなぜ公開するのか、百歩譲って内輪で回し読みする程度ならともかくも下手に文名を馳せているものだから都中の貴族が写本しては熟読する事態になり、結果として醜態をこれ以上ないほどに拡散されてしまった。救いは、都の主だった公卿は多かれ少なかれ皆似たような目に遭っていることか。行成だって清少納言に言い寄って振られた事の次第が微に入り細に入り書き残されている、ざまあみろ。

胃の中の物をあらかた吐き出してしまうと、ぐるぐると目の回るような気分の悪さだけが残る。そのままうつらうつらとしている間に、脳裏に過去の記憶が次から次へと流れてきた。妻の言葉に若かりし日々を思い出したからか、はたまた昨夜の実資の誘導のゆえか。

『いずこかの中納言が頑として大夫の職を固辞されたるばかりになあ』

道長の次女妍子が先帝三条院の中宮に立ったのは、ちょうど八年前の寛弘《かんこう》九年二月のことである。時の左大臣道長に圧されて三条帝はまだ一所の皇子女も産んでいなかった妍子を正后に立てたが、既に四皇子二皇女をなした娍子妃をも立后したいというご意向を隠しもしなかった。

一帝に二后並列は奇妙な話だが、道長は一条帝の御世に長女彰子を立后させるべく、既に中宮に立っていた隆家の姉定子を皇后に移して彰子を中宮となさしめた前科があった。過去の自身の行いがそのまま返ってきては道長も娍子立后に否やは唱えづらかったが、さりとて歓迎できるわけもない。彼は中宮妍子の陣営を手厚く固め、中宮職《しき》の職員は信の置ける人物のみを配置し、筆頭の中宮大夫を甥の隆家に打診した。

『一切辞《いな》び申す』

一も二もなく断ったのは、今にして思えば何故だったたか。叔父の軍門に下りたくない、というほどの露骨な反感があったわけではない。本気で敵対するならむしろ懐の中に潜り込み妍子に毒でも盛るほうがよほど利口だろう。娍子のほうに思い入れがあったわけでもない。彼女とは従姉妹の妍子よりよほど遠い血の繋がりしかなかったし、個人的な親交もなかった。四皇子を産み参らせた功績に鑑み、物の道理を重視して娍子こそ后にふさわしいと考えた――ということでもない。理《ことわり》だの正道だのは基本的に踏み外して生きてきた隆家である。ただ、何かが気に食わなかった。

娍子と隆家との間には、暗い因縁があるといえばあった。ただしそれは自然に撚《よ》り合わされたものではなく、極めて人為的な臭いがした。三条帝の東宮時代、その後宮に侍《はべ》っていたのは娍子と妍子だけではなく、后妃に相応しい高貴な身分の女性に限ってもあと二人いた。そのうちの一人が東宮女御藤原原子《もとこ》――隆家の実妹である。後ろ盾の父が没し隆家と伊周の二人の兄が罪を得て失脚する中でも寵愛を保ち、火事に遭い内裏を焼け出された東宮一行が仮御所に避難した際も実家に戻されず里内裏《さとだいり》の一角に居所を与えられた。だが原子は夫の即位を見ることなく、ある日突然血を吐いて頓死した。直前まで健康そのものだった原子の急死は疑念を呼び、東宮の寵を争っていた娍子が毒を盛ったのだという噂が立った。

今現在の、隆家自身に降りかかっている疫病神扱いを思えば、人の悪意ある噂など当てになるものではない。娍子が妹の死の黒幕だなどとは、当時でさえ隆家は信じていなかった。父の存命時であればともかくも、実家が没落する中で王子の一人さえ産んでいない妹は、もはや娍子にとって危険を冒してまで排除したい相手ではなかったはずだ。隆家の神経に障ったのはその噂を流した誰かだった。

大半は、面白半分どころか九分の愚にもつかない戯言だったろう。だがその裏で、娍子と隆家、そして当時はまだ存命であった隆家の嫡兄伊周が結びつくことを喜ばない人物が確実に一人いた。時の左大臣道長にとって、嫡流の甥である伊周と、他家の出身である娍子妃およびその所生の王子達は、掌中に収めようとしていた皇統と権力の座を遠ざけかねない脅威だった。隆家は叔父の性格を知っている。姪に毒を盛りその罪を他人に擦《なす》りつけることができるほど腹が黒い男ではない。しかし、自分の与《あずか》り知らぬところで起きた出来事でもとことんまで自分のために利用することにかけては右に出る者はいない。

道長の叔父は我田引水の名手だった。前代未聞の一帝二后の無理筋を通したのも、彼自身の独断ではなく定子立后の際の兄道隆公――隆家の父の用いた理屈を援用してのことである。姉定子が一条帝に入内した時、父道隆は娘を后に立てたがったが、当時太皇太后・皇太后・皇后の三后の位はいずれも塞がっていた。皇后は一条天皇の父帝円融《えんゆう》院の嫡妻藤原遵子《のぶこ》、皇太后は一条天皇の生母藤原詮子《あきこ》、太皇太后は一条天皇の伯父帝冷泉《れいぜい》院の嫡妻昌子《まさこ》内親王といった具合である。皇位が父から子へと継承されていたならば、人の寿命には限りがある以上三后がすべて健在のまま次代を迎えるということはなかっただろう。しかし皇統はこの頃から二つに分かれて兄弟間および従兄弟間での継承が行われ、皇位を三代遡ってもせいぜい親世代という状況だった。何としても娘定子を立后させたかった道隆には、当時いまだ四十前後の三后の誰かの崩御を気長に待つだけの余裕はなかった。そこで彼は一計を案じ、本来皇后の別称であった中宮を分離させて定子を中宮に封じさせたのである。一帝二后は道長の叔父に始まるが、その布石となった皇后と中宮の分立は父道隆が敷いた。過去の行いはいつか己に返ってくるものである、叔父も父も。さて、隆家自身には何が返ってくるやら。

ともあれ、機を見て波に乗り人の行いに乗じることがべらぼうに上手い道長は、原子の死に親戚として弔意を表するだけでは済まさなかっただろう。少なくとも娍子黒幕説の風評を知りながらあえて放置したことは確実だし、多少は煽ったかもしれない。あれほど悪意に満ちた噂を自ら流したとまでは思わないが、姪の死だろうが何だろうが使えるものは使う男だということもよく知っていた。

——乗ってたまるか。

若かりし隆家は嗅ぎ取った不穏な臭いにそう決意した。そして原子の死から数年が経過して三条帝が即位した時、少しはそれを相手に思い出させてやりたくなったのだった。

——関白道隆の血筋が小一条《こいちじょう》流と結びつくを良しとせざる者共よ、よく見ておれ。隆家はただ己の思うままに動く。誰の思惑も我の知りたるところにあらず！

小一条流とは娍子の実家である。妹の死を悪意ある陰謀の噂で汚した者が誰であろうと、娍子と隆家が共闘するのを好まない陣営にいることは確かだ。数年が経過して油断しているであろう見えない敵の顔に思いきり冷水を浴びせ、喧嘩を売ってやりたかった。折しも三条帝の即位時、次期天皇たる東宮は隆家の甥の敦康親王ではなくその異母弟の敦成親王《あつひら》――今日の今上帝――と定められ、隆家は彼らの父帝一条院を『あわれの人非人やと申さまほしくこそありしか』と罵ったばかりだった。

――この帝が東宮と聞こえたまいし折に妹を喪い、敦康の皇子《みこ》は東宮位より遠ざけられ、さらばこの隆家もさすがに叔父上に下るべからんなどと思いたるか。笑止！

誰であれ、隆家を挫くことも飼い慣らすこともできない。八年前の隆家の心情は、言語化すればそんなところだ。当時はそこまで明確に自分の頭の中で理屈立てていたわけではなく、あえて言葉に落とし込むことをせずただ「何かが気に入らない」という感情のままに動いていた。

娍子への肩入れは副産物のようなもので、彼女自身に好意も恩義もない。むしろあれは、道長の叔父の失策と言ったほうがいいかもしれない。もし隆家を抱き込みたかったのなら彼は下手を打った。三条院が妍子の中宮冊立から二月も置かずに娍子を皇后に叙するとの宣旨を下された際、道長の叔父は敢えてその日を中宮妍子の入内の日と定め、都の名だたる貴族達に供奉《ぐぶ》を命じた。両方に出席することはできないため、選択を迫られた公卿達は皆こぞって時の権力者のもとに集った。例外は娍子の身内と右大将実資、そして隆家であった。

――叔父上。さすがにそれはやり過ぎというもんや。

隆家に真っ向から歯向かわれたくなかったのなら、道長の叔父は露骨な妨害工作などせず静観していればよかったのだ。それなら隆家だって、特に何の義理もない娍子妃の立后にあそこまで協力したかは怪しい。だが、既に娘を皇太后と中宮に立てておきながら、過去に隆家の姉にした行いをそのまま返されるだけのことをそこまで厭う道長の態度は、さすがに隆家の癇に障った。隆家の父道隆の死により受け継いだ物、隆家の兄伊周と姉定子を追い落として得た物、道長の叔父は既に何もかも持っていたのに、それ以上を望まれては指を咥えて見てはいられなかった。

——よろしゃないか。し得べきものならばなされよ叔父上、この隆家の眼前にて。

道長の叔父が流れを汲むのがどれほど巧みでも、すべての水をその手で操れるわけではない。水はただ道長の田を潤すためだけに存在しているのではない、と突きつけてやるのも一興と思った。そして一度思いつけば波風を立ててみたくて仕方がなかった。中宮妍子の大夫職を断った流れのまま、あとは勢いだった。

『実資殿、参りますぞ』

『中納言、この身は風邪を引きにければ』

『風邪が何やと仰せらるるか。立后の儀には有職故実《ゆうそくこじつ》を良く知りたまいける実資殿の助力を必ず要し候。他には皇后宮の弟君の参議《さんぎ》殿のみ参るなりと聞けば、何卒、何卒実資殿も参上つかまつらせたまえ』

当日運悪く風邪を引いて寝込んでいた隣の生き字引を、隆家は強引に御所に引っ張っていった。種々の典礼に通じた彼の助力なくしては儀式を執り行うことは難しい。だが逆に言えば、当代随一の知識人である彼さえ抱き込めば何とか儀礼の形は保てる。道長の叔父が人海戦術で来るなら、こちらは人の質で勝負するしかなかった。適材適所の乾坤一擲を放ったのはただそれが一番胸のすく思いがしたからで、三条帝のためでも娍子のためでもなかった。真実彼らを思うなら、病身の右大将を拉致同然に引き連れて御所を病穢に触れさせるような真似は決してできない。だがそれでも三条帝と皇后娍子はいたく感じ入ってくれたらしく、皇后宮大夫への就任を是非にと請われた。正直言ってさほど乗り気ではなかったが、それでも乗りかかった船であったので引き受けた。制約の多い女性の身で否応無しにこの世の最高権力者と敵対せねばならない皇后の苦労に、生前の姉の苦悩を思い出してほんの僅かながら同情を寄せたせいもある。隆家自身は自由の利く男の身だしこの性格だし、道長の叔父と対立することは屁でもなかったが、公卿の姫として出しゃばらず慎ましやかに良妻賢母たれと躾けられた皇后娍子にはいささか荷が勝ちすぎよう。自分の私的な感情から首を突っ込んで事を大きくした自覚はあったので、埋め合わせにほとぼりが冷めるまではと皇后宮大夫に就任した。

「同じことをせよと言うか、姫ぇ……」

酒嗄れか嘔吐のせいか、かすれた声しか出なかった。時の最高権力者に楯突く形で縁もゆかりも好意も恩義もない娍子の立后に結果として尽力したのなら、実の娘にはそれ以上のことをしてやらなければ道理が立たない。それは重々承知の上ではあるのだが。

腹に抱えていたものをすっかり吐き出してしまうと、もう内から湧き上がってくるものはあまりないのだ。宮中など、夢に憧れるほど良いものではない。老人の醜い思惑と屁理屈が充満して、いくら功を立てても全く報われない。恩賞を無にされてももはや失望すら出来ないほどに、隆家にとってかの場所は無価値に成り果てていた。それなのに姫君はまだ華やかな夢を見て諦めない。

――やれやれ。まことに、如何にしたるもんやろかな。

一月《ひとつき》越しの悩みに、今日も答えは出なかった。

七　にんがのさう【人我の相】

逃げ回る隙さえ二人の娘は与えてくれないので、隆家は二日酔いが明けるとやむなく婿探しに本腰を入れた。若い頃の恋歌を隣の童女の習字の手本にするぞ、とは我が娘ながら脅し方がえげつない。

隆家は腹を決めて、「兼経を呼べ」と若君に命じた。名目は、道綱の叔父の病状を尋ねるためである。訪ねてきた右三位中将兼経は隙のない所作で挨拶を述べた。

「前帥殿にあられては、未曾有の国難よりこの日の本を救いたまいし勲功、一臣民としてまことに忝《かたじけな》く、謝する術さえ持たぬ身がいと恥ずかしゅう存じます」

暖かくなってきたのをいいことに、隆家は兼経を庇にも立ち入らせずに簀子縁に座らせたのだが、だいぶ年下の従兄弟は気を悪くした様子もなく深々と頭を下げた。

心にもないおべっかという風でもなかったが、心を許していない相手からの褒め言葉を素直に喜べるほど隆家は青くはなかった。しれっと無視する。

「して、父君の容態は」

「――悪《わろ》からずと申したきところなれど、日に日に力もなくなりて萎えゆけば、薬師《くすし》などは今年の冬は越せまじと」

「心苦しきかな」

仲が良いわけでも悪いわけでもなかった叔父に対し、それは隆家の本心だった。

「行き訪《とぶら》いたく思うが」

こちらは少し別の思惑も混じっていた。見舞いを申し出た隆家に、兼経は二つ返事で頷いた。

「父も喜びます。さらば吉日を占いて、後日」

その後は他愛もない言葉を二、三交わして、隆家は面会を切り上げた。御簾の奥に控えていた若君は、何か言いたげだったが終始無言だった。ただ、控えめながら物怖じせず終始冷静だった兼経が立ち上がり辞去しようとした時、御簾の向こうにふと目をやって堪えきれなかったように口元をほんの少し綻ばせ、若君もそれに頷いたのを、隆家は見逃さなかった。

――くそ、むかつく。

兼経が退出すると、隆家は若君を振り返る。

「聞いての通りや。まず父が叔父上と話すゆえ、先に子など作ってくるなよ」

生まれも育ちも位階も官職も上々で、悪い評判もなく、立ち居振る舞いもそつがなく礼儀正しく、その上に若君の独り相撲でもなく想い合っているときた。だが父としてはそう簡単に白旗を上げられないのである。たとえ時間の問題であっても。

「承知しております」

若君は余裕綽々として、扇で口元を蔽った。


ところが見舞いの日取りはなかなか決まらなかった。道綱は良くなったり悪くなったりを繰り返しているらしく、なかなか先の予定が立てづらいとのことだった。隆家には急ぐ話でもないから別に良いのだが、別件で痺れを切らしているのが家中に一人いる。

「無能。役立たず。末代まで呪うてやる！」

自分を呪ってどうする。最近の姫君は癇癪を起こしても、温石や火鉢を投げてくることはなくなった。諦めがついたのではなく、病状が悪化して力が出せなくなったのでもなく、単に暖かい時節になったから――と信じたい。季節が過ぎても縁談の沙汰はなく、父への態度はいよいよ硬化し、最近はかもじで首を絞められるようになった。別に大した力ではないが、若君の髪で作ったかもじが姫君の手で首にかかると娘二人分の執念のようなものを直に感じるのでやめてほしい。

「父上、何とかしたまえ。姉上はまことにまろをも呪いかねず」

姫君の呪詛を真に受けた次男の脳天に、隆家は思いきり肘鉄を撃ち降ろした。頭を押さえて悶絶する嫡子に、隆家は遣いを命じる。

「……皇后に、目通りを？」

「経輔《つねすけ》。二度言わすな」

文を持たせて邸から文字通り蹴り出しつつ、そういえばこの次男が元服した時に加冠役を務めたのが道綱の叔父だった、と思い当たる。その頃大宰府にいた隆家の手配ではない。何がどうなってそんな沙汰になったのかは知らないが、もしその際に若君が兼経と知り合ったのなら、息子の尻に蹴りを入れることくらいは許されるだろう。

ともあれ跡取り息子を先触れに出し、隆家は皇后藤原娍子《すけこ》を訪ねた。

皇后とは通常は今上帝の嫡妻を指すが、近頃はそうとも限らない。先々帝一条院の代より帝の嫡妻は一代に皇后と中宮の二后が並立し得るようになったが、その上の皇太后や太皇太后は相変わらず一所のみであるので、天皇の代替わりがあっても二人の后に対し昇進枠が一つしかない。先帝三条院の御世にその正配として皇后に立った娍子は、夫帝が譲位し中宮であった妍子が皇太后に昇進しても、皇后に留まったまま今に至る。空いた中宮位には新帝の嫡妻として道長の四女威子《たけこ》が立ち、今上帝の生母である藤原彰子は太皇太后に遷った。両親を同じくする三姉妹が太皇太后、皇太后、中宮の位を占める前代未聞の一家三后の実現であり、彼女達の父道長は浮かれて『この世をば我が世とぞ思ふ望月の欠けたることもなしと思へば』と酒の席で詠んだと伝わる。隆家はその時遠く離れた筑紫に赴任していたので、実資からの又聞きである。

しかし、正確に言えば一家三后は道長の娘たちによる后妃の位の独占ではなかった。皇后娍子は変わらずその位にあり、五十歳近くなって今なお健勝である。まさに今、御簾の向こうで歓喜に咽んでいる。

「これは大夫殿《だいぶ》。久しいこと……！」

隆家が彼女に皇后宮大夫として仕えたのはもう八年も前のことで、しかもその期間は十ヶ月にも満たなかった。それでもやはり時の左大臣道長に真っ向から楯突いての奉仕は胸を打ったらしく、未だに大夫と呼ばれる。

隆家は無沙汰を詫び、しばし昔話に付き合った。

「大夫が都におわしましかば、敦明《あつあきら》が東宮を降ることもなからましや」

四年前、先帝三条院は、皇后所生の長男敦明親王を東宮に立てることを交換条件として今上帝に譲位した。しかし今上帝より十四歳年長の敦明親王は、一度は東宮に立ったものの、年齢差からして自身に皇位が巡ってくることはないと思ったのか、あるいは道長と対立する気概を持てなかったのか、父三条上皇が崩御すると東宮位を辞して道長に婿取られた。すべて、隆家の大宰府赴任中の出来事である。

おさまらないのは敦明親王の母后、すなわち隆家の眼前の落飾姿の女性である。今は皇太后に昇った中宮妍子の陰で、皇子をなしたことだけが勝ち点だったのに、当の本人が早々に諦めてしまった。その無念を数年経った今も切々と訴えかける皇后に相槌を打ちながら、隆家はどうにか話を昔から今へ運ぶ。

「――さはさりながら、二宮《にのみや》も三宮《さんのみや》も息災におわしますようにて、何より」

隆家は、皇后の両隣に控える公達を見ながら言った。皇后が三条院との間に儲けた四皇子のうち、長男敦明親王は道長に婿取られその娘寛子《ひろこ》の住む高松殿に起臥し、四男師明《もろあきら》親王は出家したが、次男敦儀《あつのり》親王と三男敦平《あつひら》親王は俗世にあって母后と同居している。二人して皇后の傍に控えるとは、警戒されているのだろうか。いくら何でも五十歳近い尼姿の皇后に手を出す気はないのだが。

三宮には無視されたが、二宮は感じよく微笑んで会釈を返した。

「御蔭《かげ》によりて恙《つつが》無く」

「二宮にあられては、先月病ませたまいけるなりと聞き及び申せしが」

三月の末に二宮敦儀親王は都に流行る疫病に倒れ、しかも病状はかなり重篤だったと聞いた。しかし今、二十四歳の若い皇子から病的なものは感じられない。

「恥ずかしながら不養生にて、一時は見苦しき様にてありたるものを、神仏の加護によりて今はこの通りに」

「喜び申し上げ候」

二宮は優雅に礼を取ったが、一方の三宮からは何やら敵意に近いものが感じられた。

隆家にとっては馴染みの感覚である。

「喜びとは、中納言がはるばる筑紫より運び来たる疫病《えやみ》を得たることに？」

「敦平！」

「三宮」

皮肉った三宮に皇后の叱責が飛び、二宮も重みのある声を弟に向けて発した。

「埒《らち》もなき事を。かかる荒唐無稽を信ずる痴愚も、不肖なる戯言《ざれごと》を救国の功ある中納言殿に申すも、許されざる無礼《むらい》の罪なり。まして帥宮《そちのみや》たるそなたが、恩を忘れたるか。疾《と》く罪去《つみさ》り申せ」

「兄上、今のは物の言い戯《たわぶ》れにて――」

「言うてよろしき戯《たわぶ》れ言と良からぬ徒言《あだこと》ぞある」

二宮に静かに言い募られ、三宮は不承不承といった体で「……畏まり申す」と隆家に謝罪した。二宮もまた、深く頭を下げる。

「我からも、心より畏まりて謝罪《おこたり》を申し候。中納言殿、弟の無礼を何卒許したまえ」

「何の、少しもうたてき事なければ、な案じさせたまいそ」

口で吠えることしかできない若者の憎まれ口など、子犬に噛まれたほども痛痒を感じない。口撃ならせめて姫君のように直接的な罵詈雑言を並び立てるか、若君ほどに練り上げた嫌味を滔々と述べるくらいでなくては張り合いのはの字もありはしない。

大体にして三宮の嫌味は単なる嫉妬だ。大宰帥たる彼こそが大宰府の正式な長官だったが、親王を帥に任じるのは箔付けの性質が強く、多くは実際には赴任せず実権は長官代行の大宰権帥か次官の大宰大弐《だいに》が握る。権帥と大弐は同時には任命されない慣習であるためその区別は曖昧で、隆家も帥殿とも大弐殿とも混同した呼称で呼ばれた。その隆家が筑紫で空前絶後の功績を挙げたものだから、正式な長官たる三宮としてはいよいよもって単なるお飾りであることが強調されてしまい立場がない、というところだろう。まともに取り合ってやるのも阿呆らしい。

それよりも隆家の関心を引いたのは二宮の態度だった。疫病の到来の責を隆家に帰する気はまるでないと見える。隆家自身、自分に責任があるとは微塵も思っていないが、自分の一行に海外由来の病が憑いて都まで運ばれたという可能性は否定しきれないと思っている。病は不可抗力で誰が何と言おうと隆家は責めを負わない。だが責任を負わなくとも感染を避けられるものなら避けたく、帰京時には珍しく真面目に方違えや物忌みなどしてみたわけだ。本人すらその程度の意識はあるのに、重い症状に苦しめられておきながら、誰のせいにもしないでいられるというのは常人にはなかなか難しい。さらに、自分ではない身内の不始末で格下の相手に深く頭を下げるとは、よほど人間が出来ていなければ無理な話だ。

品行方正で賢明な敦儀親王が皇后のお気に入りだというのも頷ける。皇后は数ある子のうち次男への鍾愛が特に深く、右大将実資などは以前、第一皇子の敦明親王ではなく第二皇子の敦儀親王を東宮に立てられないかと皇后から相談されたこともあるらしい。敦明親王は別に暗愚というわけではないのだが、何と言うか、隆家や道雅と同類の気質で、要は喧嘩っ早いのだった。それだけに、彼があっさりと東宮を辞退したことは隆家には意外であった。

とはいえ今は眼前に居ない元東宮よりもその弟だ。隆家は再び、御簾越しに二宮を凝視する。目の覚めるほどの美男とは言わないが、若い頃には美貌で聞こえた皇后の片鱗は受け継いでおり、女受けのしそうな優美で端正な顔立ちのようだった。所作は清々しいほどの折り目正しさで言葉遣いも穏やか、そして中身が若いのに中々の出来物ときている。何もかも隆家とは真逆だった。隆家は美貌の姉や兄や弟妹らの間にあって顔だけは褒められたことがなかったし、性格と素行に下された評価は「さがな者」の呼称が端的に示している。個人同士ならまったく反りが合わずに親しく付き合うことはなかっただろうが――

「――皇后宮《きさいのみや》。二宮も聞かせたまえ。折り入って話が」

たっぷりと皇后の懐旧譚と世間話に付き合った後に、隆家はようやく本題を切り出した。

八　生死長夜【しゃうじぢゃうや】

宮中にあって、中央政界にとって、隆家卿は火種であった。

――とっととくたばれ、クソ爺ども。

元より彼の本性は火の玉だ。時には勢いを増し時には衰えるが、決して炎が絶えることはない。

新春に立ち消えたはずの隆家の権大納言昇進は、豈図《あにはか》らんや春の間中密かに燻《くすぶ》り続け、刀伊の入寇から丸一年が経過して暦が夏に移り変わると再び取り沙汰されるようになった。海外情勢とは何の関係もなく、大納言の筆頭たる道綱卿の老病が世間に明らかになったからである。六十六歳の彼は、年が明けてから出仕の回数が激減した。

甥の隆家と違って真面目な気質である彼が宮仕えを懈怠するからには、真実体調が悪いのだ。それが数ヶ月続けば、高齢であることも相まって、誰でも死期の近づいていることを悟る。道綱は出家の意向を周囲に零すようになり、それが人の口から口へ伝わって、夏には公卿らが彼の引退後の人事を思い悩むようになった。

「皇太后宮大夫殿は、致仕《ちじ》の勅許なく出家なさることはなからんが……」

公卿らは溜め息を押し殺す。元来穏やかで諸々の決まり事も疎かにはしない道綱は、公に辞職の承認を得ないまま電撃的に出家するようなことはないだろう。そして彼がいくら辞表を提出しても、関白頼通公とその背後にいる父道長は決して了承しないはずだ。そうするともう、道綱があとどれだけ生きるかという話になってくる。

しかし人の、それも道長と親しい異母兄の死を織り込んだ議論など表立って出来るはずもなく、具体的な人事案の策定などは夢のまた夢だ。公卿らは憂鬱だった。前々からの打診あって正式な辞表の提出と裁可の手続きを踏んだ辞任ならばその後の処理も円滑に進められるが、在任中に薨去されては後始末も引き継ぎも一苦労だ。ただでさえ混乱が予想されるのに、そこへもって既定路線が後回しにし続けた隆家の権大納言昇叙ときては、無事に済むはずがない。

「権大納言の員数を減ずは、四条大納言が良しとなさらんやろしなあ……」

隆家の権大納言昇叙を出来る限り無難に阻むには、遠からぬ道綱の引退を機に元々令外の官である権大納言を一人減らすぐらいしか手がない。だが、それには道長の陣営からさえ反対意見が出ることは確実だった。

「御嫡男の、定頼《さだより》の弁《べん》なる御方を、参議に列さすは四条大納言の悲願ゆえにな」

昨年末の除目《じもく》での教通の権大納言特進に真っ先に賛成しておきながら自身の嫡男の公卿昇進は見送られてしまった四条大納言公任は、今度こそは悲願を遂げようとするだろう。彼は道長の陣営に属してはいるが、決して盲目的に迎合しているわけではなく、自身の家の栄達を道長のために諦めることはない。その彼が、定頼の参議任官前にそもそもの太政官の席を減らすことに納得するはずがなかった。何なら、あまりに道長が定頼の公卿昇進を後回しにするようなら、掌を返して隆家の昇進に賛同することさえ公任の選択肢に入ってくるだろう。

「さらば、帥納言《そちなごん》を権大納言に上がらすか？」

「帥納言もさように思されて筑紫にはおわしまさずや」

「されども、生まれも年次も前帥のが上なれば、必ず異論も出ん」

隆家に次ぐ権大納言昇進候補は、権中納言兼大宰権帥行成である。実質的には大した違いはないとはいえ名目上は字に明らかな正官と権官の上下、在任年数の長短、そして家柄を考慮に入れると、隆家に行成の後塵を拝させるのは一見無理筋らしく思える。関白の息男である隆家に比べ、行成の父は公卿入りしないまま若くして没した。

ただ、行成は傑出した能吏だ。実家の後見が皆無である中、己の才覚のみを頼りに公卿まで出世した。数年来京を不在にした上に帰京してもろくに出仕せず引き籠もっている隆家と、膨大な量の事務仕事を一手に引き受ける行成とでは、政務への貢献度は段違いだった。加えて隆家よりも行成は七歳年長であり、正二位への昇叙が二年ほど早かった。そのために、隆家と行成の間の序列はさほどに明らかではなくなってしまっている。火種はここにもある。

五十路を前にした行成にも、そろそろ権大納言へ昇進したいという野望がないはずはなかった。隆家の後任の大宰権帥に任じられておきながら、いまだに京に留まっているのが良い証拠だろう。

行成自身に譲る気がないなら、次の新権大納言人事は間違いなく争いを呼ぶ。二十余名の公卿のうち、公に隆家の権大納言昇格を支持するのは右大将実資のみであるが、たった一人でも理が明らかに彼のほうにあるだけに他は板挟みとなっていた。

実資以外の高位貴族に味方らしい味方はいない隆家であるが、内裏の外では妙に人気が高いのも悩みどころだ。まずは女——皇后娍子は元より道長と対立する立場である以上明らかに隆家寄りであったし、皇太后妍子は何故だかわからないが昔から従兄弟の隆家がお気に入りである。そして何より道長の比類なき栄華をもたらした長女、太皇太后彰子は、父の強引なやり方が度を越すとしばしば異を唱え諫める側に回り、賢后と称された。一条天皇の譲位時、第一皇子敦康親王の立坊を隆家以上に支持したのは他ならぬ彰子であった。結局敦康親王ではなく敦成親王が東宮に叙せられた時、彰子は敦成親王の母でありながら父道長を酷く恨んだという。敦康親王が若くして世を去った今、太皇太后は我が子のために彼を追いやったままにしてしまった負い目からも、理に従って隆家を権大納言に昇叙させるべしと仰せられるだろう。今や世に忘れ去られた皇后や、結局皇子も産まず政治にさして関心もない皇太后は中央政界に何の影響力も持たない。しかし国母の意向だけは誰も無視できなかった。関白頼通公にしてからが、唯一の実姉の言うことにはまるで逆らえないのだ。

女性《にょしょう》は結局実力行使には出られないのだから、軋轢を生むことは承知で押し切ることはできなくはない。道長は結局長女に何と言われようと、己の方針を曲げたことはなかった。だが、隆家は庶民にも妙に人気があるのが辛いところだ。海賊の撃退という極めてわかりやすい武勲に、下々の者は熱狂した。彼らは宮中の複雑な力関係を理解しない。ただ、没落したお家で唯一生き残ったやんちゃ者の貴公子の、不死鳥のように華々しい凱旋という表象を単純に好む。行成の高い事務能力も平民からは見えない。都では、疫病の他に拙《つたな》い歌も流行った。

関白の子の中納言
矢を射たまいて都落ち
わずか二年《ふたとせ》返り咲き
后大臣《きさきおとど》は失せにけり

帥殿とこそ聞こえけれ

鬼神に恥じぬ勇あるも
入道殿に疎まれて
大納言には昇らずや

数ならぬ身の言うことなど普段ならば何ほどのこともない。だが、数を揃えられてしまってはこれほどの脅威もない。横暴な国司の邸に庶民が押し寄せて打ち壊しが起きることも、都ではままあった。内裏に盗賊が入り込んで狼藉を働くこともある世なので、いくら身分が高くても安全な居場所などどこにもなく、貴族は平民の人気取りにも神経をすり減らしている。特に何もしないでも妙に身分低い者からも好かれる隆家以外は。

大衆に、清濁併せ呑んだ政治的な議論は通じない。詭弁であればなおのこと通用しない。彼らは度し難く、良いように操ることは誰にも出来なかった。唯一賛同を得られるのは単純な正論である。いくら最善策でも、痛し痒しの妥協の産物では庶民は絶対に納得しない。知識がないために子供のように単純な彼らは、その愚かしさゆえに何よりも厳しかった。民衆に見えているのは、名家の出の隆家が救国の功にもかかわらず褒美も昇進も与えられていないこと、行成が大宰権帥に任じられておきながら京に留まっていることだけだ。

「卑しき者どもは、華々しき功名話を好むが過ぐるわ。何やあの歌は」

「よもや、前師殿が御自ら流させたるにや」

「命が惜しくば今の言は取り下げたまうがよろし。前師殿は、あれで歌はいみじう巧みにおわしますゆえにな」

隆家は歌才に恵まれ、しかもその作風は素朴ながらも胸を打つというようなものではなく、高位貴族らしく超絶技巧を駆使してなお叙情的にもののあわれを詠み上げるのが得意だった。竹を割ったような性格で、悪ふざけが過ぎるくらいが常態の、あのさがな者からどうして涙を誘わずにはいられないような情緒に溢れた歌が生まれるのか——この国に歌の道が始まって以来最大の謎である。歌だけは、真実歌だけが、隆家の唯一しおらしい部分だった。

どんな悪評も彼はほとんど気にしないし、昨今の流行歌も面白がって放置するばかりだろうが、何の技巧も感じられない庶民の戯《ざ》れ歌を自作だと言われては怒りの拳を繰り出すくらいは容易に想像できた。

「数ならぬ身の者どもが、前師の加階なきを言い疎《うと》まば、苛《さいな》まるるは入道殿ならで我らぞ」

庶民は強《したた》かに小賢しい。隆家の処遇を巡る不正義に日頃の鬱憤を乗せて憤り、行動に移すとしても、さすがにこの世の最高権力者の邸を直接襲撃するようなことはない。

危険に晒されるのは道長の陣営に与するやや位階の劣る者らであって、大方の公卿は道長の顔色を窺った結果、自分が嫌がらせや中傷の標的になるかもしれないと恐れる羽目になった。隆家は大いに笑って溜飲を下げるだろうし、世間はそれ見たことかと嘲笑するだろう。

「何故よりによって前帥なんや……」

隆家がもう少し義理堅く情に厚い人物であれば、行き過ぎた批判を押さえるべく何がしかの行動を取ってもらえたかもしれない。だが、そんな男であればさがな者の異名を取るはずもなく、当人の性格を思えばかえって自ら嬉々としてそこら中の築地塀《ついじべい》を壊して回る姿が日に浮かんだ。なぜそんな男が今この状況で権大納言昇進の筆頭候補なのか、巡り合わせとは非情なものである。

「……入道殿も、ここらにて悪しからずと思されぬもんかな」

「まことに……前帥殿が大納言にならせたまうとて、大臣の位も関白の座も月よりも遠ければ、何ほどのことかある」

道長派の公卿らの間からさえ、そんな声も上がるようになった。もういいだろう、別に隆家が権大納言になるくらい。それで彼が政権の首座に就くわけでも、道長の息の掛かった人物を追い落とすわけでもない。大体にして隆家は閣議に滅多に顔を出さない。この状態が続くなら別に脅威でも何でもないし、だったら余計な波風を立てて種火を大きくするよりは――

それでも、表向きは引退して政治の表舞台には出てこない道長に直接進言する機会は少ないため、ただでさえ言いにくい妥協案を誰も口にすることは出来なかった。

(――皇太后宮大夫。いま少し世にあられよ！　叶うことならば入道殿と関白が、前帥の加階やむなしと翻意なさるまで！)

かくして、取り立てて敵は多くなかったがさりとて他者の信望を捧げられるような人柄でもなかった大納言道綱は、俄に都中の貴族から切実に快復を祈られることになった。打算に満ちた真剣な願いの裏で、風はわずかに隆家に吹き始めた。薫風の季節であった。

九　ひはづ【脆弱】

公卿らの保身から出た切なる願いも虚しく大納言道綱は夏の暑さにすっかり体力を奪われたようで、隆家との面会が叶ったのは秋口になってからだった。それとても持ち直したからではなく、もうこの機を逃すと後がない、という状況ゆえらしい。道綱には出家した庶長了道命《どうみょう》があるが、七月の初めに天王寺《てんのうじ》から彼の訃報が届いてすっかり気落ちしてしまい、以来病状は坂道を転げ落ちるように悪化して最早素人目にも快復の見込みがないところまで来たとか。隆家が見舞いに出向くと、中納言を出迎える大納言にはおよそあり得ぬことにほぼ寝間着姿で、脇息に深くもたれかかり、御簾から出てこなかった。

「老い先短き身なれば、後の世はただ御仏の思し召しのままにと思えども、我が子のことが心に懸かりて。中納言の二の姫にとは、この上なくめでたき話を」

それでも兼経と若君の縁談には諸手を上げて賛成というのは伝わってきた。少々意外だった。道長の敵対勢力の旗印として担ぎ上げられることもある隆家は、若い頃の狼藉も相まって警戒されることのほうが多い。一方の道綱は、本朝三美人の一と謳われた母君の名高き著書『蜻蛉日記《かげろう》』の中で、元服を過ぎてもただただ父母や異母兄弟や上司に従順で色々と心配りをする様がしきりに描かれるほど、周りの顔色を良く見て振る舞う性格だった。乱痴気騒ぎのらの字も聞こえたためしはない。この手の人間は大抵の場合隆家とは気が合わなかったし、子供同士が縁続きになるなど厭われるかと思ったが、予想は大きく外れた。

「これは嬉しきことを仰せらる。叔父上は、入道殿の姫君をこそ兼経殿にと思わせたまうかと考えたるに」

御簾の向こうから苦笑が漏れた。道綱は若い頃から異母弟の道長と親しく、そのために妾腹ながら大納言まで出世した。道長にはまだ独身の娘が二人いるため、かなうことならそちらにというのが本意だろう。

「入道殿は、娘御の入内しか考えさせたまわぬよ。――既に入道されたる御身より、わずかなりとも若き御方に託したしというのが親心にて」

前半に本音が漏れたあたり、道綱の叔父は頭のほうまでだいぶ弱ってしまったようだった。確かに、と隆家は考える。道長は異母兄を慕い親しく付き合っているようだが、その扱いはあくまで臣下だった。道綱には娘があるが、彼女は道長の長女彰子が中宮に立つと宮中に出仕し、彰子所生の親王の乳母を務めた。それが今上帝であるが、ことほどさように道長は個人としての親愛とは別のところできっちりと上下関係を明白にし、子世代には主君と臣下以外の関係を許さない。

「かく見苦しき有様なれば所顕しには参りかぬるも、中納言、何とぞ兼経を」

「有り難き婿として心より傅《かしづ》き、後見《うしろみ》いたす」

隆家の言葉に、道綱はふっと微笑んで脇息に顔を伏せてしまった。案内役の女房に促され隆家は辞去する。本当にもう永くないらしい。きっとこれが最後だろう。

道綱を訪問した後、隆家はまた数日引き籠もり、家の中でさえあまり動かずに対へ渡ることもしなかった。都に流行る疱瘡はいまだ終息の兆しも見えない。昔から、流行り病の季節には姫君が人と会うのを避けさせており、自分自身とて例外ではなかった。若い頃はそれを口実に、他の女の所に入り浸りなどもしていたが、思えばそれでだいぶ嫌われた気がする。
二、三日様子を見て特に体調に変化もないので、隆家はようやく重い足を娘達の起臥する北の対に向けた。肚はまだ決まっていなかった。
――あーあ、まことに何としたるものか。若のほうは話を纏めてもええのやけれども、姫はなあ。さりとて妹に先を越されては黙っとるとも思えんし。

対の屋の最奥の局には、姫君とお付きの女房の姿しかなく、若君は別の曹司にでも引っ込んでいるようだった。

「何や、火桶など出したるか」

姫君は脇息にしどけなく半身を預け、右手に持つ扇で顔を覆いもせず閉じたまま腕を床にだらんと垂らしていた。その手が持つ扇の先がちょんと当たる程度の距離に火鉢が置かれている。局の中で場所を取る火鉢のせいで、几帳は脇に除けられていた。

「……秋やもの」

「暦の上はな。しかれども、『風の音にぞ驚かれぬる』と言うにも早ければ」

まだ七月だ。隆家は残暑に汗ばむくらいだったが、姫君は寒そうだった。

「古今集には、敏行《としゆき》がその歌を詠めるは秋立つ日なりとあり。立秋は過ぎたり」

口は立つ娘である。教養もある。隆家が『秋来ぬと目にはさやかに見えねども風の音にぞ驚かれぬる』という、百年以上前の歌人藤原敏行が詠んだ古歌を引いてみれば、姫君は所収の歌集の詞書《ことばがき》まで諳《そら》んじて返してみせた。見事だが、しかしそれと気温は一切無関係である。暦の上では秋と言っても文月《ふみづき》はやっと朝夕の風が涼しくなって凌《しの》ぎやすくなる程度で、今年もそれは変わらない。間違っても寒気を覚える温度ではなかった。

「……身も心も、冷えに冷え入りたる女には婿の来手もなくならんほどに」

隆家の言葉に、ぴくり、と姫君が眉を動かした気がした。実際のところ額に描いた殿上眉は微動だにしなかったのだが、何となく伝わる雰囲気がある。姫君は緩慢に父を見上げた。切れ長の瞳には負けん気が宿っている。コツコツと音がしたから何かと思えば、姫君が扇の先で火鉢をつついていた。

「よろし、父上がそうまで仰せらるならば、御自らこの火桶を持ちて行かれよ」

「この父が、自らか」

「言い出したるは誰や。無理を言うて運ばせたる女房らには、またこの重きを持てとはよう言われず」

道理ではある。女部屋ばかりの北の対にはそもそも立ち入ることのできる男は少なく、男手が足りない。言われるままに隆家が火鉢を担ぐと、姫君は「頭の上に」と意味不明なことを言う。

「はあ？」

「火桶を、頭の上に掲げられよ」

「何故？」

「頭上に持ち上げたらば、その両の手を放ちて」

「……あのな、姫」

ようやく長女の意図がわかった。随分と子供じみたことを考える。

「この父がさほどに愚かなりと思うか」

「愚かならざりと仰せらるるか？」

そう言われるとちょっと自信がない。だが「火鉢を頭の上に持ち上げて、しかるのちに手を離せ」と言われて、帰結に想像も及ばず愚直に従うほどの間抜けではない。

姫君は突如爆発した。

「誰が鮪の氷漬けやっ！」

そんなことは言っていない。姫君は立ち上がって隆家に掴みかかったが、父の袖を引いた途端に固まった。ろくに化粧せずとも真っ白だった顔が土気色に変じ、姫君は胸を押さえてよろける。考えるより前に身体が動いていた。隆家は火鉢を放り投げ、重心を失った娘の身体を抱き止める。

「姫！」

隆家の声は、床に叩きつけられた火桶の割れる音にかき消された。飛び散る火の粉と灰から咄嗟に娘を庇う。隆家の胸元に顔を押し付けるようにして倒れ込んだ姫君は、父の腕を震える手で掴んだ。

「放、て、クソ親父。な触れそ、役立たず。ええ、この、世の嫌われ者……！」

そう言いながら、姫君の白い手はぎゅっと隆家の腕を袖越しに掴んで離さない。爪の桜色が失せるほどの力で必死にしがみついてきた。

「離れよ！　姫は、己で立たねば……ここで、心を立てねば、姫は――」

割れて転がった火鉢の立てたけたたましい音を聞いてか、人が集まってくる。

「姫！」

「姉上……！」

北の方と若君が、顔を隠しもせず連れ立って駆け寄ってきた。姫君は振り返る余裕もなく、ただ顔を上げてキッと隆家を睨みつける。凛々しい娘の表情と裏腹に、黒い瞳に映る自分は随分情けない顔をしていた。揺れる瞳に怒りの光を燃やし、眉間に皺を寄せ歯を食いしばって父を見上げていた姫君の表情は、数秒後ふっと決壊して泣き顔になる。涙が一粒零れ落ちるより一瞬早く、姫君は両腕を突っ張って隆家を突き飛ばそうとした。その力はあまりに弱々しく隆家はびくともせず、ただ姫君自身が弾き飛ばされるように後ろに崩《くず》折《お》れる。隆家が腕を伸ばし背中に手を回してその華奢な肢体を受け止めた時、娘はもう気を失っていた。

姫君を帳台の中に寝かせ、取り乱す妻を宥めながら薬師やら祈祷やらを手配する。天蓋付きの豪奢な寝台は、北の方も若君も跡継ぎの次男も、邸の主人の隆家自身さえ使用していない。中納言家でそれを与えられているのは病弱な姫君ただ一人だった。

「また殿が、不束《ふつつか》なることを仰せられて怒《いか》らかしたるにや。あなうたて、姫はかように脆弱《ひわづ》なるに」

確かに軽口を叩いて興奮させたのはその通りなので隆家は粛々と妻の小言を聞く。ここまで弱っているとは想定外だった。――おそらくは姫君自身も。

ひとしきり叱られてから、姫君に付き添う妻を残して寝殿に戻ろうとすると若君に呼び止められた。

「父上は、姉上に婿を取らせたしとは思《おぼ》さぬようにて」

「さてな」

「御心は尊くも、そは今や姉上を助くるには及ばじ」

「……言うなぁ、若」

「申しまいらす。父上のなさりようが姉上の御為《おんため》になると思えばこそ半年を待ちたれ。しかしてかかる有様なれば、などてかこの上さらに口を慎むべき」

「さらば問うが」

隆家は若君に向き直る。次女は妻よりも鋭く隆家の内心を悟っているらしいと見えるだけに、少し不愉快になっていた。

「婿を取らさば姫は助けらるるか？」

「……必ずしも、さにはあらずめり。されども、さればこそ、玉の緒にせめてもの晴れの日を――」

パチン、と軽い音と共に隆家は若君の頬を張った。若君はポカンと目を見開き口まで半開きにして左頬に手を当てる。

「有るべうもなきことを申すな、若。姫のことは万事この父が良きに計らう、婿取るべしや否やも含めてな。口出しは無用や」

隆家は踵を返す。現実主義者の若君の、縁起でもない言葉は聞きたくなかった。背後から息を吐く音に続いて、「父上」と背中に呼びかけられる。振り向かなかったが足は止まった。

「畏《かしこ》まりて。しかれどもかく姉上を思わせたまわば、よくよく心配《こころくば》りなされませ。都の疱瘡は今なお激しく、関白殿は内府《ないふ》を辞する旨の表をば奉らせたまいけりと」

「――何？」

隆家は振り返る。関白頼通が、内大臣を辞職する上表を行ったとは初耳だった。関白の地位は据え置きとはいえ、それは随分思い切った話だ。関白は天皇一代限りの官職であるから、代替わりがあれば自動的に免職となる。つまりは内大臣職の返上は、今上帝にもしものことがあれば否応なく散官となってしまう危険を孕んだ一蓮托生の選択だった。

「頼通が、この隆家を大納言にと考えたりとは思われぬがな」

関白が、兼任する内大臣を辞した例は過去にないではない。他ならぬ隆家の父道隆公がその前例であったが、当時の父の思惑は嫡男伊周のために太政官の上臈に空席を作ることだった。しかし頼通にそのような動機はないはずだ。二十九歳の頼通は、その年齢の高位貴族には珍しいことにまだ一人の子も儲けてはいない。

隆家は年労と刀伊の入寇の武勲ゆえに大納言昇進の筆頭候補だが、上がつかえている隆家のための勇退という選択肢は、他の者ならいざ知らず関白頼通の立場では考えられない。彼は人臣の最高位にあるものの、父道長に従順で事あるごとにその助言を仰ぎ指示を受けている。頼通自身は傀儡もいいところで実権はいまだに道長が握っていた。そしてその事実上の支配者は、明らかに隆家の出世を望んでいない。

父親に逆らえない関白頼通が、隆家の大納言就任に繋がりかねない上表を行うだけの理由はなさそうに思える。父の疑問を見て取ったか、若君は説明の言葉を次いだ。

「関白殿は、この頃はいとど瘧《おこり》に悩ませたまうとかや」

「何と」

瘧は、高熱を繰り返す伝染病である。治ったかと思えばまた発熱するので体力の消耗が激しく、死に繋がることもままある。では関白頼通は、太政官庁内における序列や隆家の昇進云々など気にかける余裕もなく、辞表を提出せざるを得ないほど病状が重いということになる。

疱瘡に瘧。都は疫病まみれで、高位の貴族社会まで病人だらけだ。若君が用心しろと言うのももっともだった。姫君の症状はおそらくは幼少期からの虚弱体質によるもので、今のところは湿疹や高熱などの流行り病の徴候は特にないが、軽い風邪でも罹患してしまえば長女には命取りである。

「心得たり、よう父に知らせたるかな。耳の早きことよ、それも実資殿から？」

若君は頬に当てていた手を下ろし、呆れたような表情になった。左頬はほんの少しだけ赤くなっていた。全く力は入れなかったのだが、女の肌は柔《やわ》い。

「経輔に侍《はべ》り。経輔は、宮中にて兄上から聞けりと」

「良頼《よしより》から？」

――あれらは仕事しとったんか。

若君が口にした息子達の名に、思わず感心する。正五位下右兵衛佐《うひょうえのすけ》を務める十五歳の次男は真面目に出勤し、別居の異母兄との交流も欠かさないらしい。関白頼通の病による辞表の使者となったのが右近衛少将を務める長男良頼で、彼は宮中で異母弟を捕まえて隆家の耳に入れておくよう念押ししたのだとか。

閣議をばっくれ続けている父とはえらい違いの倅《せがれ》どもである。隆家は頷き、控えの女房に声を掛けて水と清潔な布を持ってくるように命じた。

「経輔は暫《しば》くこなたの対には立ち入らせせじ。若、そなたも姫の元にありたければ差し当たり弟には会うな。足を冷ましておけ、灰を踏みたるにや」

それだけ言って隆家は踵を返し、本殿へ渡った。姫君が倒れた時、若君は隆家がぶち撒けたまだ熱の残る火鉢の灰も気にかけず駆け寄ってきた。冷やしておいたほうがいい――必要であれば頬も。

家女房や家中の郎党らには、経輔の寝食の世話は当面寝殿か別の対の屋で行うように指示を出した。職務に熱心なのは結構なことだが、疫病の蔓延する都に出歩いているなら姫君に近づけるわけにはいかない。まあ、あれは長姉を怖がっているから自分からはそうそう近づかないだろうが、若君の言う通り念には念を入れて悪いことはなかった。

寝殿の自室に戻り、残暑の蒸し暑さに思わず袖を捲ると、華奢な指の跡が腕に赤く残っているのに気づいた。

「…………姫……」

必死に父にしがみつき、それでも立ってもいられなかった長女のことは早急に何とかしなくてはならない。姫君を支えるのは父親一人ではもう限界なのだろうか。そうではないと信じたいが、悪い目が出た時のことも考えなくてはならない段階に来ていることは確かだ。

ともあれ目下の策として、隆家は北の方と寝室を分けることになった。妻が姫君の側についていてやりたいと言ったためだ。俄《にわか》に夜は無聊を託《かこ》つことになってしまった。一方言いつけ通り経輔は寝殿の曹司で起臥することになったのだが、寝室が父親と近くなった息子は居心地悪そうで、朝も早くから熱心に仕事に出かけていくようになった。逆効果だったか、と思いつつ余計な寄り道だけはするなときつく言い含めたせいで――自分の若い頃を棚に上げてらしくもなくまともな父親らしい物言いをしている、と我ながら奇妙な気分だった――夜には帰ってくるため、宮中の情報はその日のうちに隆家に届けられた。妻が別棟で半別居状態だと思いもかけず息子と話が弾む。関白頼通の病状は一進一退で、道長は祈祷だ法会だ賀茂参りだと嫡男の平癒のために打てる手は手当たり次第に打っているようだった。今上帝は内大臣の辞表を受理し諾了したというが、おそらくは道長の差し金によって辞任は有耶無耶にされた。

そうこうしているうちに一月《ひとつき》が経ち、めっきり秋めいてきた頃に関白頼通は長患いからやっと快復した。だが、一方で新しく病に倒れた人物がいた。

ある日の夕刻、経輔は御簾を跳ね上げて父の部屋に駆け込んできた。

「父上！」

「如何したるか、経輔」

武官の闕腋袍《けってきのほう》姿のまま着替えもせず息を切らして無作法に押し入ってきた次男に、内心呆気に取られつつ隆家は訳《わけ》を問う。返ってきた言葉に隆家は腰を浮かした。

「主上が……！　主上に、瘧病発《わらわやみおこ》りたまうなり！」

今上帝発病の報せであった。

十　たうぎん【当今】

天皇の一大事とあってはさすがに引き籠もってはいられず、隆家は真夜中に殿上《でんじょう》の間《ま》へ参上した。そこでばったりと、予期せぬ人物に出くわした。

「――これは、叔父上」

「隆家か」

その禿頭《とくとう》と白の法衣《ほうえ》の鈍色袈裟《どんじきけさ》姿を目にするのは二回目だ。出家して一切の公職から退いた叔父を、公の場の筆頭たる内裏で目にするとは思わなかった。政界では今でも何かにつけ公卿は道長に様々のお伺いを立てているが、その際には必ず土御門《つちみかど》殿の道長のところまで出向くものであって、彼の足労を願うことはない。

「主上の一大事に、集まりたる上達部《かんだちめ》がかかるほどに少《すくな》しとは有るまじきこと！」

がなり立てる道長の言葉に、隆家は周囲を見渡す。自身より前に参内した公卿の数は片手で足りるほどで、道長の正妻腹の五男の権大納言教通、異腹の次男権中納言頼宗と四男権中納言能信、また帥納言藤原行成、そして参議藤原公信《きんのぶ》だけだった。

道長が参内している以上は息子三人の同行は当然と言えば当然だ。行成の存在も驚くにはあたらない。彼は基本的に誰かより遅参することも早退することもなく、昔から御所に半ば住み着いていた。仕事熱心な上に事務能力に長けた有能な男であることは確かで、敵方にいるとつくづく鬱陶しい存在だった。大宰権帥は最先端の異国文化に触れられるしがっぽり儲かるしで割と美味しい職だからとっとと筑紫に下ってしまえば良いのにと前任者としては思うが、行成は恋々と都に残っている。姫君を怒らせた、隆家が筑紫で海女との間にこさえた子供のことも気に掛かるので、行成には隆家のためにも是非彼の地に出向いてほしいのだが、彼自身はよほど中央政治にしがみついていたいらしい。

一方の参議公信は右兵衛督《うひょうえのかみ》を兼ね、つまりは隆家の嫡男右兵衛佐経輔の直属の上司である。彼がここにいるのは勤勉の証左というより幸運の類だろう。おそらく今日の彼はたまたま今上帝に近侍していたおかげで他の公卿に先んじて殿上に参ずることが叶った。またそのために、部下の経輔ひいてはその父の隆家に情報が伝わるのが早かったのだろう。

五人は一様に疲れた顔をしていた。最年少ながら最も官位の高い権大納言教通は、萎縮しきって無表情だった。教通のすぐ上の異母兄、四男能信は多少苛ついた様子で、能信と同腹の次男頼宗は途方に暮れたような顔をしていた。自分よりだいぶ年下の従兄弟達が一様に口を噤んで父道長の前で雁首を並べているのを見ると、叔父の子は皆父親に従順で結構なことだと思う。隆家は父の威厳も何もあったものではなく、直截な物言いは日常茶飯事、矯正のために拳を振るっても息子は二日も経てばけろりとしているし、娘は口が立つものだから隆家のほうが言いくるめられる始末。隆家自身は道長をさして怖いとは思わないだけに、子供の性質の違いが際立った。

一方の帥納言行成はさすがに能吏だけあって、顔色は悪かったが表情と声音は見事に平静を保っていた。

「前帥殿《さきのそちどの》。御身《おんみ》の参内《さんだい》、有り難く」

「何の。日頃愚息が忝《かたじけな》くも公信殿より賜りし鞭撻によりてかく馳せ参じぬること叶えば、かかる讃辞は別当殿《べっとう》に」

つい先日の宣旨《せんじ》によって検非違使《けびいし》別当を兼ねることになった参議右兵衛督公信は一瞬ぎょっとしたような顔になったが、瞬時に取り繕って曖昧に笑ってみせ会釈を返したあたりはさすがに年の功だった。隆家より二つ歳上の彼とは当たり障りない付き合いで、取り立てて親交はない。強いて言うなら十年以上前の酒の席で後ろから装束を脱がされかかったくらい――あれ、こいつの傍に息子を置いといて大丈夫だろうか。あれは道長の叔父が主催した酒宴で、無礼講で皆が衣服を崩す中いつまでも硬い服装でいるなと言われ、結局は道長に装束の紐を解かれたのだった。そんな風に酒を酌み交わしたのも今は昔、公信の最新の昇格事情はただ最近会話の増えた息子から聞く機会があっただけである。公信にしてみれば事実以上の関係を道長に疑われかねない物言いは落ち着かないかもしれないが、隆家の知ったことではなかった。

道長は別に隆家の言葉尻を捉えてどうこう言うようなことはなく、ただ憤懣やるかたなしといった風情で手を握る。数珠の玉が擦れ合ってギリッと嫌な音がした。

「隆家さえ来たるに、他の公卿は何をかしておる！　主上に御事あらせたまうを何と心得るか、揃いも揃って慮外者どもめが！」

道長の罵声に、隆家以外の五人は身を縮こまらせる。隆家さえ、とはどういう意味だろう。隆家は手持ちの檜扇《ひおうぎ》を閉じたまま自分の首の後ろを軽く叩いた。

「——入道殿。来ぬ者への諫《いさ》め謗《そし》りを来たる者へ仰せられても詮無きなり。漫《すず》ろ言《ごと》も大方の時に言わん程こそあらめ、今はそれよりも主上の御容態は如何おわしますか」

空気が固まった。居合わせた道長の三人の息子と行成と公信は彫像に変じたかのようだった。道長は、妙にゆっくりと隆家を振り返る。地を這うような声が僧形の叔父から発せられた。

「……漫ろ言、とな、隆家」

妙に区切られた言葉に二十代の従兄弟三人が視界の端で縮み上がっていたが、隆家は軽く頷く。

「一切考慮に値せぬ由無《よしな》し事に候。主上に御悩ありと聞こゆれば、それをおいて他に何か論ずる事あらん」

前帥殿、と誰かが思わずといった風情で声を上げたが、声の主を振り返る者はいなかった。道長は瞬きもせずに隆家を睨《ね》めつけていたし、隆家自身はみるみるうちに赤く染まる坊主頭から目が離せなかった。

——おお、蛸《たこ》入道。

筑紫は蛸もしみじみ美味かった、などと思い出したのは現実逃避だろうか。大宰府から少し足を伸ばして志賀島《しかのしま》あたりまで行けば牡蠣から何から海の幸は絶品だった。蛸など生食ではなく火を通すものは大宰府へ運ばれるのを待っても変わらないかと思ったが、海の中道まで行けば考えを変えざるを得なかった。病みつきになって自分で素潜りまでして捕らえもした。苦労の甲斐あって自分で捕らえた蛸の味は喩《たと》えようもなく、その結果息子が一人増えた。経緯を端折ると自分でも何を言っているのかわからなくなる。

隆家によく茹でた蛸を思い起こさせるほど頭に血を昇らせた道長は口を大きく開いたが、さらなる罵声が飛ぶ前に廊から新たな人物の来訪が告げられた。

「四条大納言殿、只今参内の由」

公任も今上帝発病の報せを受けてやってきたらしいが、彼を最初に出迎えたのは道長の怒濤の痛罵であった。

「公任っ！　かく凄まじき遅れ馳せは如何なる次第か！　右大将に至りては未だ先触れさえなし、かかる有様にて有職《ゆうそく》の小野宮と聞こゆるはいと片腹痛し、恥を知れ！　かく老い痴《し》らえりとは、同じくは三舟の才もなかりせば！　あな見苦し！」

　だから、来ない人間への不満を来た者に言って何とする――と隆家は思うのだが、道長は元気である。叔父はこれほど癇癪持ちな男だっただろうか。従兄弟の実資のことまで責め立てられて、公任もとんだ災難だ。学識、文才、儀礼に通じた有職故実の名家小野宮流の二人が、天皇の病悩という国家の一大事に無様な初動を見せるようでは家の名折れだとか、三舟の才と謳われた鋭敏さも今やただの老いぼれなら無いほうがましだったとか、罵辱の言葉は雨あられと降り注ぐ。いやはや叔父の悪口の語彙がこれほど豊富だったとは知らなかった。

　実資はともかくその従兄弟の公任とは全くもって親密な関係ではないので、彼が挨拶の口上を述べる間もなく面罵されているのを見ても別に何とも思いはしないが、それより気に懸かることがある。

「まことや、方々。主上の御容態や如何」

　道長は公任を罵倒するのに忙しく、公任は道長に罵倒されるのにかかりきりで、隆家を振り返りもしなかった。蛸入道――もとい激昂する最長老の三人の息子達は、三者三様に身振りを返す。権大納言教通は何やら恨めしげに隆家を睨みつけながら、父と舅の間に割って入る機会を窺っているようだった。教通は正妻との間に既に后がねの姫君と跡取り息子を儲けているが、その妻は公任の息女である。嫡兄の関白頼通にまだ子がないだけに将来は火種になるかもしれない——などという懸念は今はさておいて、教通の立場では恩ある義父が父に痛罵されているのを見過ごすことはできないが、彼は父と兄には謙遜が過ぎるほどの従順を貫くのを処世術としているので、どう振る舞ったものか途方に暮れているようだった。それでなぜ隆家が睨まれるのかはわからないが、案外わからないところにその理由があるのかもしれない。一方、頼宗はぼうっと焦点の合わない視線を隆家に向けるだけで何の言葉も発さず、能信は軽く息を吐いて首を横に振り肩を竦めた。つまりは、従兄弟達は何の情報も持ち合わせていないということだろう。

参議公信も同様に、首を横に振る。帥納言行成は一瞬夜御殿《よんのおとど》の方角に目をやってから、耳の横で半開きにした扇を音もなく閉じ、そのまま口の前に立てた。まだ何も聞かれず言上も叶わず、という意味だろう。

——当然と言わば、当然か。

発熱に苦しむまだ十三歳の少年の寝所へ、真夜中に大の大人がどやどやと押しかけて煩わせるなど、どんな理屈を用いても正当化しうるものではない。その上相手は天皇の御位にあるとなれば、どんな貴人も無理を通すことはできない。近づいていいのはせいぜい生母の太皇太后藤原彰子と、その実妹で正配偶者の中宮威子、あとは実際に世話をする女房や薬師くらいだろう。世話役でもない男が例外的に病床の枕元まで近寄ることを許されるとしたら、祖父の道長か、あるいは叔父で人臣の最高位に立つ関白頼通くらいのものだ。道長がここにいて頼通の姿が見えないということは、つまりそういうことだろう。

さて、ではどうしたものか。何の情報も得られないままここで他の公卿らと雁首並べて道長の罵辱の言葉を聞きつつ夜を明かすほど無為なこともない。全く勢いの衰えない叔父の剣幕に、普通の人間は激昂すれば小半刻ほどは怒り続けられるものだったな、と思い直しつつ、隆家は踵を返した。道長の叔父は元気で大変結構なことだ。茹で蛸と見紛うばかりの真っ赤な顔色は、怒りっぽい隆家の長女にはついぞ見られない類のものだった。

「前帥殿、いずこへ」

現任の帥から声が掛かる。口元に人差し指を立てシィッと音を立て、目配せだけして隆家はその場を後にした。最長老二人は相変わらず怒鳴るのと怒鳴られるのとで手一杯で、参議公信は見ない振りを決め込んでいた。道長の三人の息子達は、教通が恨めしげな視線を投げかけ、頼宗は相変わらず焦点の定まらない瞳で見送り、能信は唇を尖らせて空口笛《からくちぶえ》を吹く。結局誰も、物理的に隆家を引き止める者はいなかった。

早々に殿上の間を抜け出して隆家は渡廊から西の簀子縁《すのこえん》へ出た。出たはいいがどうしよう。さすがに御寝所に押し入る気はなかったが、一方で何としても情報収集が必要だった。

清涼殿は、中央に天皇の昼の御在所である昼の御坐《ひのおまし》が設えられ、その北に御寝所たる夜御殿《よんのおとど》が隣接し、さらにその北には夜伽のお召しを受けて参上する后妃の控室である上の御局《みつぼね》が存在する。そして母屋《もや》と東庇から成るこの中核部分をぐるりと囲むように、四方に庇が張り巡らされている。南の庇が殿上の間で、西の庇は御湯殿上《ゆどののうえ》、御手水間《ちょうずのま》、台盤所《だいばんどころ》など、生活に不可欠な裏方機能が集中し、内裏女房らが労働に精を出す。そのさらに外の縁側、蔀戸《しとみど》の外側の吹き晒しの部分に隆家は出たわけで、ちょうど女房らの詰め所の裏手にいることになるが、さすがに清涼殿の蔀戸の内側へは庇といえどもおいそれと立ち入ることは憚られる。

如何にしたるものかな、と考えていると、後涼殿のほうから廊を渡って近づいてくる女の姿があった。五つ唐衣《からぎぬ》に裳《も》を着用し、見るからに内裏女房の装いである。次第に大きくなるその影に、隆家は身を隠す代わりに声を上げた。

「――式部？　和泉《いずみ》式部やないか」

「……中納言殿!?　あな、こは如何に。前帥殿がこなたにおわしますとは」

和泉式部は、太皇太后藤原彰子に仕える女房であるが、その美貌と歌才と異性遍歴の派手さにおいて右に出る者はいないとまで称される。受領《ずりょう》階級の女であるが、身分の差を軽々と飛び越えて親王さえ虜にした魔性の女の華やかな武勇伝の一篇に、若き日の隆家も含まれていた。

隆家より一つ歳上の昔の火遊び相手は、驚愕に目を見開いた後に悪戯っぽく微笑む。その笑顔は何とも蠱惑的で、狂ったように男を惹きつける色香は健在だった。

「御所に忍び入らるとは、猶《なお》も理無《わりな》しの御業《みわざ》や。人に見えばいみじき事にならんに」

「さらば、如何《いかが》す？　人を呼びていみじき騒ぎを起こすか？」

同じような笑みを返してみせれば、和泉式部は小さく肩を竦めて方向転換する。ついて来い、と言わんばかりに一瞬顎を上げてから背を向けるので、隆家は流れる黒髪を静かに追った。人目を避けつつ少し歩いて案内されたのは使用人用の局が並ぶ廊の一角で、和泉式部はそこで初めて振り返り、艶然と微笑んで手招きしつつ、ある曹司の扉を開いてその中に消える。誘われるままに、隆家は和泉式部の曹司に足を踏み入れた。

「そなたが御所に局を得たりということは、太皇太后は今は内裏におわすのやな」

曹司の中央まで上がり込み、扉を閉める和泉式部を振り返りつつ隆家は問いかける。

受領階級出身の女房とは段違いに身分の高い隆家は、戸の開け閉めを自ら行うことは滅多にない。

「内裏と土御門殿を行きつ戻りつさせたまう日々にて」

和泉式部は局の中央の茵《しとね》を隆家に勧め、自らは板張りの床に腰を下ろした。土御門殿は道長が所有する邸宅のひとつで、内裏からは上東門《じょうとうもん》を出て土御門大路を東《ひがし》進し東京極《きょうごく》大路に至るとその右手に位置する。内裏は基本的に現役の天皇と后妃の居所であり、先代の后妃らは宮城《きゅうじょう》の外に御所を構えるものだが、太皇太后彰子は土御門殿を御所としつつも内裏の中にも生活の場を確保しているようだった。和泉式部は公職を奉じる女官ではなく太皇太后が私的に雇用する女房に過ぎないが、それが内裏の中に曹司を与えられているということは、太皇太后は内裏の中にも本格的に根城を築いていることになる。

「さまでに御心を惑わしたまうか」

「主上のかくの如き御有様は今日のみならず、今年のみにもなければ」

どうやら今上帝は健康優良児というわけではないらしい。母后としては心配で目を離していられないのも当然だろう。母親とはそうしたものだ。妻が姫君に付きっきりで、五年の単身赴任の末に半年余りを挟んでからの家庭内別居が一月《ひとつき》に及ぶ隆家にはよく理解できた。

「瘧とか。いつから？」

「酉《とり》の刻ばかり」

　今は子の刻だ。日没前後に発熱したのなら、それほど時間は経っていない。隆家は「――和泉」と声を掛けながら裳の小腰《こごし》を引いた。結び目が解け、まずは一枚、最も外側の衣服を剥ぎ取る。

「惚《おぼ》おれて賺《すか》すなよ。高《たか》が十三の若人が夕刻に発熱したるからとて、何の大事になるものか。たとえ当今《とうぎん》の帝たりとも、公卿はさほどには暇《いとま》なし」

　若年のうちは夕方の発熱などままあることだ。健康そのものの若君や息子達でも、それぐらいの年齢までは年に一、二度はそういうことがあった。遊び疲れや勉強に根を詰めすぎた日の夜にふっと熱を出して寝込み、だが翌朝にはけろりとして快復していた。子供と、元服や裳着を経て間もない若者はそういうものだ。

　ただ夕刻になって熱を出しただけなら、たとえ相手が今上帝でも、公卿らが不参や遅参を痛罵されつつ雁首並べて待機しなければならないほどの事態ではない。そして、隆家の嫡男は確かに瘧病と言った。瘧は発熱と解熱を繰り返す病で、逆に言えば一度下がってまた熱が出たのでなければまず誰も瘧とは言わない。酉の刻といえば経輔が駆け込んでくるほんの少し前だ。冷めた熱がぶり返すほどの時間はどう考えてもない。

「いつからや？」

「……定々《さださだ》とは知らず。ただ、発《おこ》りたまうこと、既に三度を数えたり」

それは中々の事態だ。瘧の発熱の間隔は短くて一日、時には三日四日の周期で来ることもある。それが三度となれば既に発症して数日は経過していることになる。

だがそれでも、それだけではあるまい。和泉式部は何故初めに誤魔化すような受け答えをしたのか。先程隆家は、関白頼通だけは今上帝の御前に進むことを許されたのだろうと考えたが、案外そうではないかもしれない。

「そなたが隠すということは」

隆家は今度は緋袴《ひばかま》の腰紐を引いた。和泉式部は逃げようとしてか半身を起こしたが、それが仇になって袴は膝まですとんと落ちた。

「事の起こりたる前に、頼通が来たんやな？」

瘧《おこり》は、瘧病《わらわやみ》という別名が示す通り子供に多い病気だ。元服済みとはいえまだ十三歳の今上帝が罹っても、必ずしも大騒ぎするほどのことではない。同じ病で一月《ひと》あまり死線を彷徨うほど重症だった誰かから感染《うつ》された疑いでもなければ。

和泉式部は重ね着した衣の前を合わせて肌を隠す。太皇太后彰子に長く仕える彼女はさほどに忠誠心の強い性格ではなかったはずだが、それでも主君の実弟たる関白の失態の疑いに対してはさすがに口を噤むらしい。

「いつ？」

「いさ」

隆家は衣を胸元で押さえ合わせる腕を掴み、褥の上に引き倒した。数枚重ねて身体の上で押さえつけるのはよほど力が要るらしく、腕を引けば身体も密着したままついてきた。

「荒々しきこと、中納言殿」

「今更やな」

さがな者、と呼ばれているのを知って関係を持った女の口から出る言葉とも思えない。和泉式部は眉根を寄せて隆家を見上げ、しばし睨みつけた後にフッと意地悪げに笑った。

「さよう、今更なり。式部が、こと男君には忠実心《まめごころ》つゆ無きも今更なる如くに」

こういう、貞操観念を鼻で笑って蹴飛ばして、いささかも悪びれずに開き直るところが好きだった。相手が誰でも臆さない度胸には感服した。その昔、道長の叔父は和泉式部が男に贈った扇を戯れに手に取って「浮かれ女の扇」と書きつけたことがある。扇を取り返した彼女は「越えもせむ越さずもあらむ逢坂の関守《せきもり》ならぬ人な咎めそ」と歌を詠んで返した。自分の恋愛事情がどうあれお前の知ったことではない、という意味だが、身分が低く何の後ろ盾もないくせに時の最高権力者たる雇い主に啖呵を切ってみせる肝の太さが、美貌より歌の才より何より気に入った。

「我に誠《まこと》なくこそあらめ、頼通の真《まこと》の行いは如何《いか》にしても言うてもらうぞ」

ふと、腰に頼りなさを感じた。和泉式部が、組み伏せられた体勢から器用に隆家の絎紐《くけひも》の帯を外したのである。途端に着崩れる袍《ほう》の襟をぐっと掴まれた。

「宜《よろ》しゅう侍《はべ》り。されども、無事には帰し申さじ。口を割らせてみたまえ、中納言殿。その後に如何にして御所より罷《まか》でたまえるものかは」

捻りを加えた力が一瞬襟首にかかり、襟を留める蜻蛉頭《とんぼがしら》が飛んだ。隆家は自分で着付けをするような身分ではないから、いてはならないはずの場所で衣服が乱れてはかなり困ったことになる。そしてどうやら和泉式部は、諸々できるだけ滅茶苦茶にするつもりだ。

「よろしい、受けて立つ」

「臥したまえるに」

とりあえずはその減らず口を唇で塞いだ。


一刻ほどで勝敗は決した。関白頼通は、今上帝の発熱から遡ることわずかに六日前に、瘧から快復して初めて御前に参上したという。その際に検非違使別当の宣旨が下され、参議公信がその職に任じられた。

——そがために、公信殿が殿上に。むべなるかな。

彼があの場にいたのも偶然ではなかったらしい。しかしそれにしても六日前の接触の直後から三度の発熱とは、出来過ぎなほどの符合である。仮に偶然だったとしても誰もそうと信じはしないだろう。

——叔父上が蛸入道にもならるるわけやわ。

大の大人が長く死線を彷徨った病を、頑丈な肉体に恵まれたわけではなさそうな今上帝がどうやって乗り越えるのか。若い身空で思わぬ苦難に襲われたものだ。

何の罪もない若者を気の毒には思うが、差し当たって隆家には己の身の振りのほうが重大だった。十日余りの月が沈みゆく頃合いになって、脱ぎ散らかした衣服を前に頭を抱える。冠の下の髪も大いに乱れて鬢《びん》は酷くほつれていた。

十一　るい【類】

和泉式部に笑われながら見様見真似で服を着て、というよりほとんど巻きつけて、隆家は日が昇る前に局を出て御所を後にする。人目を避けて未明に動いたとはいえ、内裏の外に停めた車に戻るまで誰にも見咎められなかったのは幸運だった。

随従《ずいじゅう》や牛飼い童《わらわ》の物言いたげな視線に、隆家はただ「何が欲しい」と尋ねた。「休み」「酒」「嫁」と返ってきた。最後以外の口止め料には合意した。娘の月下氷人だけで数ヶ月悩んでいるのに、地下《ぢげ》人の縁談の世話までしていられない。

車の中で手早く文を一通書きつけ、随従の一人に遣いを命じる。未明の闇に走り去った先触れを追いかけるように牛車を走らせ、日の出と同時に乗り入れたのは自宅ではなく隣家の右大将邸だった。

出迎えた右大将実資は、まだ墨も乾かぬ隆家の手紙をわざわざ音読する。

「昨日、主上の瘧病発りたまう。上達部の多く参らざる事を入道殿が咎めらるる間に四条大納言参入す。罵辱の御詞敢《あ》えて云《い》うべからず。已に謁すること無し――とな」

「実資殿、湯殿を貸したまえ」

何はさておき湯浴みと身繕いと髪の手入れだ。明らかに情事の後といった姿で妻と娘の前に顔を出そうものなら、下手をすると命がない。

右大将家の召使いに身体を拭かれ衣服を着付け直され髪を整えてもらい、やっと人心地ついて図々しく朝餉まで頂戴する。実資は膳が運ばれる直前まで何かの草紙を開いていた。

「文のみかと思いたるに、中納言自ら来たまうとは。既に日記に書きたるに」

「これより申すことはな書きたまいそ。けざやかには言われぬことなれば」

いかな相手が実資とはいえ、すべてを明かすつもりはない。だが、隠蔽工作と一食の恩は返しておかなくてはならない。

「主上の御悩は正しく瘧なり」

「ほう。薬師ならぬ御身にて、拝謁も叶わずして、猶かく仰せらるや」

「太皇太后の女房に相遇《あいあ》いて」

「――和泉式部か?」

一瞬でばれた。何故わかる、と思ったが、もともと隆家は太皇太后との距離が遠い。彰子はかつて隆家の姉定子と一条帝の寵を争って対立する立場だったということもあり、従兄妹同士とはいえあまり交流がない。その程度の関係だと側仕えの女房と親しむ機会などほとんどないので、旧知の間柄は限られる。有り体に言ってしまえば、敵も味方も見境なく貴い身分の公達を食い倒していた和泉式部くらいしか接点がなかった。そして隆家と和泉式部の関係はそこそこ世に知られている。別に言いふらしたわけではなく、また世間が無視できぬほどの熱愛だったとか衝撃的な愁嘆場を繰り広げたということでもない。和泉式部の武勇伝が面白おかしく語り継がれる中で、関白の息子というのは悪くない箔付けだったのだ。隆家自身は彼女の好色一代記の一要素に過ぎないが、人の口は色のついた低俗話が好きで好きでたまらないものだ。

隆家は口を引き結んで笑顔を作ってみせた。それ以上は何も言うつもりはないとの意思表示に、実資は苦笑して首を振っただけだった。女性関係では他人に苦言を呈することのできる立場ではないと、彼自身もわかっているのだろう。数百年、外戚として栄えた藤原氏の強みは繁殖力の強さだ。つまりは藤原の男は大概好色で、道長の叔父だって和泉式部といい勝負の浮かれ男である。「関守ならぬ人な咎めそ」とは至極もっともだった。当代の関守は誰だろう。和泉式部は今でも気が向けば好きに男と付き合っているようだが、宮仕えの女は基本的に独身を通すことはない。彼女の素行はそれはそれとして、主君の采配で身分の釣り合う男に嫁がされているはずだ。何人目の夫かは知らないが――

ふと表が騒がしくなった。

「明け方から、次から次へと慌しきことや」

実資が側仕えに訳を問うと、火急の報せの文が届いたという。

「四条大納言より？　主上の御悩をおいて他に急ぎの文とは」

差出人は公任だというので、隆家は昨夜ただただ道長に怒鳴られっぱなしで挨拶も交わせなかった上役を思い浮かべる。人前であれだけ侮辱されておいてしかもおそらく徹夜であろうに、文を寄越す余裕があるとは案外図太い。

実資が広げた公任からの文を隆家は横から覗き込んだ。

——皇太后宮大夫、今暁逝去の由、頼光《よりみつ》の辺りより之を聞く所。

一瞬思考が止まった。皇太后宮大夫、すなわち道綱の叔父がつい先刻亡くなったとの報であった。頼光とは朝家《ちょうけ》の守護と名高い武人源頼光で、酒呑童子《しゅてんどうじ》や土蜘蛛《つちぐも》を退治したとか人智を超えた武勇伝にも事欠かない人物だが、今重要なのは彼の神憑《がか》り的な逸話よりも道綱の叔父との関係性である。源頼光の娘は道綱の後妻であった。情報の信頼性はかなり高い。

隆家は立ち上がる。

「実資殿。早朝の歓待、忝く存ず。不調法ながらこれにて罷《まか》らん」

叔父の訃報に血相を変えた隆家を、実資は引き止めなかった。

牛車に乗り込む手間も惜しく隣の自邸まで駆けてゆき、対の屋に上がり込む。

次女を呼べば、朝からきっちり身嗜みを整えた若君が庇まで出てきた。

「若！」

「道綱の叔父上が――」

「誤報に候《さぶらう》」

冷静に若君は父の言葉を遮る。文を一通差し出しながら、抑揚なく説明した。

「夜半《よわ》ばかりに息も絶えなん御有様なんなりと雖《いえど》も、暁に息を吹き返されたるなり。今もいと篤しくおわしますと聞こゆれど、いまだ儚くはなりたまわず。中将殿は片時も離れず側に」

――人騒がせな。

墨が乾かぬどころか紙の上を流れんばかりの左三位中将から若君に宛てられた手紙は、確かに道綱の叔父が未明に絶命しかけたが朝方に蘇生したとあった。初めは父親の病状ゆえに若君を訪ねることができない詫びが――来んでいい、まだ親同士で内々に合意しただけで正式に三日夜通いを要請した覚えはない――丁寧に綴られており、その部分は筆の乱れも墨流しもなかったが、その後は大騒ぎがあったらしく言い訳と未整理の事実の羅列が震える筆で記され、結びの濡れた文字はほっとしたように大きくなっていた。

気が抜けた隆家を、若君は口元を覆う扇を持つ右腕の肘を左手で支えて、腕組みをするような姿勢でじっと見つめる。

「さて、その御様子にては、父上は皇太后宮大夫の大納言殿の元へはおわしまさざりと見ゆ。昨夜はいずこへ？」

「経輔より聞いてはおらぬか？　内裏や。主上にも御病発りたもうてな」

「内には雪の降りたるにや」

「はあ？」

　九月半ばの京の都は雪など降る気温ではない。昨晩は月夜で雨さえ降らなかった。若君の意図を量りかねていると、背後からひゅっと空を切る音がして何かが隆家の耳元を飛び抜けていった。隆家と向かい合っていた若君がそれを受け止める。烏帽子だった。隆家が普段の被り物の中でも一番愛用している烏帽子を、若君はしずしずと差し出す。反射的に受け取ろうと手を差し出した時、後頭部が僅かに引っ張られる感覚があった。

　振り向くと、両手に笄《こうがい》を掲げた姫君が立っていた。烏帽子を投げたのも長女だろう。笄が自分の冠から引き抜かれた物だと理解する前に、冠の磯《いそ》が浮いて頭頂部の圧迫感が消えた。何やら危険な手つきで笄を弄ぶ姫君は、切れ長の瞳をさらに吊り上げながら刺々しい声を発した。

「雪の降りたるは内ならで和泉国辺《いずみのくにわた》りにやあらん」

隆家は支えを失った冠を脱ぎ、差し出された烏帽子を被る。若君が代わりに受け取った冠をわざとらしく胸元に掲げるので見下ろせば、白い粉が雪のように散っていた。和泉式部の白粉《おしろい》だと悟るのに時間は掛からなかった。大きく息を吐く。

——何故、相手が和泉とまで知らるるかな。

実資と違い宮中に出入りすることもない娘二人にまで、隠蔽も虚しく瞬時にばれた。女の勘は空恐ろしい。前後を娘二人に挟まれ、前門の虎、後門の狼状態の隆家はなす術もなかった。痩せ狼がバキンと音を立てて笄を折る。

「何ぞ言い残すことは？」

「姫、待て、話さばわか」

「問答無用っ！」

一度切り捨ててから、姫君はニヤリと笑った。えらく迫力のある笑顔だった。

「——目ぇは要らじと見ゆるなあ」

「要る要る、止めよ姫。あたら筑紫に下りて眼帯も外すを得たりというに、逆戻りは堪忍」

大宰府に下る前の隆家は長く眼病を患っており眼帯姿だった。筑紫で唐人の名医の治療を受けてほぼ全快したのに、また片目の視力を失うのは御免だ。片目では済まないかもしれない。

姫君はやはり凄みのある笑顔で詰め寄る。

「なァに、眼帯の父上はいみじき益荒猛男《ますらたけお》と見えたるに、そう嫌うべきにもあらず」

――まことにか？　さらばええかな。

娘に男前だと褒められたのは初めてで思わずそんな考えが浮かぶが、無論一瞬後にはかき消えた。娘からの讃辞は惜しいがさすがに視力は捨てきれない。

「待て、父が不具とならばそれこそ婿の来手もなくならめ」

世間の障害者への目は厳しい。年頃の娘の縁談を先送りして筑紫に下ったのは、後見が片目の見えない父親では縁談も随分買い叩かれることが予期されたからというのもある。だが姫君は笑い飛ばした。

「ほほほ、これは可笑しきこと。その目が平復されて京に戻り来たまいて早十月《とつき》。しかして婿殿はいずこに？」

「話はあるのや、今詰めとってな。さればその笄なりける物をば下ろせ、頼む」

「それを信ずるほどにも痴《おこ》ならんとは、ようもそうまで己《おの》が娘を侮《あなづ》りたるもんや」

「まことや！　昨夜の行いは父が悪かりけり、許せ、伏して詫《わ》ぶ！」

姫君は切れ長の目をすうっと細めた。凍てつくほどに視線は冷たかった。

「詫ぶる相手が――」

低い声の調子は、突然に数段上がる。

「――違うやろがこのクソ親父ーっ!!」

折れた笄のそそけ立った切断面を隆家に向け、姫君は思いきり腕を振りかぶった。

十二　あくぢょ【悪女】

隆家は咄嗟に目を庇った。だが姫君は振りかぶった笄で目を突き刺そうとはしなかった。代わりに原型を留めない木片を父に投げつける。目の前に掲げた腕に軽く当たって落ちた。

戸惑っていると姫君は右平手を打ち出してくる。軽く受けて流すと左拳で鳩尾《みぞおち》を狙われた。半ば予期していたので腹筋に力を込めれば何ほどのこともなく、かえって姫君が反作用に蹈鞴《たたら》を踏んで膝が落ちる。それでも蹴りを繰り出してくるのでますますその身体は傾いだ。華奢な足は隆家の脛《すね》に当たったが子猫がじゃれた程度の衝撃に怯むわけもなく、倒れ込む姫君の細腕を掴もうとした刹那、膝を払われた。

大した力ではなかったが、場所と方向が悪かった。隆家は一気に重心を失い、その場に尻餅をつく。日の前で姫君も床に膝と手をつき、肩で息をしていた。

一瞬呆気にとられて言葉も出ないでいると、ぱたぱたと足音が近づいてくるのが聞こえた。

「何事か！」

隆家の妻であった。視界の端で、若君がそっと隆家の冠を背後に隠すのが見えた。床にへたり込む夫と娘の姿に、北の方は一瞬絶句する。

「――殿！　また姫に無体な……！　あなや、姫、かような所までは出て来べからず。早う中へ」

姫君に返事を返す余裕はなく、ただ頷くので精一杯だった。ふらつきながら立ち上がり母屋《もや》の中へ入る。それを支えながら北の方は隆家を振り返った。

「殿。後ほど話があり。衣を替えられて寝殿にて待ちたまえ」

――まあ、そやろな。

徹夜なのだが、あと数刻は眠れそうもなかった。欠伸を噛み殺しながら言われた通りに寝殿に戻ると、若君がついてきた。

「何ぞ？」

「袍を。襟回りに見苦しきところあれば、母上に直さするのはあまりに……」

装束の仕立ては一家の主婦の役割である。隆家の妻も、裁縫の上手い女房を雇い入れて一家の着物の仕立てを染めから仕上げまで監督している。隆家は派手好みと世間には言われ、確かに公共の場にさえやれ紅葉襲《もみじがさね》だ竜胆《りんどう》文様の表袴《うえばかま》だ葡萄《えび》染めの指貫《さしぬき》だと目に華やかな装束を着ていったこともあるが、実のところすべては妻の趣味で隆家自身は単なる着せ替え人形だ。人形が自分で衣装の手直しなどできるはずもなく、衣服に不都合が生じたら妻に丸投げするしかない。

だがさすがに浮気の情事で襟の留め具が吹っ飛んだのを本妻に直させるのは決まりが悪いだろう、というわけで若君がこっそり処理するつもりらしかった。妻より娘に直させるほうがよほど無神経ではと思うのだが、次女はそれで良いのだろうか。

まあ自分から言い出したのだから構わんのだろう、と思って隆家は黒の袍を脱いで若君に渡した。若君は衣冠を両腕に持って早々に退出していく。入れ違いに北の方が姿を表した。

「殿。姫のこと、此度《こたび》という此度はよくよく反省なされませ」

「うむ、深く反省せり」

「まことに？」

「偽りなく。猫騙しからの張り手に突き押し、蹴手繰《けたぐ》りまでは耐えられたるに、よもや最後に内無双《うちむそう》とは返す返すも不覚」

「――誰が姫を相手《かたき》取っての相撲《すまい》を思い返《かえ》さいたまえと申しはべりや⁉」

そうは言っても喧嘩で負けたことのない身としては、我が娘といえど手弱女《たおやめ》に転《こ》かされたとあっては中々の衝撃なのであった。

「姫は？」

「苦しげなり。しばらくは声も出ぬ有様にて、臥しても変わらず、水も飲み込まれずに咳き込みて」

困ったことだ。隆家はこれまで数えきれないほど長女を怒らせてきたが、何が最も娘の不興を買うかといえば、浮気だった。姫君は母親想いだし、それでなくても大抵の子供は父親より母親のほうが好きなものだ。特に年少のうちに結婚する高位貴族においては、年若い夫が自分の邸を構えることができる歳になるまでは正妻といえども最初の数年は通い婚であるため、子供は総じて幼少期に父親と触れ合う機会が少ない。中納言家でも隆家と北の方では子供達からの好感度は比べ物にもならなかった。加えて去年までの四年半は筑紫に単身赴任だったとなれば、もはや同じ土俵にも登れない。

しかしそれにしては今日の姫君は随分大人しかった。五年前、筑紫に下る直前に他所に子をこさえた時には、突進してきて被っていた立《たて》烏帽子を引っ剥がされた挙句、家中の冠という冠の纓《えい》を切って使い物にならなくされ、烏帽子はすべてどこかに隠された。おかげで改まった場に出ていくのに難儀したのはもちろん、家の中でも郎党らを前に要らぬ恥を掻くことになった。成人した男が被り物をしないのは大変に恥ずかしいこととされ、姫君はそれを承知で父の面目を踏み潰したのである。

それが、と隆家は烏帽子の縁を指でなぞる。今日は隠すどころか自分で持ってきた。冠もたかが笄を二本折っただけだ。簪《かんざし》などいくらでも替えが利く。

「姫を泣かせたまうな」

「泣きたるか。悔しゅうてか」

呆れたように扇を左右に振って否定される。

「何とぞ父上をな憎み捨てたまいそ、とこの母に涙ながらに頼みたり。弱りたる己の身体も気にかけずぃとど哀れなること……」

それはあまり聞きたくない話だった。罵詈雑言を並べ立てるほうがよほどましだ。

隆家は大きく息を吐く。姫君の最後の言葉が耳に木霊した。

――詫ぶる相手が違うやろがこのクソ親父！

「…………悪《あ》しかりき」

やっとそれだけ言ってみると、妻は苦笑した。

「今更やわ。姫は殿に夢を見過ぎやな。――しかれども、詫び言は有り難く受け入れ申す」

――そうか。これのみにてもなお嬉しきものか。

隆家の北の方は、夫の女性関係にいちいち何かを言ったことはない。高位貴族の男は複数の妻を持って当たり前で、北の方自身も後妻である。隆家が最初に親掛かりの縁談で娶った妻には子ができず、次に通った女との間には男の子が一人しか産まれなかった。公卿の男は娘を入内させ皇子を産ませゆくゆくは天皇の外祖父となって国政を掌握することを目指すのが当たり前、従ってしかるべき身分の妻との間に后がねの娘を是非にも儲けなくてはならない。だから隆家も、長男を得ても満足せずに今の北の方とも引き続き子作りに励んだ。親掛かりの最初の縁談の相手でもなく、長男の生母でもなく、彼女を正妻に据えたのは娘二人の母であることが大きい。次男の経輔が嫡男なのも、娘と同腹であるからだ。だが后がねの姫二人と跡継ぎを産んでも、公卿の妻としては十分とは言えない。僧にする要員がまだ足りないのだ。宗教勢力の権勢は侮ったものではなく、高位貴族は寺社仏閣との人脈構築、維持に神経を尖らせている。そこで大概の公卿は三男以下もしくは庶子を出家させて名だたる寺院に送り込んでいた。次男経輔を嫡男と定めたとはいっても、長男良頼は経輔に何かあった時のために俗世に置いておく必要があるから、他に男の子を作らなくてはならない。幸いにして名目上は俗世での身分を捨てるということになっている出家については、入内や官界での出世と違って生母の身分はとやかく言われない。結果、立派な妻との間に后がねの姫と嫡男を儲けることのできた公卿は、後は手当り次第に手を付けて男の子が産まれたら寺に出す、というのが普通の行いだった。筑紫で海女との間に作った子も、長旅が出来るくらいに成長したら、都に引き取って教育を施してから寺に入れる心積もりである。北の方もそれを承知しているから、男の子を一人しか産んでいない以上は隆家の女遊びにとやかく言わなかった。

それでも、何の不満も言わなくても、謝られると嬉しいくらいには内に凝《こご》るものがあったらしい。何も言わないから何か思うところがあるとは考えもしなかった。父親への暴力を加味してもなお姫君に理がある、と認めざるを得なかった。

「姫は、母親想いやな」

北の方は少し眉根を寄せて咎めるような声を出した。

「まことにさように思わるるや？　さらば姫の涙の所以《ゆえん》はいずこに――」

「止めよ、聞きとうない」

隆家は遮った。できれば北の方の誇張か、いっそ嘘であってほしい。父に対して怒るのは全く構わない。泣かれるのは困った。姫君の場合、それは命に関わる。

――もはや、父一人の手には負われぬか。

軽く額に手を当てて考え込む。北の方は怪訝そうな顔になったが、妻が声を上げる前に女房が若君の再訪を告げた。

「母上、まだここにおわしましたるか」

「若、母に用かえ？」

否、と若君は首を横に振る。少し決まり悪そうな表情がよぎったが、一瞬後には取り繕って澄ました顔になった。

「既に対の屋に戻られたらんと思いしにこなたに見ましたるゆえに、思わず。――父上、冠と袍を持て参り候《さぶらう》」

「衣冠を、対の屋に忘れられたりと？」

妻にまた呆れられる。冠は忘れたのではなく取り上げられたに等しいし、袍は若君に持って行かれたのである。だがそれを説明すると若君の思いやりが水泡に帰すし、実際次女は目で何も言うなと語ってくるので、隆家はただ肩を竦めるだけに留めた。

冠からは、和泉の雪と妙に詩的な表現をされた白粉は綺麗に拭い去られていた。折られた笄まで新しいのが添えてあった。それは良いとして、隆家は畳まれた袍を見て怪訝に思う。昨夜着ていたのは黒地の袍だったはずだが、若君が差し出した袍は濃色《こきいろ》だった。深い紫色の布地に浮かぶ文様の柄は、何となく小さく感じた。

「父上の召したる袍は見苦しきこと多かりて、姉上がうち破りて捨てにければ、代わりにこれを」

「……さればこそ」

あの気性の激しい姫君が、泣くだけで済ませるはずはないのだ。服は惜しかったがどこかほっとしたような気になって、隆家は若君に尋ねる。

「姫が自ら衣《きぬ》を裂きたるか」

「しかなされんとしたまいけれど、力なくてかなわざれば、我が代わりてこの手にて千々に裂きまいらせり」

一気に冷水を浴びせられた気分になった。平静そうに見えた若君は若君で怒っていたらしい。冷静沈着な次女が無表情で父親の服をズタズタに裂く姿は想像すると薄ら寒く、隆家は思わず助けを求めるように妻を見た。北の方はしかし、若君の差し出した袍に気を取られていた。

「──その濃色の袍は、姫の染めにや？」

「さように侍り」

北の方の問いに若君が頷き、隆家は濃紫の袍が姫君の染めたものだと知った。装束の仕立ては女の嗜みのひとつだが、病弱な姫君がそんな特技を身に付けていたとは。驚きが顔に出ていたのか、妻が得意げに説明する。

「姫は、染めには天賦の才あるようにて。濃紫の染めは易からぬものを、軽々とかかる色を出だして見するに」

紫は染料も高価な上、染めるには骨が折れる色だ。かつては諸王と三位までの臣下の当色《とうじき》だったが、その手間からやがて公の場での袍の色は親王以下四位までが一括して黒と定められた。それでもかつての当色が廃止されたわけではないので、三位以上の公卿の中にはたまに濃色で袍を仕立てる者もいる。今や同じ色を許されたとはいえ四位とは格が違うのだということを見せつけ、材料が貴重な上に熟練の技術を要する紫染めが可能な財力と人的資源を誇示する狙いだ。宮中は見栄の張り合いである。

──さりとても、これは。

正二位の隆家は深紫を着用する資格を十分に有する。だが、織り出された文様が気になった。意匠自体はよくある唐草なのだが、柄が細かいというか小さい。

「……若。こは如何《いかが》したるものか。昨日今日に染め出したるとは申さざらん」

手間の掛かる染めの糸をふんだんに使用し、一面の唐草文様を織り込んだ生地を裁断し男一人分の装束を縫い上げるとなれば、いくら腕の良い染め師と織工と針子を大勢雇い入れていたとしても一朝一夕で仕立て上がるものではない。妻ならともかく娘には、前々から装束を用意されるほど好かれてはいないはずだ。

若君は表情も声色も平坦なまま変えない。

「姉上が婿取りを望まれることは先より著《しる》し。妻なる身の嗜みも一通りは」

つまりはこれは、姫君の花嫁修業の成果なのだ。文様を見た時に半ばは悟っていた。装束の文様は、基本的に年齢を重ねるごとに大振りになっていく。深紫に浮かぶ唐草の細かさは、不惑を越した隆家には若すぎた。

――紫。それを何故、父に横流しする気になりたるか。

隆家は袍を手に取り、両手に力を込めて引き裂いた。衣を裂く音に妻の悲鳴が重なり、二重に耳に痛い。

「殿！　何をなさる、姫が折角……！」

姫君が激怒するのは心底構わない。むしろ歓迎する。泣かれるのは困る。涙に暮れながら倒れ、諦めてしまっては本末転倒だ。そんなことは断じて許さない。

若君は父親の奇行にも動じた様子はなく、ただ隆家にだけ聞こえるくらいの声で「返す返すも姉上は父上の御娘なり」とぽつりと呟いた。

「――若。対の屋へ下がれ。姫に伝えよ、似合わぬ唐草を父に贈る暇あらば、紫には雲居に鶴など織り込めとな。こは父には要らぬ物や！」

従順に頷き、若君は退出していく。隆家はそれでもまだ袍を裂き続けた。上質な布地だ、顔に擦れてもさほどの痛みもないだろう。そんな物を、親に贈る必要などない。娘に望むのはそんなことではない。

目の前が真っ赤になるほどの苛立ちをひたすら濃紫の布に向ける。妻の悲鳴混じりの静止にも隆家は手を止めなかった。やっと布から手を離したのは、袍から数十の手拭いを作り出した時だった。心中はとても飽き足りなかったが、家女房がどこかからの手紙を携えて入室の許可を御簾の外から請うてきたため、応じて招き入れた。

文は和泉式部からだった。半日を経て、今上帝の熱はいまだ下がらない。これまでの発熱ではもうそろそろ下がる頃合いなのに、その兆しも見えないとのことだった。発熱と解熱を繰り返す瘧で、発熱の時間が長引いてゆくのは良い徴候ではない。

――もはや、一刻の猶予も無し。

姫君手製の袍を裂いた上に和泉式部からの文で一気に硬化した北の方の態度も気に

かけず、隆家は外出の準備を下僕に命じた。

十三　やうでう【横笛】

先触れは一応出したが、果たして本当に先触れとして機能したかは怪しい。それぐらい、隆家の皇后御所への駆け込みようは余裕がなかった。

訪問の許可も待たずただ人を遣って参上の旨を伝え、準備のための十分な時間も与えずに本人が車で乗り付ける。皇后藤原娍子《すけこ》はそれを無作法と咎めはしなかったが、出迎えの用意が整うまでしばし待たれよ、と取り次ぎの女房を通して告げた。

待合室代わりの曹司で麦湯など出され、一気に飲み干す。生来じっとしているのが苦手な上に気が急いている隆家は、落ち着かない気分で苛々と周囲を見渡した。顔がある方向に向いた時、左耳が微かに龍の鳴き声を捉えた。正確には、そう称される笛の音が聞こえた。

並の腕ではなかった。思わず立ち上がり、音のする方向へ足を向ける。龍笛《りゅうてき》の調べは高く澄み、音程に一切の狂いもなく、小節《こぶし》も控えめでごく上品な揺らぎの他は伸びやかに空に立ち昇るように響いていた。派手さのない穏やかな旋律は、超絶技巧を必要としないだけに誤魔化しが効かないが、どれほど近づいても笛の音にはほんの少しの粗も聞き取れない。

「笛は龍笛、いみじうをかし。遠うより聞こゆるが漸《ようよ》う近うなりゆくもをかし……」

うろ覚えの枕草子の一節を口ずさみながら音の元を探していると、やがて殿舎の裏手の壺庭に出た。笛を吹く息遣いさえ聞こえるくらいの距離に近づくと、直衣姿の公達の笛吹き姿を壺庭に認めた。公達は振り返り、簀子縁の隆家と目が合ったが、一曲を吹き終わるまで笛から口を離そうとしなかった。

終止音を静かに吹き、恐るべき精度の制動で音を徐々に弱めやがて消え入らせ、余韻を残して一拍。しかる後にようやく公達は隆家に挨拶した。

「中納言殿。ようこそおわしましけれ」

「いとめでたき笛の音に候。二宮《にのみや》こそは神さびたる息遣い手遣いの、優れて上手の人なめれ」

二宮敦儀《あつのり》親王は微笑して、丁寧に礼を返す。隆家は心にもない世辞が大変に苦手なので、名手と褒め称えたのは本心だった。下げた頭を優雅に上げた敦儀親王は、ふと眉を顰める。

「御目を如何なされたるか」

隆家が右目に当てた濃紫の眼帯を見て取ったのだろう。何、と隆家は首を振って笑った。

「八年ばかり前の占傷に候《そうろう》」

「まだ痛みが？　先の訪れにては御目の覆いもなく、筑紫にて唐土《もろこし》渡りの医術を施されたまいけりと聞きつるに、快癒されたりと思いしが」

隆家が数年前には重い眼病を患っていたことを、敦儀親王はよく知っている。何となれば、隆家が悪化する一方の眼病に悩んだ挙句遠い筑紫の地に唐人の名医がいると聞きつけて競争率の高い大宰権帥任官を請願した時、最も同情を寄せてくれたのが彼の父帝三条院だからである。三条院自身も眼病を患い祈祷も医師の手当ても捗々しくなかったので、同病相憐れんで数多い希望者の中から隆家を選任した。娍子妃の皇后冊立の際の感謝も相まって、三条帝は即座に隆家の任官希望に裁可を下されたが、時の左大臣道長が異を唱えたために実際に下向が叶うまでにはしばしの時を要した。道長の叔父は、自分に従順でない甥が日の届かない筑紫で現地の武装勢力と結びつくのを警戒したらしい。実際に筑紫での隆家は並の大宰権帥の十人前の働きだと称され、地元の部下にも懐かれ豪族らとの関係も良好で、とどめに刀伊の入寇での大武勲――とくれば、道長の懸念はこの上なく正しかったことになる。御慧眼御見事、と内心で拍手を贈りながら隆家は敦儀親王に向き直った。

「しかり、快癒せり。ただ昼の最中《さなか》にありては時折光が眩しゅうて」

かつて損なった右目も今はほとんど元通りで、左目と変わりなく物が見える。ただ、多少疲れやすかったり光に過敏になってしまうぐらいの後遺症は残った。徹夜明けはただでさえ光が目に眩しいので、今日は眼帯を当てていた。何も姫君に男前と称されたことが理由では——大いにある。

敦儀親王は肩の力を抜き、話題を流した。

「今日は如何なる御用にて？」

「主上の御悩は聞き及びにならせたまうや」

隆家の言葉に、敦儀親王は表情を消して小さく頷く。

「……瘧とか。労《いたわ》しゅうこそ。疾く平復なされたまわんことを」

「まことに。されども政《まつりごと》の悲しきは、幸いなるを祈るのみにては手放《てはな》ちなりて、常に無下の事をも思いて動くべきところなり」

無下の事とは、取りも直さず今上帝の崩御を指す。当今の帝が斃れれば、皇位継承に波乱の種が芽吹く。次期天皇は現東宮、皇太弟敦良《あつなが》親王と決まっているが、その次が問題だった。現東宮の他にはもう道長の血を引く皇子がいない。それどころか、今上帝と東宮の祖父帝円融院の直系にはもう他に男子が残されていない。現時点で代替わりがあれば、東宮には円融院の兄帝冷泉院の血筋の親王を立てる他ない。冷泉系の皇子六人のうち、花山院の皇子二人は生母の身分が低すぎる。冷泉系で最年少の師明親王は既に出家の身である。残るは三条帝と皇后娍子の間に生まれた、敦明親王、敦儀親王、敦平親王の三皇子であった。

「小一条院は既に東宮を辞まれたる御身なれば、次に春めくは二宮におわさん」

三条帝の第一皇子敦明親王は、父帝の強い意向で、今上帝への譲位時に東宮に立った。だが三条上皇が崩御すると、彼は東宮の位を退く。時の権力者道長の圧力に屈したとも、今上帝が十四歳も年下ではどのみち帝位が回ってくることはないと諦めたとも聞く。敦明親王は東宮辞退の見返りに准太上天皇として小一条院の院号を贈られ、道長の妾腹の娘寛子の婿に迎えられてその軍門に下った。東宮は春宮とも書く。小一条から春は去り、道長の栄華はいよいよ咲き誇った。

しかし、大方の予想に反して、ほんの数年で春が三条流に戻ってくるとしたら。微かに吹き始めた春風を背負って立つべきは誰か。敦儀親王は溜息をついた。

「不敬な口は慎まれよ、中納言殿。万一登霞《とうか》あらんとても、院もその御子らもおわしませば、無下を思いて語らうべきは我なるべからず」

壺庭から廊に上がり、さらに寝殿に向かおうとする二宮の前に立ち塞がるように隆家は脚を広げた。

「年ごとに春は巡るとも、同じ春はえ来《こ》じ」

院とは通常かつて帝位にあった人物を指すが、先帝も既に世を去った今、存命のまままそう称されるのは敦儀親王の実兄小一条院をおいて他にいない。だが彼が二度東宮に立つことはないだろう。そうすると次は次男の敦儀親王にお鉢が回ってくる。

　敦儀親王はますます表情を硬くした。

「――昔には、入道大相国は儀同三司《ぎどうさんし》と藤氏長者を激しく争われたりとかや。中納言殿は儀同三司の御弟君ながら、嫡嗣の御流れを軽んじたまうか」

　儀同三司とは隆家の亡き嫡兄伊周のことである。割と皮肉も巧い男なのだな、と隆家は再び感心する。ただ善良なだけの邪気のない人物ではない。少し若君に似ているかもしれない。口調は穏やかで響きに棘もないが、その言葉にはこちらを諌めるような色が混じっている。隆家は軽く肩を竦めた。

「孝悌《こうてい》なれ五倫なれ、四書五経の教えに従いてよろずの事が定まりせば、如何ほどに世は長閑《のど》けからまし。我は故式部卿宮の、また道雅の中将の叔父にも候」

　敦儀親王は嫡兄小一条院を重んじなくてはならない、と言う。それを、道長の嫡兄の子である隆家が否定することはできないはずだ。そうでなくては何故、関白道隆公亡き後に道長の叔父に臣従するのではなく嫡兄伊周と共に時に人死にを出してまで激しく対立したのか――と敦儀親王は矛盾を突いてきた。だが隆家は動じもせず首を横に振る。理屈が建前で取り繕われるだけでなく実態にもある程度は反映されるべきと思っているのなら、二宮はまだ若い。実際若いが、と二十四歳の親王を僅かに見下ろしながら笑う。隆家のほうが少しだけ背が高かった。

長幼の序だの嫡流だの、そんなものは絵に描いた餅だ。絵に倣って餅を搗《つ》き食することもあるが、必ずそうなるというものではない。隆家が伊周と共に道長に歯向かったのは、自分達こそ正統という確固たる信念に基づいてのことではなく、単純に父母を同じくし同じ家で生まれ育った兄のことが叔父より好きだったからだ。嫡系だとか何だとかいう言葉を隆家が使ったのなら、それは自身の感情に都合の良い理屈だったからに過ぎない。仲の悪い兄弟であったらどうしていたかわからない。

すべての理屈は後付けで、正嫡がどうの孝悌忠信がこうのという理念は何ほどにも重んじられないと思い知るには、式部卿宮敦康親王が東宮に立てられなかった事実ひとつで十分だ。また隆家は、嫡兄の遺児である道雅に対してはそれほど謙《へりくだ》りもしていないし、彼を嫡流として自分が下風に立つべきだとも思っていない。道雅は大事な甥であるし、兄の死後は殊更気にかけてはいるし、狼藉の数々を聞くにつれ自身の若い頃と重なって感情移入もするが、それでも自分の子のほうが可愛い。

「政は論語にて定むるものにあらず。天皇の御位は、高御座《たかみくら》を支うる藤原あればこそ」

「――先刻承知。しかして中納言殿、いずれの藤の木に寄るべしと？　土御門の藤花こそは高松に蔓を巻き付かせていとど目覚ましく咲きければ、その木陰に休みたまう御方をおいて他に誰をと言わるるか」

土御門殿は、道長の本邸である。藤の木陰に休む御方とは、道長の叔父の妾妻、高《たか》松殿《まつどの》所生の娘寛子と結婚した小一条院を指す。結局、道長としても、担ぎ上げるなら婿に取った小一条院だろうと敦儀親王は言うが、隆家はそうは思わない。一条天皇の即位以来天皇の叔父として出世を重ね、ついに帝の外祖父となった道長の叔父は、皇統が自身から遠のくことを異様に恐れている。舅という結びつきで満足できるなら、そもそも小一条院を追い落とす必要はなかった。東宮を辞退させずに寛子なり他の娘なりを入内させれば済んだ話だ。いいところ天皇の従兄弟だったことしかない隆家にはよくわからない心理だが、人の恐怖はそれぞれである。世間の人は中納言家の二人の姫など怖くもないだろうが、隆家はどうあっても彼女らに敵わないように。

「致仕《ちじ》の男をさまでに案じたまうこともなからん。小一条院にせよその王子方にせよ、茂る藤は堀河《ほりかわ》の」

「……左大臣殿」

何とも言えない空気が流れる。小一条院が紆余曲折を経て登極するようなことになれば、後見は母方の祖父が亡くなっている以上は叔父の参議兼修理大夫通任卿《しゅりだいぶみちとう》となるだろう。しかし皇后の実弟ながら四十七歳にしてやっと公卿の末席に名を連ねている程度では、他に高位の協力者なくしては国政を主導することはできない。その協力者の筆頭候補は、小一条院の二人の舅――すなわち道長か、あるいは左大臣顕光ということになる。だがそもそも小一条院を東宮から追い落としたのが道長である以上、彼とその息子達が重用されるとは考えづらい。加えて道長が寛子妃を要に権力を維持しようとすれば、異腹の関白頼通や権大納言教通の影響力は後退し、同じ高松腹の二人の権中納言頼宗と能信が勢いづくことになり、子世代での内紛が容易に想像される。既に出家の身の道長としては良い手ではない。一方小一条院の最初の正妻延子《のぶこ》の父である左大臣は、政治的能力にはしばしば疑義を呈される有様で、それでなくても高齢の上に跡継ぎ息子がいない。東宮を一度は退いた小一条院ではなく、その嫡男が二宮の言う通りに東宮に立てられるとしても、外祖父は左大臣なので同じことだ。

　小一条院に同情的な貴族でもこればかりは、予想される混乱を思えば歓迎しかねるだろう。それならばまだ若い敦儀親王を東宮に立て、しかるべき公卿から娘を嫁がせて、その者と参議通任の連立政権が樹立されたほうがまだ火種が少ない。

　天皇の外戚として権力を行使するに相応しい器の公卿はそれほど多くない。だが隆家は、何故だかその器は持ち合わせていると評価されているようだった。一条院が敦康親王の立太子を断念した時、「後見には中納言殿がおわしますに」という声が世間から上がった。買われたものである。

「横笛《おうてき》の調べはいみじく面白う聞こえたり。さりとても、二宮の楽才はただ笛のみならず、箏《そう》の御琴もまた優れて上手なりと聞こゆ。如何にも如何にも、この隆家も聴きてしがな」

敦儀親王は口を引き結び、溢れ出そうな何かを押さえ込むように表情を引き締めた。

「――中納言殿。皇后に謁見なさるべく来たまいたらん」

足早に隆家の脇をすり抜け、屋内に駆け込んでいく。すぐ傍を通り抜けた敦儀親王は、やはり整った顔をしていた。美男と謳われた、隆家の亡き嫡兄伊周の若い頃ほどではないが、女受けのしそうな甘く涼しい顔立ちだった。しかしその右頬にひとつ、ごく小さな痘痕《あばた》が抉《えぐ》れて影を落としているのを隆家は見て取った。至近距離でなければ気づかないわずかな疵《きず》は、年初に罹ったという疱瘡《もがさ》の後遺症だろうか。視線を下に落とせば笛を持たない右手がぐっと拳を握りしめていたので、隆家は口角が上がるのを自覚する。

敦儀親王が見事に吹きこなしていた龍笛は、横笛とも呼ばれる。「おうてき」の響きが「王敵」に通じるので、憚《はばか》って「ようじょう」と読みを変えるのが普通である。隆家は無論わざと不吉な音に読んだのだが、今上帝の病悩について話していた時と違って敦儀親王から叱責の言葉はなかった。

それはそれとして、敦儀親王の最後の言葉は正しかった。隆家は皇后藤原娍子に会いにきたのである。待合室に戻ると同時に案内の女房が現れた。皇后の御前に参上すると、息子と同じくまず眼帯のことを尋ねられる。同じ説明を返すと、日の光が直接には届かない室内では着けっぱなしというわけにもいかないことに気づき、するりと外した。濃紫の布地に織り込まれた唐草の文様が、見事に浮き上がって見えた。

「目は覆われぬほうがいと爽やかなり」

皇后は眼帯がないほうがお好みらしい。困る——ことはなかった。皇后と姫君のどちらに男前と思われたいかなど決まっている。さすがに本人を前にしては言わないが、と隆家は別の話題を探した。

「二宮こそは笛の道に多からぬ達者と知りけれ。しかして皇后は箏の上手と聞きつるに、箏の道はただ小一条院のみに？」

娍子は亡父の小一条大将藤原済時《なりとき》から手解きを受けた箏の名手であった。小一条大将自身は、その昔畏れ多くも村上《むらかみ》天皇から直々に箏を伝授されたという。村上の先帝は六代前の帝で、今上帝の曾祖父にあたり、その治世は天暦《てんりゃく》の治と称され聖代視されている。由緒ある奏法を小一条大将は誰にでも伝えたわけではなく、複数ある子のうち后がねと見込んだ長女の娍子にだけ特訓を施した。その流れでいくと娍子も長男の小一条院だけに伝えていてもおかしくはないのだが、皇后は否、と答えた。

「敦明には更にも言わず、敦儀にも一通りは教えけり。敦明はさほどには箏を好まず、敦儀こそ物の上手とも言わるるばかりに進みたれど、この頃はあまり——」

娍子が言い終わる前に奥から箏の音が響いてきた。龍笛の調べとは打って変わって激しい旋律の、超絶技巧の曲だった。凄まじい速さで掻き鳴らされる箏の音色は、音程に一分の狂いも甘さもなく、正確無比な運指が弦を弾き迫力の音楽を奏でた。

フッと笑いが溢れる。

――そう来なくてはな。

隆家は先日の皇后訪問の際に持ちかけた依頼の返事を聞きにきたのだが、もはや皇后から言葉は要らない。村上天皇より伝わる箏の音は何よりも雄弁だった。

十四　めでたげ【愛でたげ】

隆家が皇后御所から自邸に帰ると、姫君は塗籠で寝込んではいなかったが、昼《ひ》の御《お》座《まし》の脇息に両腕を乗せ気怠げに突っ伏していた。しかし父の姿を認めると目の端を吊り上げる。

「姫。少し聞け」

隆家は御簾の中には入らず、姫君付きの女房に命じて几帳を立てかけさせる。父と娘の間は二重に隔てられ、向き合った長女は影しか見えなくなった。その影に、扇で口元を覆いながら語りかける。

「そなたが幼き折より、いずれは宮に参れと、女御に后にと煽り立てたるはこの父や。弱き身体ゆえ遊びも楽しみも事欠くそなたに、せめて夢を見させたくてな」

病弱な姫君はこれまで幾度となく病に倒れ死の淵を彷徨い、だが華やかな女の夢を語って聞かせるたびに奮起して持ち直してくれた。やがて道長が皇統を乗っ取り、隆家らの中関白家が斜陽に追いやられても、姫君はますます後宮に野心を燃やし何度も危ないところを持ち直した。そうして生き延びてくれた娘に諦めろとはとても言えず、ここまで来てしまった。

「父の咎は畏まりて諾《うべな》う。されど、宮筋に参るは夢の如くには煌々《きらきら》しからず。父には妹ありけり。先の帝が東宮と聞こえし折に侍り、女御と呼ばれて時めいたるも、ある日血を吐きて儚くなれり。そなたと同じ年の頃なりき」

宮中に侍って寵愛を得たのも束の間、非業の死を遂げたのは、隆家のすぐ下の妹原子《もとこ》だけではない。長姉定子は、一条天皇との第三子にあたる媄子内親王出産直後に産褥死した。中の妹は冷泉天皇の皇子敦道《あつみち》親王の妃となったが、父が没し後見を失うと即座に離縁され失意のうちに病死した。末の妹は定子の崩御後にその面影を懐かしんだ一条天皇の寵愛を受け懐妊したが、出産にこぎつけられず腹の中の皇胤と共に逝った。そしてこれらの悲劇は、宮中ではさして珍しいことではない。入内とはそれだけ命懸けだ。

「さてもなお、宮筋と逢うことを望むか？」

「笑止千万！　かような泣き言を申すために月日を数えたるか」

姫君は閉じた扇でバシンと床を打った。投げる力はもうないらしい。床板の反作用に白く薄い手は耐えられなかったのか、取り落とされた扇が二、三度跳ねて転がる音がした。姫君は拾おうとする様子もなく、上体を起こしもしない。威勢が良いのは声だけだった。

「毒を盛られんとも矢を射られんとも、内裏の外にて塗籠に籠められて朽ちてゆくよりもいかばかりめでたきことかは！　誰にも知られでこの邸でただ永らえゆくよりも、かほどに恐れられて短き命を燃えさするこそ本意なれ！　さがな者とまで呼ばれたる男が、いずこに心魂《こころだましい》を忘れて来たりや、あな愛敬《あいぎょう》な！」

「——よう分かったり」

隆家は溜め息をつく。華奢な身を満足に支えられもしない娘が心配でたまらなかったが、心のどこかで、それでこそこの隆家の子だとも思っていた。姫君のためにも、父としてもう悪あがきをしている余裕はないのだろう。隆家は袂《たもと》から文《ふみ》を一通取り出し、御簾の下に滑り込ませて几帳の向こうまで投げ入れた。

「式部卿宮からや」

「呆けたるか、クソ親父。宮はとうに」

「今《いま》式部卿宮より、そなたへの懸想文《けそうぶみ》や」

式部卿とは式部省の長官で、親王が任じられる慣例がある。権威付けのお飾りの性質が強く、そのために任期の概念がなく、長く務める親王が多い。だがさすがに薨去があれば代替わりがある。敦康親王が式部卿の任にあるまま没し、一年の空位を経て今年の初めに新たに式部卿に任じられたのは先帝の第二皇子、敦儀親王であった。

几帳の向こうから歓喜に弾む声が上がる。

「──いと畏《かしこ》くも慕わしき父上……！」

クソ親父と罵った舌の根も乾かぬ内に、器用な娘である。この見事なまでの変わり身の早さは誰に似たのやら。誰からも答えは返ってこなかった。


それから姫君は、敦儀親王とまめまめしく文を交わして愛を育んだ。

「宮は、こなたの香は好ませたまうや」

「知らず」

「料紙の染めはいかに」

「知るか」

「あなや、歌はいかがせむ」

「父に言うな！」

一事が万事この調子で、隆家はすっかり辟易していた。姫君は口を尖らせる。

「歌よりほかに取り所なき父上なれば、姫の用に立ちたまえよ」

「待て、父の才《ざえ》は歌のみか。いやそれより、貫之《つらゆき》の如くに女に扮して歌を詠めと？」

「貫之より憶良《おくら》をこそ見倣いたまえかし。せめて婿取りの折のみは、『銀《しろがね》も金《くがね》も玉も何せむに』というほどに親に傅かれてみたきもの」

土佐日記を著した紀貫之《きのつらゆき》よろしく女の振りをして恋歌を詠むなど御免だったが、子煩悩で知られた山上憶良《やまのうえのおくら》を引き合いに出されて、隆家はついカチンとくる。親の心子知らずとはよく言ったもので、どれほどこの父が姫君のために尽力していると思うのか。気づけば隆家は姫君の歌を事細かに添削していた。隆家が母譲りの歌才をいかんなく発揮した歌を姫君がたおやかな筆跡で書きつけ、紙も料紙から焚き染めた香から添える花まで姫君は十二分に趣向を凝らした。その甲斐あってか、初めはただそつなく型通りだった敦儀親王の返事は日に日に熱っぽいものになっていった。我に返れば、何が悲しくて男と恋歌のやり取りをしなければならないのだろう。姫君に巧く乗せられてしまった。敦儀親王も敦儀親王で、最初の文を認《したた》めるまでは幾分焦らしてくれたくせにいざ文通が始まると律儀なものだ。恋文の相手が半分は隆家だと知ったらどんな顔をするか。

だが、姫君は敦儀親王と文を交わし始めてから寝込むことがなくなった。人よりはやはり疲れやすく食欲のない日もあったが、それ以上の不調は皆目聞かれなくなった。乙女の恋の力とは凄まじい。結果としてはこれで良かったのだろう。

そして冬に入る直前、初めて敦儀親王が隆家の邸を訪れた。その夜、隆家は隣の右大将邸で飲んだくれて朝まで帰らなかった。一晩付き合ってくれた実資も、さすがに老体に徹夜は堪えると言って、朝日が昇ってしばらくすると追い出された。晩秋の太陽が築地《ついじ》を越して照りつける中を自邸まで戻ると、門前に文を持った遣いが訪ねてきて丁寧に花を添えた手紙を手渡される。

——早きことやな。

喜ぶべきなのだが口の中が苦い。一度取り落としたのは朝日を厭った右目の眼帯が遠近感を狂わせたせいで他意はない。隆家は北の対に渡って姫君に文を投げ渡した。

「父上、酒はほどほどに——あなや。嬉しや、はや宮からの文が」

男物の単衣《ひとえ》を羽織り、頬を上気させた姫君は、隆家がはっとするほど美しかった。これまで姉定子ほど美しい女はいないと思っていたが、今朝の娘は記憶の中で美化された姉をも軽く凌駕していた。敦儀親王からの後朝《きぬぎぬ》の文を手に取り胸に押し抱いた娘の笑顔と弾んだ声は、今ここで死んでもいいとさえ父親に思わせた。

男女付き合いの作法として、共寝した男女は衣を一枚交換し、男は明け方に去ってから同日の内に恋文を書く。後朝の文は早ければ早いほど男の惚れ込みようを表しているとされ、つまるところ敦儀親王と姫君は互いにたいそう気に入ったらしい。仲介したのは隆家だが、それはそれとして腹が立つ。これはもう本能である。

返事をどうしようと嬉しそうに悩む姫君を置いて、隆家は二日酔いの頭を抱えて寝殿に戻った。妻が、こちらもやはり声を弾ませてすり寄ってきた。

「三日夜の餅はいつ搗かせせん」

三日夜通い、すなわち正式な結婚の要件が成就した暁には、新郎新婦は祝いの餅を食するのが慣例であり、これを三日夜の餅という。三日目の夜の披露宴、所顕しにて招待客に振る舞われることもある。——考えたくない。

「……そなたといい、若といい。しばし待て。急いては事を仕損ずるぞ」

朝餉の粥を啜ってから、隆家は朝寝を決め込んだ。

そして翌日から少し待った。姫君も若君も憚ることなく男を通わせるようになったが、三日続けての来訪は隆家が許さなかった。所顕しには吉日を占い諸々準備する必要があるというのが表向きの理由だが、その実、隆家はただ機を待っていた。そう長いことではないという確信はあったが、いつとは知れない。

発病から一月《ひと》近く経っても今上帝の瘧は治らない。瘧病の特質ゆえにずっと寝込んでいるわけではなく、熱が下がり起き出して政務にも復帰したと思ったらまた高熱を出す、ということを繰り返していた。

立冬の頃に、道長と頼通の親子が住まう土御門殿に火事が起きた。関白の在宅時に火の手が上がり、邸は焼亡したという。

——叔父上は⁉

隆家は直ちに状況確認のために人を遣わした。

十五　草紙【さうし】

——焦げ臭い。

道長は、眼前に書籍類を並べながら微かに鼻をつく臭いに顔を顰めた。

土御門殿に起こった火事はその日のうちに鎮火された。一時は嫡男頼通もろとも焼け出されて邸宅はほぼ焼亡したが、幸いにして敷地内の別邸小南《こみなみ》第が無傷で残っていたので、消火した夜には小南第へ移り住むことができた。

だが、火が消えても焦げた臭いは残る。焼けた部分の取り壊しと建て替えはまだ手配が整っていないため、修繕工事の完了までにはまだ日を要する。それまでは風に乗ってくるこの臭いに耐えなくてはならない。

道長の自室には、草紙の山がうず高く積まれている。邸の主人の部屋を物置き代わりにするなどあるまじきことだが、書籍はそれなりに貴重な上に燃えやすくさらに水にも弱い。さらなる失火や万一残っていた火種が再燃しても損なわれないよう、敷地内で最も安全な場所に一時的に避難させたら、道長の寝室が本だらけになった。理屈はわかるので文句も言わず、道長はただ草紙の山を手慰みに崩す。

自身が雇用した紫式部の『源氏物語』に『紫式部日記』、和泉式部の『和泉式部日記』等はもちろん、長女彰子のために追い落とした皇后定子の宮廷で書かれた清少納言の『枕草紙』も蔵書の中にある。道長は何とはなしに『蜻蛉日記』を手に取った。道長の父関白兼家の妾妻が著した人気作だ。

本朝三美人の一と謳われた才媛は、その美貌と文才ゆえに身分には不釣り合いな摂関家の貴公子を射止めた。だがそれゆえの苦悩もあり、それを書き残したのが『蜻蛉日記』である。

彼女は一子道綱を産んだが、父兼家の正妻、道長の母時姫《ときひめ》より重んじられたことは一度としてない。時に足が遠のく兼家への恨み節が書き綴られた日記の中には、いま一人苦悩する人物が浮かび上がってくる。道長の異母兄道綱である。幼少期から父と母の板挟みで、母が父のつれなさを嘆く度に伝言役を負わされ疲弊していく子供の姿は痛ましかった。成長すれば一人前に女性関係にも悩むようにもなるが、その初々しい恋の悩みを赤裸々に日記で暴露され恋文を母親に手直しされ、当人を直に知っているといたたまれない。母親に抗議することもできない大人しい気質の彼は、不条理なことを言われてもただ困ったように微笑むだけで従順に母の言うことを聞いた。父にも同じだった。兄にも、今ではおそらく道長にも。

子供が母方で育つ社会では、異母兄弟間の距離はそれほど近くない。跡目を巡って激しく争うのもよくあることだ。だが、道綱は常に道長に友好的だった。関白道隆と道兼が相次いで世を去り、道長が権力を掌握しても、道綱は異母弟の後塵を拝することに些《いささ》かも含むところはないようだった。裏切りと面従腹背に溢れ損得勘定がすべてを決する宮中において、道綱はあわよくば異母弟を追い落として自分がのし上がろうという野望を見せたこともなかったし、道長に逆風が吹いた時にも見限ることはなく同じ陣営で自分より高位の弟を支えた。

親しく慕わしい兄だ。穏やかで争いを好まず、異母弟に道を譲っても友好を選び野心を持たない。傍にいるとほっとした。人臣の最高位にあっては、およそ純粋な親愛の情ほど得難いものはない。それでもいい、自分だって大方の人付き合いには打算が混じっている。相手が栄光に一時群がっているだけだとしても上手く楽しくやれるなら——と、気分の良い時には開き直れた。だが一度思考が落ち込むと、普段は見ぬふりをしていた虚しさが恐怖を引き連れてやってくる。そんな時に、心は異母兄道綱に寄りかかった。良くも悪くも目立ったところがなく、政治に傑出した才を発揮するわけでもなしに戦力としてはせいぜい中の上だ。しかし、朴訥で子供の頃から何も変わらない親愛の情は、何をおいても失ってはならないと思った。大した功績のない彼を大納言まで取り立てたのもそのためだ。

「兄上……」

だが、同母の兄姉が尽く世を去る中で唯一傍に残った異母兄も、今や身罷《みまか》ろうとしている。大納言道綱はもはや生ける屍で、飲食すらままならず、床《とこ》の上でじりじりと弱っていくばかりだという。

――道綱の兄上までもが儚くなりたまわば、我は誰に心を預けらるや。

もう本当に、誰にも寄りかかることができなくなる。友と呼べるだけの人間との間にも、無条件の信頼はなかなか望めない。弱った時に痛い所を曝け出すのは身内が相手でなければできなかった。だが他の家族は、我が子は頼れるどころかまだ道長が父として支えてやらねばならない始末。妻はしっかり者で包容力もあるが、事が子供達に関わると母としての役割を優先し、何でもかんでも弱音を吐ける相手ではない。異母兄の道綱だけが、何を言おうとも微笑んで受け入れ、誰に明かすでなく胸の内に留めて、どんな愚痴も懊悩もただそこにいて受け止めてくれたのに。

歳を取るにつけ、身も心も弱くなる。それなのに他者はますます強大であることを求め、先人は去っていく。出家までしたのに何も変わらなかった。

――大納言の席が空く。

そんな想定までせねばならないことが悲しかった。慕う異母兄の病悩に心を痛めるだけでは済まされない。

彼の生死を論ずるまでもなく、近々大納言は空席になる。人事不省で全く政務の執れない道綱をいつまでもその座に就けておくことは許されない。何も道長と道綱の敵方ばかりが辞任を要求するのでもないだろう。高齢の道綱自身が、自身の息子のため昇進枠を空けようと辞職を申し出ることも十分にあり得た。

そうなると、権大納言昇進の筆頭候補は隆家だ。年次では最も長く中納言を務めている彼の昇進を阻むにはかなりの無理を通さねばならない。だが去年、隆家を飛び越えて自身の五男教通を権大納言に昇進させるのもだいぶ強引な手を使ったのに、これ以上は激しい非難を免れ得ない。

道に外れることは承知で、それでもやらねばならず、内なる良心の呵責と外からの批判にただ耐えることの苦しさ。今に始まったことではなかった。二人の同母兄が相次いで世を去った二十五年前からこの苦痛は道長について回った。その根幹は、おそらくは道長が二十一歳だった年の晩夏に遡る。

寛和《かんな》二年、当時皇位にあった花山《かさん》天皇は多感な気質で、愛妃の死去を受けて情緒不安定になり、夏の暮れの月が煌々と輝く夜に突然出家してしまった。世を捨て仏門に入っては政務を執れないため、花山天皇の従兄弟にあたる東宮懐仁《やすひと》親王が七歳にして急遽即位した。今は亡き一条天皇である。

寛和の変と呼ばれるこの事件の裏で糸を引いていたのは、道長の父兼家と三兄道兼《みちかね》だった。父は、自身の孫にあたる懐仁親王の一日も早い即位を望んでいた。花山天皇にとって兼家は父母両系統での大叔父であったが、後宮政策と外戚政治で栄えた藤原氏の者としては傍系四親等の隔たりは遠すぎたのだ。愛妃を喪って気落ちしていた花山天皇を、道兼が言葉巧みに仏門に誘い騙し討ちのような形で出家させた。

『関白殿！　主上《おかみ》が、主上がいずこにもおわしませず！』

事件の中で、道長は花山天皇が夜中に元慶寺《がんぎょうじ》へ向けて御所を出奔した後に天皇の失踪を当時の関白藤原頼忠《よりただ》に報告する役目を負った。騒ぎを大きくして後戻りできなくするのが父の狙いだった。

当時の道長は、どうしても甥の懐仁親王に即位してもらわねばならぬといった摂関家の野望のようなものは持ち合わせていなかった。寛和の変の絵図を描いたのは父と兄で、道長はただ言われるがままに流されて事件の片棒の端っこを担いだ。たったそれだけだ。

だが、たったそれだけでも、大変なことを仕出かしたという気分は抜けなかった。自分が権力の座に就きたいがために、畏れ多くも天皇に対し詐術を用い、正式な譲位の儀も何も経ずにいきなり剃髪させるということが許されるのか。その恩恵を被るのは父と跡継ぎの長兄であって五男の自分ではあるはずはないと当時は思っていたから、余計に罪だけを背負ったようで胸が苦しかった。そこから必死に目を背けた。自分が悪いわけではない。父に言われただけだ。花山院を騙して元慶寺まで連れ出したのも兄道兼であって自分ではない。ただ天皇の失踪を関白に報告しただけで、それは背景事情がどうあれ誰かがなさねばならない正しい行いだったはずだ。

——父上も、兄上も、ようなさるわ。

それほど外戚の地位が欲しかったか。本当にそれだけの価値があるものなのか。良心の呵責から、そうやって心の内だけで冷めた言葉を呟いていた。

やがて父は没し、長兄道隆が当主となる。彼は寛和の変によって即位した一条天皇に娘定子を入内させ、皇后職から中宮職を分離させて中宮に立てた。

——まことに、ようなさるわ。皇后が二所《ふたところ》など前代未聞やというに。

道長はやはりまた、どこか斜に構えた考えを胸の内だけで反芻した。定子が立后した道隆の意向を受けた一条天皇によって道長は中宮大夫に任じられたが、それはまだ父の喪も明けていない頃のことだったため、どうにも承服しかねた道長は中宮定子の元へ参上することはなかった。そして十二年後には同じことを兄の息子に返されたわけだが——次女妍子が三条帝の中宮に立った時、中宮大夫を打診した甥隆家は好戦的な笑みを満面に浮かべ、「一切辞《いな》び申す」と闊達に言ってのけたのである。最初からはっきりと拒絶するその言動はいっそ清々しかった。撥ねつけられたことは不愉快極まりなく、引き受けながら怠業した自己の陰湿さを否応なしに突きつけられたことへの不快感も凄まじかったが、それでも心の奥底から一筋の憧れが立ち昇ってくるのも否定できなかった。

――かような生き様は、この身には能《あた》わざりけり。

隆家のような生き方は道長は選べなかった。選べたとしてもきっと選ばなかった。それでも――あるいはそれだからこそ、自分が決して歩まない道だからこそ、永遠に失望することができずにいつまでも眩しい。寛和の変の時にはまだ八つだった隆家は、一族の罪からも自由だ。たとえ長じていたとしても彼はきっと道長のようには思い悩まない。宜《よろ》しからずと思えば自身の父や祖父が相手でも反論しただろう。一方権力を望めば躊躇せず天皇を追い落とす陰謀にも加担し、後悔など決してしない開き直りを見せただろう。自分は悪くないと正当化することさえ、道長と違って心からそう思って悪びれないに違いない。

寛和の変は道長の喉に刺さった小骨だったが、若い頃はまだ欺瞞と皮肉で誤魔化して無意識下に落とし込むことができた。しかし隆家が長じるにつれ、その竹を割ったような性格と破天荒な振る舞いを前に、自分の卑屈さを思い知って痛みを感じるようになった。器に収まらず呑み込みきれない甥は、長く気づかずにいられた喉の小骨を奥に押し込んで血を流させた。

一条天皇が即位し天皇の叔父となった道長は、それでも氏長者には程遠い五男坊に過ぎなかったから、他人事のような顔をして犯した罪から目を背けていられた。だが両親を同じくする兄は二人して長徳《ちょうとく》元年に没してしまう。二十五年前には、ちょうど今年と同じように疫病が都に流行っていた。高位の貴族も多くが犠牲になり、その中に嫡兄道隆と三兄道兼も名を連ねた。別居の異母兄道綱は無事だったが、母が異なる以上彼は嫡流にはなれない。摂関の流れは、否応なしに道長が継承することになった。

（――否応なしに？　嘘をつけ）

誰のものともつかない声が頭の中で囁く。隆家の声のようにも聞こえたし、自分自身の声のようでもあった。確かなのは、そう思っている人間はきっと一人や二人では済まないということだ。

兄関白道隆が没した時、その嫡男伊周は中宮の兄として道長を飛び越えて内大臣に昇っていた。正嫡を重んずるならば、道長は嫡流の甥の補佐に回り若い彼を盛り立てるべきだったのかもしれない。しかし国母詮子は道長を氏長者に推した。道長と伊周は、協調ではなく対立の道を歩むことになった。

嫡兄の忘れ形見の甥ではなく、弟の自分を推薦した詮子の意図は当の道長にはわからない。伊周は摂関の器ではないと見たのか、同じ家で生まれ育った弟のほうが与し易しと考えたのか、単に性格的な相性の問題か、はたまた当時まだ二十二歳の伊周はあまりに経験不足と断じたのか。国母は夜御殿《よんのおとど》に強引に押し入って一粒種の一条帝を涙ながらにかき口説き、道長を右大臣および氏長者に任ずる旨の宣旨を下さしめた。

少なくとも世間にはそう伝わっている。甥に出世を追い越されていた道長は、追い抜き返して頂点に程近いところまでのし上がった。

内大臣伊周はこれに唯々諾々とは従わなかった。氏長者の地位の帰属を巡り、道長と伊周はあろうことか国政を厳かに審議するべき陣座で、外まで響くほどの音量で罵り合った。事はその日だけでは済まず、伊周および彼と仲の良い弟隆家はそれから道長の一行と出くわす度に路上で乱闘騒ぎを起こし、ついには隆家の従者が道長の随身《ずいじん》を殺害する事態にまで発展した。

そして長徳《ちょうとく》の変が起きた。兄らの死と道長の藤氏長者就任の翌年の長徳二年、隆家は先帝花山院に向けて矢を放ち、幸いにも怪我を負わせることはなかったが御衣の袖を射抜いてしまった。

殺人未遂である。相手が相手だけに不敬の極みでもある。なぜそのような事態に到ったのか、事情聴取をすれば事の真相は非常に阿呆らしかった。花山法皇には当時理《わり》無い仲の女性がおり、人目を忍んで通っておいでだったが、彼女は偶然にも伊周の妾の妹だったのである。同居する姉妹のもとに通う二人の男は、通常なら相婿として親しく交流するものだが、花山法皇は出家した身の手前、伊周のほうにも嫡男を儲けた正妻があり亡き舅にも恩義があった手前、いずれも忍ぶ仲であり互いの存在を知らなかった。それでもついに伊周は妾の家で花山院を見かけたが、世間に明らかにされない関係の詳細を彼が知る由もなく、伊周は自分が情けをかける女に花山法皇が横恋慕していると思い込んだ。嫉妬で頭に血が昇った伊周は弟隆家に怒りのままに事の次第を話し、兄思いの隆家は花山法皇を弓で襲撃した。

――いずこより突っ込んだらばえぇ？

当時右大臣の職にあった道長は心の底からそう思った。紛うかたなき醜聞であるため被害者の花山法皇すら口が重く、詳細が明らかになるまでには時間が掛かった。法皇が襲撃されたと聞いて、初めはすわ国家転覆を図る陰謀かと身構えた。下手人が隆家だと明らかになれば、藤氏長者のこの叔父だけではなく天皇家も含めて政体そのものに反旗を翻したかと疑った。しかし当時まだ十八歳の良くも悪くも物事を深く考え込まない気質の隆家であるから、独断ではなく誰か唆した者がいると考えられ、ならば彼は氷山の一角に過ぎず少なくない数の人間が事件と陰謀に関与しているのではないかとまで危惧した。

蓋を開けてみれば要は痴情のもつれの空騒ぎ。出家の身で女通いをする法皇も法皇である。道兼が唆したとはいえ、花山院の出家は愛妃を失った悲しみに暮れた彼自身の希望でもあった。亡き女御の菩提を弔うのはどうした。時に花山法皇は二十九歳、肉の身体を持つ者にとって欲は度し難いというのはわかるが、せめて隠し通してほしかった。女が十年以上前に没した愛妃の異母妹だったということを聞いても、もはや何とも反応しづらかった。まあ確かに佳い女ではあった。渦中の女性は後年道長の世話を受ける身になったのだが、儚げでたおやかで年上の男の庇護欲を掻き立てるのが天才的に上手く、しっかり者の年上の妻を持つ身としては、北の方の内助の功に感謝しつつも時折は女に頼られる快感がたまらなく恋しくなった。花山院もおそらくそんなところに耽溺したのだろう。その女は四年前、道長の子を懐妊したが難産で母子ともども死去した。可哀想なことだった。

閑話休題。花山法皇奉射事件における伊周は――まあ、二十三歳の若者が、入れ込んだ女を寝取られたと思えば、多少は頭に血が昇るものかもしれない。叔父としてだけならそのように寛容にもなれたが、道長は右大臣で相手は仮にも内大臣であった。国家の中枢の要職を奉じる大臣が、嫉妬から先帝に敵意を向けるなど言語道断。身内に愚痴を零《こぼ》す程度で済ませていれば見ぬふりもできたが、隆家は最悪の方法で事を表沙汰にした。

――何故、弓を射るという発想になる？　なあ隆家、何ゆえや？

自分の女が寝取られた場合でも武器を手に取るのはやり過ぎだろう。ましてこの件においては、自分ではなく兄の女性関係に首を突っ込んでいって、しかも相手は先帝で、その上結局は勘違いときた。

伊周と隆家は地方官に左遷され、事実上の配流処分を受けた。異母兄弟や母方の親族も多くが連座して処罰を受けた。藤氏長者を道長と争った伊周は後ろ盾ごと没落してゆき、一方の道長は左大臣に昇進して権力を完全に掌握するに到った。この事件を世人は長徳の変と呼ぶ。結果として誰よりも利を得た道長は、長徳の変の首謀者であると今でも囁かれている。

一言言いたい。事件を利用して政敵を追い落とし自分がのし上がったと言われるならまだ甘受するが、道長が甥を罠に掛けたとの噂はいくら何でも心外である。策謀を巡らして陥れるなら、あんな突っ込みどころしかなく登場人物皆尽く程度が低い筋書きは恥ずかしくて描けない。法皇が女通いの末に勘違いから嫉妬の矢を受けるなど、常人の想像力の及ぶところではない。事実は作り物語より奇なるものである、時にとんでもなく低い方向に。自分が濡れ衣を着せるならもう少しましな成熟した謀《はかりごと》をでっち上げる。

捕縛された伊周と隆家を、甥であるにもかかわらず特に庇い立てしなかったのは確かだ。だが庇いようがあっただろうか。先帝が被害者である以上、事は藤原氏の内部だけでは済まなかったし、この件については一条天皇御自ら徹底的な調査を主導された。中宮定子はこの時懐妊中であったが、若き帝は寵愛する后とその兄弟を明確に切り分け、事案の解明と適切な処罰を優先させた。身重の身で、目の前で兄弟が連行されていった衝撃に、中宮定子は自ら鋏《はさみ》を手に取り髪を切り落として落飾した。

伊周も隆家も都を追われたが、先帝の殺害未遂なら首が胴から離れなかっただけで儲けものだ。一切何の処罰もしないでは示しがつかないし、藤原摂関家の権力の源が外戚の地位である以上、その本流の皇統の威信を大きく揺らがせては自身の首を締めることになる。正義のためのみならず一族のためにも処罰は絶対に必要で、しかしそれにしては軽い部類で済んだはずだ。

世間は、道長が暗躍して長兄の一族を長徳の変で追い落としたと言う。しかし実際に没落と言えるほどのことがあっただろうか。伊周も隆家も二年ほどで罪を許されて都に舞い戻り、太政官に復帰した。人臣への昇進の目はほぼ潰《つい》えたが、元の地位を回復しただけで僥倖だろう。中宮定子は寵愛を失うことなく、一条天皇の強い勧めに従って内裏に戻った。出家した后と夫婦関係を継続するなど前代未聞だったが、その後中宮定子はさらに一皇子一皇女を産みまいらせた。出家の身で女に通った先帝花山院と、出家の身の女を寵愛し子を成した一条院、さすがに従兄弟と言おうか何と言おうか。ともあれ、故関白道隆の遺児らは何を失ったというほどのこともなかったはずだ。道長が何をしたと言うのだろう。伊周や隆家らの失脚は一時的なもので、しかも誰がどう見てもあれは自滅でしかなかったと思う。だがそれでも、批判と誹謗は道長に押し寄せた。

『嫡流の甥を排斥して、自らは左大臣に昇らせたまいて。ようなさるわ』

いつか父と兄に向けて心の裡でだけ呟いていた言葉を、今度は自身が無数に浴びるようになった。過去の自分の責任転嫁と相まって批判は内から道長を苛み、長徳四年には病に倒れた。あの時の病状は死を覚悟するほどに深刻だった。ちょうど、伊周と隆家が大赦を受けて帰京したかしないかの頃だった。

――これが定めか。さらば良からん。元より、望んで就きたる位にはなし。

三十三歳だった道長は出家を望み、再三辞表を奉った。「臣は声源浅薄にして、才地荒蕪なり。偏《ひとえ》に母后の同胞《はらから》なるをもって次《つい》ずして昇進し、また父祖の余慶によりて徳あらずして登用さる」「二兄は重きを負うるがために早夭し、なお恩波の舟を覆すを恐る」と辞表に書いた文は道長の直筆ではなく文章博士《もんじょうはかせ》大江匡衡《おおえのまさひら》に依頼して書かせた代作であるが、その内容は間違いなく本心で、自分はそこまでわかりやすいかとただでさえ大病に苦しむ中で落ち込みもした。

一条天皇には数度にわたる奏上の度に慰留され、そうこうしているうちに道長はどうにか命を繋いで快復した。その頃にはもう伊周も隆家も罪を赦され中央に復帰していたのに、道長が藤氏長者を降りて別の者に譲ることを誰も許してはくれなかった。神も仏も天皇《すめらみこと》も、そのご意思は道長が摂関として国政を主導することにあったらしい。俗世に留められた道長は、居直るしかなかった。

それから長女彰子を一条帝に入内させて中宮となし、次代の三条帝の御世には次女妍子をやはり中宮に立て、ついに彰子所生の今上帝が即位した際には四女威子を中宮に冊立し摂政の職を嫡男頼通に譲り、やっと出家して隠居した。ここに至るまでの道程では、多少強引な手段に出たこともあった。彰子の立后に始まり、定子腹の敦康親王の東宮擁立を一条帝に断念させたことも、三条帝が妍子の他に皇子らの生母である娀子をも立后し妍子には皇子を産ませなかったことを受けてついに決別を選び退位を迫ったことも、一度は東宮に立った三条上皇の長男敦明親王にその座を辞退させたことも、どれも皇統に対する専横であって聞こえのよろしくないことは百も承知だった。三条帝の異母兄花山院を退位せしめた寛和の変に関与したあの若かりし日に、道長の歩む道はとっくに定められていたのだった。

　開き直ったつもりでも良心の呵責は胸に痛かったし批判は身に堪えた。それで毎年のように病気をした。しかし毎回重篤にはならずに快復し、その都度「まだ」と思った。まだ天は、父祖は、道長が権力を維持することを求める。どれほど苦しくても降りることは許されない。

　人の気も知らないで、隆家は率直に振る舞った。気に食わないことがあれば臆面もなく文句をつけてきた。道長がどれほど悩み苦しんで決断したことだろうと、彼は慮りもせず瞬間的に好き嫌いを判断してしばしば直截に否やを唱えた。

　隆家が道長を理解することは永劫ないだろう。寛和の変における道長は、兄道兼のように詐術を用いて天皇を連れ出し出家させたわけでも、父兼家のように内裏を封鎖し物理的に天皇の退路を断ったわけでもない。それでも花山院のことは喉につかえた負い目だった。だが隆家は、同じ相手に愚かな勘違いから矢を射掛けておきながら、あっけらかんと「若気の過ち」で片付けて気にもしない。その図太さが愚かしくて不愉快で――羨ましくもあった。道長は藤原に生まれ藤原として生き、藤原の有り様《よう》を変容しかねない行いは自分の喉に突き立てられた刃のように恐ろしい。しかし隆家は、藤原でなくても隆家のまま生きていけるのだろう。

皇后定子が崩御しその後釜として一条天皇の寵愛を受けていた末妹も没し、三条帝の東宮時代に侍っていた妹原子も急死し、甥敦康親王までが薨去し、隆家はついに天皇の叔父となる望みを失った。今上帝にとっては両親の従兄弟でしかない隆家は、しかしその血の隔たりを悔しがっている様子は微塵もない。道長は違った。寛和の変で天皇の叔父になってから、絶対に皇統から遠ざかってはならないとの強迫観念を常に抱いていた。三条帝の生母は道長の亡き長姉超子であったから、一条帝から三条帝への譲位は問題なく、むしろ三条帝の即位により空いた東宮位に彰子の産んだ自らの孫を擁立する機会と見て歓迎した。だが三条天皇の、皇后娍子所生の皇子たちは潜在的な脅威だった。彼らの誰かが即位することになれば、道長は天皇の大叔父に後退してしまう。ちょうど花山天皇の御世の父兼家のように。あの時、父もこんなふうに恐ろしかったのだろうか。

父祖が積み上げてきた藤原の栄光を自分の代で手放す不孝はできなかった。それよりも大事な正義があるとは、寛和の変の後ではもはや言えなかった。正道に従って生きることも叶わず、さりとて覇道を往くのに開き直りきることもできず、良心の呵責と一族の責務と権勢欲の狭間で心は千々に引き裂かれ、常に矛盾の中で生きてきた。

孫皇子が即位し、娘三人が同時に三后を占め、嫡男が天子を代行する摂政の職に就いて、やっとその重荷を肩から下ろせると思ったのに。もうこれ以上は何を望みようもなく、次代に託す以外の仕事はない。健勝なうちに円滑に継承を行うべく、道長は出家して頼通に家督を譲った。――その途端に隆家が都に帰ってきた。救国の英雄として。

――まだ、なのか。まだ、心の平穏を求めてはならぬのか。

隆家自身のことはどうにも憎みきれないだけに、また苦しかった。

無意識に胃の辺りをさすっていると、取り次ぎの女房が来客を告げた。

「大殿。前帥中納言殿が詣《もう》で訪《とぶら》いたまうに」

「隆家がか」

渦中の人はこちらの思惑を気にも掛けず、ひょいと自ら乗り込んでくる。火事の当日には駆けつけもせず、三日ほど経ってからノコノコと。それでも悲しいかな、火災見舞いの名目の来訪は心から嬉しかった。良心の呵責も甥への親愛の情も捨て去ることができればどれほど楽か知れないのに、隆家の大納言昇進を阻む算段を巡らしつつも彼自身への好意は心中でいっかな衰えない。それならいっそもう我が家の栄光も自身の野心も手放してしまえば、と思ってもそれもやはりできない。相反する感情の狭間で、名前の通りに長い道を歩んできた――本当に、長い。道の脇に張られた綱が絶えようとしている今もまだ半ばだ。

来客用の局に通すように命じ、軽く身支度を整えて甥を出迎える。

「――叔父上。御無事にて何より」

迷いなど知らないのであろう隆家は、御簾越しにも輝かんばかりに覇気に満ち溢れていた。

十六　け【怪】

隆家が片目だけで御簾越しに見た道長の叔父は、まずまず健勝のようであった。活気に溢れているとは言い難いが、秋から冬に移り変わる季節の中で火災に見舞われ、ただでさえ今上帝の瘧病で気を揉んでいるところに足元で煩わしいことが起こったにしてはまあ元気である。意気消沈の意の最初の立を書いたあたりで止まって、近づく足取りも腰を下ろした所作も特に億劫そうな様子もなく軽快だった。良きかな、と隆家は内心で頷いた。

「隆家。既に訪《とぶら》いの品をも賜《たうば》りたるに、自らも参るとはそなたにしては物賢《ものかしこ》げやな。嬉しゅう思うぞ」

――何それ知らんがな。妻よ、良うしたり。

既に見舞い品を受け取っていると言われても隆家自身に心当たりは全くない。ということは北の方の手配である。気の利かない夫に代わってまめやかな心配りをする妻に隆家は心中で讃辞を贈った。夫婦は補い合うものだが、自分の場合は補われてばかりである。姫君にも男が通うようになって体調も随分良くなったことだし、そろそろ寝室に戻ってきてくれんかな、などという思考はとりあえず脇によけた。

　型通りの見舞いの挨拶を述べつつ、隆家は本題に入る隙を窺う。今日は、叔父の御機嫌伺いだけではなく、娘二人の結婚の話をしに来たのである。一族を統括する氏長者はその縁戚関係の管理把握も責任の内だから、縁談の際は一応氏長者に通知しておくことが望ましいとされる。氏長者本人と血縁が近く高位の者であるほどその要請は強く、隆家のような立場だと事前に承諾を取り付けるべしという不文律まである。そんな仕来りは隆家自身は毛ほどにしか重んじていなかったし、第一当代の藤氏長者は道長ではなく関白頼通であるが、名より実、そして気に食わぬ戒律でも無闇に反発するのは損だ。逆らうならそれなりの利が見込める時にしたいし、今のところはその利が見受けられないので従順に娘二人の婚約の報告をするつもりだった。

　ところが、結局それは叶わなかった。

「その眼帯は？　目は治りたるにやあらぬ」

　帰京してから既に二度までも眼帯のない姿を見せた叔父には不思議に思われて当然だった。皇后や敦儀親王にしたのと同じ説明を嘯《うそぶ》いていると、無作法に割って入る声があった。

「――大殿。畏れながら」

　隆家はそれで本題に入る機会を逸した。取り次ぎの女房であろうと思われたが、世の最高権力者たる土君が甥の中納言と会話しているところに水を差すのはよほどのことがなければ許されない。土御門殿では使用人の教育も行き届いているはずで、とすればよほどのことが起きたのだろう。道長は無礼に顔を顰めることなく機嫌を損ねもせずに、「如何したるか」と穏やかに尋ねた。

「太皇太后が、大進《だいじょう》殿を遣わされて」

皇太后宮大進は皇太后宮職の判官《ほうがん》である。道長は少し逡巡してから、長女からの使者を通すよう取り次ぎの女房に命じ、隆家を御簾の内に招いた。賢后と名高い三后筆頭からの遣いならつまらない内容であるはずがなく、使者を待たせることは憚られるのだろう。とはいえ、太皇太后の名代とはいっても六位の大進を正二位中納言の隆家と同列に歓待するのはあまりに甥に失礼である。扱いに明白に差をつけるため、彼は先客の隆家を御簾の内に入れて体裁を整えようとした、ということだろう。

隆家は遠慮なく御簾の中に上がり込んで道長の左側に座る。叔父の横顔を直に窺うのに眼帯が邪魔だったので外した。今日は蛸入道ではなかった。張りはあまりないが顔色は悪くはない。結構結構、と頷きながら道長と一緒に使者を迎える。女房に案内されてきた大進は挨拶も何もなく、腰を下ろしもせずに単刀直入に告げた。

「主上、重く発《おこ》り悩みあそばす。只今参りたまうべしと、太皇太后の仰せに候」

隆家は道長と顔を見合わせた。

行ってらっしゃりませ、と言えば首根っこを掴まれ引きずって行かれそうになった。

「叔父上、いうて我は烏帽子直衣や」

内裏に参上するにはそれなりの服装がある。冠は必須で、位袍を身に着けて行かなければ門前払いだ。隆家は叔父を訪問するだけのつもりだったので、参内には相応しくない私服姿だった。

「我の冠を貸す。火急なれば直衣も宜《よろ》し、何なら後に勅許も賜《たまわ》す」

直衣は基本的には私服だが、天皇が特別に許可すれば直衣での参内も許される。外戚など天皇と関係が近い貴族はしばしば直衣の勅許を受けていた。だが今上帝と縁遠い隆家にはそんな沙汰もない。

——待てや、事後の勅は許されんのとちゃうんかい。

その理屈で褒賞を反故にされた隆家としては道長の言葉は聞き捨てならなかったが、結局隆家は道長には既に不要となった冠を被り、叔父と連れ立って内裏へ向かった。

長患いやな、と車の中で考える。瘧自体は必ずしも死の危険のある病ではない。だが一月《ひと》も高熱が続けば成人でも酷く体力を消耗する。そこへ風邪など呼び込んではもう抗う力が残っておらず、そうして瘧から死に至ることが少なくない。折悪しく、そろそろ霜の降りる季節だった。

隆家が道長を訪ねたのは夕刻だったので、参内した時には日はとっぷりと暮れていた。

「主上は」

内裏は混乱の極みで、誰からもろくな情報が得られない。祖父の道長といえども御前に参上する許可が即座には下りず、行き交う女官や官人らを手当たり次第に捕まえて問いただしてみても今上帝の現状を詳しく知る者はいなかった。太皇太后も後宮で我が子に付ききりなのか、大進を遣っても返事が返ってこない。二度までも後宮に侵入する気にはなれず、状況がわからないまま隆家は道長と共に苛立ちを募らせた。

日が落ちた西の空に三日月よりは少し太い月が現れてすぐ沈み、隆家は眠気から段々苛々してきた。何の説明もなく内裏で時間を空費してたまるか。前回、今上帝発病の報せに清涼殿に馳せ参じて起きた事を思うと、また同じ状況で朝帰りなどやらせば今度こそ命がない。実際にもう一度浮気を重ねる気はないが、状況証拠が揃えば二人の娘は父の弁明など聞いてくれまい。和泉辺りには雪が降ったか、と詩的な表現でキリキリと追い詰めてくる前門の虎と後門の狼は本気で怖かった。

今上帝が快復するなら結構なことだし、崩御に至るのならばここで手を拱《こまね》いている場合ではない。

「叔父上、隆家は罷《まか》り申す」

気を揉む道長の背中に声を掛けたが、聞こえていないようだった。それ以上に念を押すことはせずしれっと清涼殿を出て内裏を出て大内裏を出て、車《くるま》で自邸に戻る。車宿《やどり》に見慣れぬ八葉車《はちよう》が停まっていた。文様の大きさから公卿以上の男性の物だと見て取った隆家は、欠伸を噛み殺しつつ回れ右して門を出る。男親は、所顕しまで顔を出さないのが建前だ。正式な結婚を経ていない娘の逢引きに行き合っても気まずいだけだった。正直なところ、自分で認め手引きしておいて何だが、まだ直視する肚が据わらない。

こんな時は隣の右大将、というわけで隆家は早朝から小野宮第に逃げ込んだ。一応の申し訳程度に、道長と今上帝の最新の動向を手土産代わりにする。

「かかる次第にて、主上の御悩、またも重く発《おこ》りおわする気色あり」

実資は早朝の訪問に気を悪くした様子はなかったが、呆れたような表情で感心したような声を発した。

「中納言は、悪運の強きことやな」

ちょうど出された朝餉を遠慮なく頬張っているところだったので、目だけで問い返した。

「陣定にもよう出でたまわぬに、ここぞという主上の大事にはこの老体より早く報せを得て参上つかまつるとは」

偶然である。そもそもの発病の報せは息子が同じ棟で寝起きするようになった途端のことで、昨日はたまたま居合わせただけだ。それが悪運と言われればそうかもしれない。

「四十路を越したれば徹夜は堪うるゆえ、実資殿、後はよしなに」

「今日には参内致すが、中納言は？」

「寝ん」

寝る。誰が何と言おうと寝る。人の家の飯で腹も膨れたし眠いのだ。四十を過ぎた男に徹夜をさせるな。

後の事は実資に押し付け、もとい託して惰眠を貪ろうと決めた。歳上の友人は苦笑して頷き、引き受けてくれた。その笑顔に隆家はもう一杯酒をねだった。


その日は宣言通りに惰眠を貪って、夕刻に実資から文が届けられた。隆家と違い最新情報の入手に成功したらしい彼によれば、今上帝はこの三日間断続的に発熱し、昨夜が最高潮に高かったらしい。今日には別段の急変もなかったが、未だ本調子ではなく予断を許さない。前僧都の某が加持祈祷を行った云々。

報せが届くのが早くても、その後の追跡ができなければ何の意味もない。内裏は清涼殿の奥におわします今上帝の動向は伝わりにくく、隆家は昔の女の所に忍び込んでやっとある程度の情報を得たが、実資はそんな裏の手を使わなくても尋ねるべき人に尋ねるということが出来る。宮中の顔触れに通じていればこそだった。

だからといって内裏に日参するのは億劫でかなわない。他の者はよくやる、と感心するばかりだ。隣人も、我が息子も――翌朝、妙にかしこまった服装で出仕しようとする次男に訳を尋ねれば、今日は七瀬《ななせ》の御祓《おんはらえ》だという。天皇のためだけの厄払いの神事だが、病悩も一箇月に及べば当然かもしれなかった。

行って来い、と庇まで見送りに出ると、外は晴天で陽の光が眩しかった。眼帯は、と思ってふと気づいた。無い。一昨日の夜に着ていた直衣の袂を探っても無い。召使いに聞き回ってもそんな布など知らないとのことだった。車の中にも見当たらない。同行した従僕に聞いても見ていないと言う。さほど大きな物ではないとはいえ、紫に手の込んだ唐草紋の織りのあんな目立つ代物を見落とすことはそうないだろう。

――ということは。

道長の叔父の小南第で忘れた。あそこで外したのが最後の記憶だ。他にも山程ある目隠しだが、姫君の染めた布は一枚でも惜しい。

やむを得ず、隆家は二日前に訪れたばかりの小南第を再訪した。冠を返す用もあった。

「――これか」

隆家の眼帯を手に、道長は不機嫌だった。客を出迎える局の、御簾の中に落としていったらしい。

「如何にも。忝《かたじけな》、叔父上」

「一昨日は薄情にも早々に罷りおって」

「眠《ねぶ》たかりければ」

実際、昨日夜が明けて日が昇っても御所に詰めて関白頼通と一緒に諸々の差配をしていたらしい道長自身も酷く眠そうだった。不機嫌も半分くらいは眠気だろう。

「言うて、叔父上もいとど疲れたまいたらんに。さればこそこなたに帰り来たるらん。主上を案じ奉りたまうも理なれど、卿相集いて案内《あない》もなく右往左往するのみにては何の益あらんや。かかる大事なればこそ、叔父上も良う休みたまえ。世の事は主上のみならず、維摩会《ゆいまえ》も近く、世の人の案ずべき事は多ければ、入道されたる御身に望み申すことは少し。ただ世の有様に鑑みて今暫くは息災にあらせたまえ」

都には思い悩むべきことが星の数ほどある。今上帝の病苦については外戚に任せるとして、疫病の流行で民草のみならず大納言道綱も死にかけているし、七瀬の御祓に臨時の加持祈祷にと催事が増えたところに、間の悪いことに藤原氏にとっては重要な維摩会が目前に迫っている。維摩会は藤原氏の始祖鎌足《かまたり》が始めた法会《ほうえ》に端を発し、今では鎌足公の命日に合わせて行わる勅会《ちょくえ》である。万事を取り仕切るべきは氏長者の関白頼通で、出家の身の道長に何をしろとは言わないが――あ、財源だけはバンバン拠出してほしい――今ここで道長にまで倒れられたら収拾がつかなくなるので、暫くは健勝でいてもらわねば困る。でなければ隆家が波乱を起こす余地がなくなるのだ。

道長は一瞬毒気を抜かれたように呆けた顔になった。

「……何故《なじょう》、それを申すのがそなたのみなんや。頼通も誰も彼も、常にこの身を俗世に呼び戻さんとするに、よりによって隆家そなたが」

それは単純に隆家が道長に望むことが少ないからである。ただ健康でいてくれるのなら、あとはすっ込んでいろというくらいが本心だ。柔和な性質《たち》の頼通のほうが与し易い。だが、というよりだからこそ、頼通はまだまだ父を頼ってやまないだろう。

「――用は済みたらん。さらば疾く戻れ。そなたの申す通りや、主上のことも維摩会も、案ずべきことの多ければ」

道長は紫の布を投げた。軽い布はふわりと宙を舞い、隆家は手を伸ばしてそれを掴み取った。

右目に当てて巻き、辞去しかけた時、庭から聞き慣れない音がした。

――雉？

鳥の鳴き声だった。簀子縁まで出て庭を見やれば、雉が庭に集まっていた。一羽また一羽と降り立つ。初めて見る光景だった。

「叔父上、御覧ぜよ」

声を掛けると道長も奥から出てくる。庭の光景に暫く言葉を失っていた。

「……珍しきこともあるものやな」

「まことに。雉はめでたき鳥なれば、吉兆ならん」

適当なことを言いつつ隆家は礼を取って小南第を辞去する。人家の庭に雉が遊ぶとは、四十年余りの人生の中で初めて見る光景だった。その意味を思い悩むほど暇でもなく、さて雉には焦げ跡の臭いを好む性質でもあったかと考えたが、車に揺られているうちに忘れた。その時はそれだけのことだった。


それだけでなくなったのは、自宅に戻って嫡男と一緒に早めの夕餉を食していた時である。七瀬の御祓につき宮城で警護の任に当たっていた経輔は、兵衛府の所轄範囲のうち承明門《しょうめいもん》の外を警備していたが、門は開け放たれていたので内裏の中の様子が見えたという。

「雉、とな？」

そして珍事は起きた。承明門から見て北西の方向には、南北に安福殿《あんぷくでん》と校書殿《きょうしょでん》が並ぶ。校書殿のすぐ北は天皇の御在所たる清涼殿である。どこからともなくやってきた雉が安福殿に飛び込み、校書殿の東側の砌《みぎり》と呼ばれる軒先の石畳あたりをしばしうろついて、またどこへともなく飛び立ったという。校書殿の東面は広大な庭に面しているため承明門からの眺めを阻害するものは何もなく、経輔はほぼその一部始終を見ていた。

厄払いの日の常ならぬ出来事に、即座に陰陽師が召集され事の吉凶を占った。

「火事とか、兵乱とか」

それが卜《うらない》の結果だった。眼帯で覆った右目に、今日の夕刻に小南第で見たばかりの光景が甦る。数日前に火事のあった土御門殿の敷地内に集った雉。火事が起こったことを指すならば、兵乱はこれから起こることなのか。陰陽師の言の真偽はどうでもいい。御卜が内裏で行われた結果、否が応でも尊重されるべき性質を帯びていることが重要だった。同時に、半年以上前の申文で適当に引用した李白の『越中懐古』が鮮明に脳裏に浮かび上がった。

越王勾践破呉帰、義士還家盡錦衣、宮女如花満春殿、只今惟有鷓鴣飛。——宮殿に鷓鴣《しゃこ》の、雉の飛ぶ有り！

「……経輔。わぬし、口は軽いな？」

「——は？」

堅い、ではなく？　と顔に書いてあった。息子に構わず、隆家は文を書きつける。関白頼通宛ての文で、ただ今日小南第であったことを報告するだけの簡素な文言だった。だが、今上帝の病悩平癒のための一切を取り仕切るべき彼が、内裏と自邸で同日に起きた奇妙な珍事の符合に心乱されぬはずはない。

「思うままに言い散らし、言い広めて来《こ》よ」

流言飛語を用いた謀《はかりごと》は本来隆家の得手とするところではなく、道長の叔父の得意技だった。だがやれるだけはやってみよう。

——火事に兵乱。

そういえば、二度までも小南第を訪ねておきながら結局娘二人の結婚の報告をするのを忘れた。案外、最初からその気はなかったのかもしれない。自分の口と頭は思考よりも正直者だった。

つい先刻、隆家は道長の叔父に何と言っただろうか。

——雉はめでたき鳥なれば、吉兆ならん。

陰陽師の公式解釈は、火事に兵乱。

「御卜がまことなれば、さればよ、正しく吉兆やないか。結構結構！」

笑いながらの独り言の後に、隆家は経輔を文の遣いにやった。

十七　ふのとの【傅の殿】

夕刻から次男を使い走って間髪入れず、今度は若君から呼び出しがかかった。若君付きの女房が言うことには、すぐにでも対の屋へ渡って若君の局に来てほしいとのことだった。

――珍しいこともあるもんやな。

若君は親を煩わせることはほとんどなく、用事があるときも親を敬って自分のほうから出向いてきた。姫君と違ってそれが何ともない身体である。呼びつけられるとは尋常でない。

だが娘からお呼びがかかればホイホイと向かうのが父親というものだ。対の屋の若君の局に渡って、呼ばれた理由がわかった。若君だけでなく兼経もいたからだ。なるほど自分だけなら構わない廊を渡る手間も、想う男には掛けさせまいとするか。一気に臍を曲げて隆家は局の中央の茵《しとね》に座り込む。几帳の向こうに若君が控え、兼経は弁えた様子で十月の床に直に座していた。

「前帥殿。未だに所顕しも経ぬ身で僭越なれど、今は舅殿に縋《すが》り申す他はなく」

「如何《いかが》したるか」

「父が出家せんと欲しており、我が家はいとど浅ましき騒ぎに。出家は良かれども、若輩の身にては収拾もつかず、何卒前帥殿の御助力を」

道綱の叔父はここに来て出家の望みを強硬に言いつのるようになったらしい。病に倒れた老齢の人間としては珍しいことではないが、兼経は諸々の差配が家人の手に余ると言う。普通は奥方や跡取り息子が万事取り仕切るもので、女の身や若年が足枷になっても公卿の家には家司という便利な存在がいる。それでもわざわざ恥を晒して他家の隆家に助けを求めたということは——

——大納言の席が空く。

隆家の昇進に直結するその事態を是が非でも避けたい人物に、都中の誰もが心当たりはあるだろう。その権勢にはさすがに大納言道綱の家人は太刀打ちできない。世を去りゆく主人の今際の際の望みを叶えることすら困難で、それができるとすればさがな者とまで呼ばれた隆家くらいというわけだ。

「かかる大事に、我などを招き入れてまことによろしいか」

しかし、道長の養子でもある兼経が隆家を頼ってくるとは、彼の立場では随分思い切ったものである。最悪それは摂関との決別を意味する。若君との関係はともかく、表の政治の世界では兼経はまだ隆家に臣従するといった様子は見せないし、その気もないだろうと思っていた。兼経の真意がどこにあろうと、関白頼通の心象を悪くしては彼にはかなりの痛手なはずだが。

「父上」

几帳の向こうから手招きされるままに若君の傍に寄れば、ぐっと襟を掴んで引き寄せられ、小声で凄まれた。

「――四の五の言わずに疾《と》く行って来《こ》よ！」

次の瞬間、隆家は車上の人になっていた。

――若も近頃、姫に似てきたるなあ。

穏やかな女がたまに凄むと怖い。亡き姉が思い出される。冷静沈着な若君も男のためなら血相を変える。恋の力は凄まじく、父はその前になすすべもなかった。

道綱の叔父の邸に着くと、なるほど大した騒ぎだった。

「げに労《いたわ》しきこと。今に至りては一刻も早く大殿の御出家を」

「されども関白殿の御許しは未だなきに、心ながらには」

「関白殿とて否やはなからん。只今は主上の御悩にてこなたに拘《かかづら》う暇《いとま》なきのみにやあらん」

「さらば、返しあるまで今少し待ちて」

「待たるる暇なければこそ、かかる騒ぎになりたれ！」

道綱の叔父は家人には慕われているようである。老齢の主君が病に伏して長くなりついに出家を望んだとなれば、何としてもそれを叶えてやりたいと妻子や郎党の立場では思うものらしい。しかし関白頼通からの許可が降りない。厄介なのは彼は直接否やを突きつけたのではなく、まだ返事をしていないだけで、その意図がどこにあるのか量りづらい。今上帝の長患いを前にとてもそれどころではないというだけなら良いが、隆家の権大納言昇進を阻むために道綱の出家を拒否する意向なら、家人としてはそれに逆らうのには二の足を踏むところでもある。

騒ぎに首の後ろを掻きながら、隆家は口を挟んだ。

「出家させたいんかさせとうないんか、いずれや」

場の視線が隆家に集中する。前帥殿、と誰かが呟いた。どうも顔は売れているらしいが、こちらは誰が誰やらわからない。

「家中の者は大殿の御心に従いて、ただ今に至りては御落飾ありたもうべきとのみ。されど土御門に如何に聞こえんと思わば、なかなかに……」

御簾の奥からか細い女の声がした。脇に控えた兼経が「義母《はは》に候」と耳打ちしてくる。兼経の生母は道綱の叔父の妻達の中で最も身分高く、そのために三男ながら兼経が嫡男に立てられることになったのだが、本人はその沙汰も知らず出産時に産褥死してしまった。後妻に入り実際に養育を行ったのは、朝家の守護と名高い武人源頼光の娘だった。先月、薨去の誤報の根源になった女だ。父の武勇をいささかも思い起こさせない頼りなげな雰囲気に、なるほどこれが女主人では纏まる話も纏まるまいと考える。源頼光は道長の側近であるから、余計な忖度も入るだろう。――どうしてこう世の人間は、面倒臭いことをぐだぐだと捏ねくり回すのか。また何か言葉を継ごうとする奥方を遮るように、隆家は声を上げた。

「出家させたいのやな。さらば、坊主をここに招くはやめておけ。内々には行うべからず。名の知れたる寺に参籠して事を大きゅうし、状に随《したが》いて遂げよ。齢と、病みたる有様は世に明らかなれば、かかる程にては頼通も何も言い得ざらん」

頼通だって、伯父の死出の旅への出発を殊更に不便にしたいわけでもないはずだ。十三歳年下の従兄弟は、基本的に心根が柔《やわ》いのである。事を表沙汰にしてしまえば横槍を入れてくるような無粋はできまい。

そして、と隆家は軽く唾を飲み込む。

――これが望みやろ、若。

「――しかして猶も憚《はばか》らるる事あらば、この隆家が加階を望みて無理を強いたりとも何とも申せ。婿殿のためとあらばその程度の泥は被《なずら》らん」

どよめきが起こり、一同は顔を見合わせる。一瞬後にほっとしたような気配が流れ、世人の現金さを知る。苦虫を噛み潰す気分だった。

弛緩する空気の中で、兼経は声を張り上げる。

「さらば、法性寺《ほっしょうじ》に遣いを。所縁の寺なれば相応《つきづき》しからん。何としても、大殿には見苦しきことのないよう、安らけくこそあれ」

空気が変わり、大納言家の郎党達は若殿兼経の指示に従って動き出す。いざという時の責任転嫁の当てがあるだけで動きが軽くなるのだから下々の者は気楽だ。隆家は次女の婿にそっと耳打ちする。

「叔父上には会わじ。叔父上とても見苦しき様を晒したくはなからん、我も更に病穢には触るるは避けたきゆえに」

「心得まして。中納言殿、まことに忝く」

「礼は若に申せ」

若君がこの男に惚れ込んでいるのでなければ、元より悪評に塗れた惜しくもない名であっても何でわざわざ泥を被ろうと思うものか。次女とその婚約者は、父親の評判まで利用できるものは使ってやろうというあたり本当に抜け目がない。わかっていて乗ってやるのだから自分も大概だが、それを読み切っている若君はまったくもって誰に似たのやら。

まあ良い。利用できるものは利用するのはお互い様だ。たとえそれが人の死であっても、相手が亡父の異母弟でも。

──若。父はそなたらには甘けれど、無私無欲の男にぞなき。

若君が聞けば、誰もそんなことは夢にも思っていない、とでも言うだろう。道綱の死期が近づいていることはもはや誰にも否定できない。いざという時の批難を引き受けてやる見返りに、どうせ来る終わりを少しは自分の都合の良いように使わせてもらおう。そう思えば、最新の動向をこうして掴めるのは僥倖かもしれなかった。隣人の言う通り、隆家はきっと悪運が強い。

混乱の静まった大納言家で兼経がてきぱきと出家の沙汰を手配し始めたのを横目に、隆家は退出して自邸へ戻る。叔父二人の邸を梯子して動き回るとは何とも色気のない一日の使い方をしてしまった。


自室に戻ると晩酌の用意があった。妻が寛いだ寝間着姿なのにも驚いた。

「酒を控えよと申せしはそなたなるに。姫についておらずともええんか」

「姫の対は、式部卿宮の通いたまうに親は気詰まりと追い出されたり。酒は若から」

──ええい、まったく。

その気になれば気の利く娘どもである。たまにしかこういうことが無いから、珍しい褒美に尻尾を振る犬のように喜んでしまう。他愛もない父であった。

隆家の眼帯を解きながら、妻は微苦笑する。

「かかる程に、治りたる御目に巻きて片時も御身より離したまわぬならば、元より破らねばよろしいものを」

「うるさい」

濃紫の袍は、結婚の幸せも知らぬうちから親への恩返しのように贈るべきものではない。姫君はせいぜい父に悪態を吐き散らして、親王にしか許されぬ雲鶴の文様でも織り込んでいれば良いのだ。それ以上の殊勝な振る舞いなどいつこの父が求めた。もう長じた姫君もわかっていないはずはないだろうに、あの状況で命を削るほどの技巧を要する濃色の染めの袍など見せられて、激昂せずにいられるか。

「宮は、今宵も？」

「おわしますが、邪魔立ては」

「せんわ。そやのうてな、明朝にても従者なり誰なりと、三日夜通いの計らいを」

「――さらば、漸《ようよ》う」

そろそろ頃合いだった。布石も打った。どうせ披露宴の日程調整には数日かかる。

その間に機は熟するだろう。

「良き米にて三日夜の餅を搗かせねば」

「そないなもん、蔵の古米で十分や」

「殿！　姫の晴れ舞台に、何を世迷い言を」

喜色満面で声を弾ませる妻の顔を肴にしているとあっという間に酒がなくなった。ほろ酔い気分でいつの間にか横になり、久方ぶりに北の方と共寝した。

翌日から、中納言邸は浮足立つようになった。都に蔓延り天皇さえ苦しめる病苦もどこ吹く風だ。北の方主導で姫君の婚礼の準備に掛かりきりになる中、隆家はこまめに若君に道綱の容態を探らせ、日毎に報告を受けた。やがて、兼経から若君伝いに、道綱が法性寺に入ったことと、道長が異母兄を見舞う予定であることを聞いた。

「日取りは？」

「待宵月《まつよいづき》の日と」

「よし」

隆家は得たりと頷く。当日になると従者を呼び集めた。

「――者ども！　用意せよ。入道殿に喧嘩をば売りに行かん」

どよめきが起こる。「殿、我が家は赤子が生まれたるばかりにて」「老いたる母が」「外に干したる衣を取り込まねば」「今年の初柑子《こうじ》をこれより食わんと」などと言い募る郎党に一発ずつ拳骨をくれてから、隆家は数人の供を伴い法性寺に向けて出発した。

十八　はうらつ【放埒】

道綱の叔父の出家の舞台である法性寺に、隆家は立ち入らなかった。ただその周辺で、来るべき人を待った。
待ちながら立ち尽くしている間に、庶民の子供が流行歌を歌いながら通り過ぎる。

「関白の子の中納言
矢を射たまいて都落ち
わずか二年《ふたとせ》返り咲き
后大臣《きさきおとど》は失せにけり
帥殿《そちどの》とこそ聞こえけれ
鬼神に恥じぬ勇あるも
入道殿に疎まれて
大納言には昇らずや

雉が内裏に迷い込み
卜《うらない》の卦は火と戦《いくさ》
雉小南《こみなみ》に舞い降りて
土御門殿焼け落ちぬ

戦せんとや帰りけむ
軍功著《しる》き前帥《さきのそち》
戦せんとや生まれけむ
さがな者なる中納言！」

「露骨な歌詞やなあ」
歌われた当人は苦笑する。これでは隆家はまるきり反逆者だ。何もそこまでする気はまだないのだが、こと雉云々に関してはその噂が流布するのを企図したのは隆家自身なので、歌の後半部分に文句をつけられる立場ではなかった。掛詞《かけことば》の一つもない今様《いまよう》の第三番は時系列がめちゃくちゃで、人の口から口へ伝わる言葉はいくらでも歪められてしまうことを改めて思い知る。隆家は供に命じて、彼らの一人が持ってきていた柑子を歌う子供にくれてやった。ついでに、道長がやってくるであろう道を避けるように、ただしできれば歌が聞こえるよう同じ方角の小道に入るように伝えさせた。

やがて歌が遠ざかり代わりに物々しい牛車の一行の気配が近づいてくると、隆家は随従を辻の奥に控えさせて自身は道のど真ん中に立った。供から離れて往来に一人で立つとは貴人にあるまじき振る舞いで「殿」と呆れたような声が上がったが、そもそも目立たないように車でなく徒歩《かち》でやってきたので諫められても今更だった。

間を置かず前駆《ぜんく》が辻に現れた。騎馬の先払いは隆家を見て怪訝そうにし、「入道大相国の御車なるぞ。道を開けよ」と居丈高に声を上げる。隆家は微動だにしなかった。やがて目前まで馬が迫ると、馬のほうが止まった。家畜というものは人を害さぬよう躾けられている。海賊よりよほど聞き分けが良い。

先払いの集団に動揺が走る中で隆家は動き出し、悠々と馬の間を通り抜けて進んだ。「待て!」と声が掛かり、肩に誰かの手が触れる。その瞬間、隆家は扇でしたたかその手を打ち据え、手首を掴んで地に引き倒した。もんどり打つ前駆の誰かを踏みつけてから、隆家はなおも歩を進める。

――我ながら丸うなりたるもんやわ。弓も射ず刀も抜かずとはな。

後追いの車を引く牛が何かを感じ取って不安そうに鳴き、数人が束になって隆家を取り押さえようと飛びかかる仕草を見せた刹那、誰かの声が飛んだ。

「さっ――前帥《さきのそち》⁉　前帥中納言殿におわします！」

一瞬にして隆家の周囲から人が引いた。車を引いている牛だけが身動き取れず、隆家は白斑の毛並みの良い牛の鼻面を軽く撫でてから車を見上げる。車上の人物は御簾を自らかき分けて外を窺い、隆家と目が合った。

「――隆家か」

「これは叔父上。奇遇なるかな」

白々しく言ってのけた隆家を、道長は車に招き入れた。

頭を丸め墨染の法衣に身を包んだこの世の最高権力者は相変わらず齢五十五にして矍鑠《かくしゃく》としており、隆家は心中ほくそ笑む。元気なのは結構なことだ。道綱の叔父が世を去ろうと今上帝に万一のことがあろうと、道長の叔父にはまだまだ健勝でいてもらわなくてはならない。そうでなくては世に張り合いがない。

「そなたも、道綱の兄上を行き訪うか」

「既に」

過日に面会は済ませ、隆家はそれが今生の別れと決めていた。道綱の叔父も、別段親しくもない甥にこれ以上老いさらばえた醜態を晒したくはあるまい。飲食もままならないのになぜか痢病の気もあるというし、そこは距離を取って何も見ないようにするのがせめてもの情けだろう。

「良きことかな。親類付き合いを疎《おろ》かにするものにてはないぞ」

「我が事ならばともかく、我が子の舅殿と思えばこの隆家も少しは丸うなります」

道長は少し考えるようにして、そして合点がいったようだった。

「さらば、兼経を」

「しかり。叔父上にも養子にあたる婿殿ゆえ、一言申し上げたく」

今月の初めにしようと思っていた報告を、ようやく半分だけ行う。良し、というのが道長の答えだった。隆家と結びついて脅威になる相手でもなく、一族の中で父を亡くそうとしている若者の後見を隆家に任せられるなら、数多い実の子の面倒を見るのに忙しい道長の叔父としては歓迎するところなのだろう。

「それのみを言わんがために車を止めたるか?」

「ははは、いでや」

隆家は扇で口元を押さえ、一瞬の沈黙を置いて叔父を見つめた。

「主上の御悩に祖父君《おおおら》としては御心を痛めたもうところに火事の沙汰、更には御卜にては雉の卦が何とかかと、埒無き流言も流れ居るようにて。よしや気に障られたるにやと案じ申したるところ、しかして杞憂と知るぞ嬉しき。叔父上が息災にあらるるようにて、何より」

雉、の一言でぴくりと頬が動いた。あれだけ歌い立てられては気にせざるを得ないものらしい。稚拙な謀《はかりごと》も一応は成功だったようだ。あの程度の流言飛語でも多少は気に病むなら、耳の敏いのも考えものだ。道長の叔父は自分が気に掛かるからこそ、人の口を介した根回しが巧みなのだと悟る。

それでも、別に道長を精神的に追い込むことが隆家の目的ではない。ただ警戒心は常に持っていてもらいたかった。叔父には、いつでも臨戦態勢を取れるくらいには健康でいてもらわねば困るのだ。だから隆家の言葉は本心だった。単に動機が自分の側にあるだけで。

しかし気遣いの言葉はあまりに隆家らしくなかったのか、道長は疑いなく受け止めてはくれないようだった。

「――本意か？」

「無論《ろなう》」

隆家は満面の笑みを向けてみせたが、道長の顔には胡乱気な感情が前面に押し出されていた。本気も本気なのだが、信用がない。それでも、一瞬ふっと微笑んで隠しきれない嬉しさが零れる。道長の叔父は基本的には融和と協調の人だった。叶うことならば彼は、甥の隆家とも良き関係でいたいのだ。ただし隆家との友好のために自らの野心と地位を諦める気はなく、隆家のほうも歩み寄る気はないため、それは永劫叶わない。

「願わくは長生きしたまえよ、叔父上。この隆家、伏して頼み申す」

ふんぞり返ったまま言い捨てて、隆家は身を起こした。車の御簾を巻き上げる。

「さらば叔父上、ご機嫌よう！」

前板に置かれた沓《くつ》を突っかけると、隆家はその身を宙に躍らせた。踏み台を差し出される前に空を舞った中納言に周囲は呆気に取られ、着地の衝撃に牛がいないた。

——さあ、これからが怒濤の攻撃やぞ。

宣戦布告を済ませた隆家は法性寺に背を向け、足取り軽く走り去った。後からついてきた従者は、邸に戻る頃には這々の体になっていた。主人として、鍛錬が足りないことを叱った。

十九　袂【たもと】

異母兄が亡くなった。

五十を過ぎれば親しい家族との別れももう数え切れないほど経験している。それでもこの痛みには慣れない。道長の法衣の袂はしとどに濡れた。

大納言道綱との別れは、幸福なほうではあったのだ。享年六十六はまずまずの長寿と言ってよい。死の二日前に受戒を済ませた彼は俗世の罪も洗い流され、極楽浄土へ旅立ったはずだ。旅立ちの前日に見舞いが叶い、互いに出家した身で穏やかに会話を交わした。夜まで帰らず、積もる話をありったけ語り尽くした。そして彼は望月の夜に眠るように逝った。望み得る最良の別れだった。

だがそれでも心は痛む。何より辛いのは、ただ純粋に悲しみに浸ることさえ叶わない今の状況だ。身の内から憤りがふつふつと沸く。こんな時なのに、怒りを掻き立てる甥が心底憎たらしかった。

「などてか、隆家！　誰が憎《にく》うて何が面白うて、かような真似を致す！」

悔し涙さえ溢れる。去年の暮れに大陸の蛮族由来の疫病を都に引き連れてきたと噂される隆家は、叔父の道綱を含めて多くの人の命を奪う病の流行を他人事のように見つめていた。真実他人事ではある。何も疫病が隆家のせいだとは、道長自身も考えてはいない。だが元凶が何であれ、道長にとって疫病は我が事として思い悩まねばならぬ情況であった。道長の権力の象徴、満願成就の結晶たる今上帝までもが病に臥したからである。

薬師の手当ても加持祈祷も捗々《はかばか》しい成果は挙げられていない。臨時の祭祀も都近くの主要な寺院を挙げての法会も、今上帝を全快させるには至らなかった。一度熱が下がって一同安堵したところにまたぶり返し、希望は幾度となく打ち砕かれてきた。御不調は一月半に及び、初めはただ一心に平癒を祈っていた臣下らも、もしものことを考えざるを得なくなった。次代にはまだ東宮敦良親王がいる。今上帝と同じく太皇太后彰子所生の、道長の孫皇子。だがその次はもう誰もいない。道長の血族のみならず、円融系の皇統にはもう男御子が残っていない。現東宮の次は、今上帝と東宮には又従兄弟にあたる、先帝三条院の皇子らの誰かを担ぎ出すしか無い。長子の小一条院は既に東宮を辞退し准太上天皇に封ぜられた身だから、三条流の継承順位筆頭は式部卿宮敦儀《あつのり》親王ということになる。

――式部卿宮を婿取らんとは、隆家。去年より始終、これをば狙いたるか。

独身で特に浮いた話も聞かれなかった彼が隆家の長女と結婚するという報せは、公卿らを驚愕させた。隆家は自分から所顕しの招待状を方々に送りつけて喧伝したので、都中の貴族がほぼ同時に知った。その意図はおよそ彼を知る者なら火を見るより明らかだ。

——今東宮の次は式部卿宮なり。その世に外戚として権勢を振るうは隆家なり。さあ各方《おのおのがた》、如何なさる。隆家につくなら結構、歓迎致す。敵に回るも一興、後の世を楽しみになされよ。

都中の貴族に喧嘩を売ることになっても、彼はむしろ嬉々として突き進むだろう。通常なら分の悪い賭けだ。今上帝が病身を理由に弟宮に譲位するとはまだ決まったわけでもないし、代替わりがあるとしてもまだ若い東宮がこれから王子を儲けたならば今の皇統は繋がっていく。道長と正妻倫子の間にはまだ独身の末娘嬉子がおり、嬉子が東宮に入内することはほぼ既定路線であるため、そこに男の子ができれば皇統は道長の血を薄めることなく三代続く。現在十二歳の東宮が、これからの長い人生の中で一人の男の子も儲けることもないとは想定しづらい。そもそも、病魔に侵された今上帝がついに儚くなって敦儀親王が東宮に立つとしても、父帝や兄院と同じく逆儲君《さかさもうけのきみ》となってしまう。当代の帝より歳上の皇嗣は、自然の摂理に従えば登極の日の目を見ることはない。隆家が天皇の外戚となる見込みは、今上帝の崩御があったとしてもそれほど高くはない。

　されど、と口には出さねど誰もが考える。相手はあの隆家である。賭けに大負けしたと見えてもいつの間にか返り咲いている隆家である。法皇に弓引いても中納言に復帰した彼なら、大宰府に都落ちしても救国の英雄として凱旋した彼なら、甥の敦康親王を喪ってもなおも外戚として政権を掌握することくらいやってのけるかもしれない。その想像は妙に現実味を帯びて誰も彼もの冠の中を侵蝕していく。

　敦儀親王のほうもこの縁談には乗り気で、既に隆家の長女に通い初め、頻繁に大炊御門第に泊まっているという。長女は父親と弟以外の男には影さえ見せたことがないほどの深窓の姫君で、悪い虫は近寄ることも出来ないように邸の奥で后教育を施され大切に育てられた類稀なる美姫だとか。降って湧いた噂は絶賛ばかりで、多少の誇張はあるだろうが、敦儀親王が足繁く通うくらいに魅力的ならばそれだけで脅威だ。

「故式部卿宮の妃にせんと欲したる娘か……恨みに思いたるか、隆家」

　道長はその姫を直接は知らない。手紙さえ交わしたことはない。それでも二点の理由から覚えてはいた。荒くれ者の隆家が、らしくもなく深窓で大事に大事に育てていた娘であるということと、彼の后がねの姫として潜在的な脅威だったために道長はかつて搦め手で排除に動いたという記憶があるためである。

　公卿にとって正妻腹の長女は何より強力な手駒である。第一子ならなおのことだ。父親と年齢が近いために、入内させて皇子を産みまいらせたなら自分が健勝なうちに外孫が帝位に就く可能性が高い。道長の長子たる太皇太后彰子が良い例だった。后がねの姫が複数あっても、どうしても長女に力が入るのはもはや上流貴族の習性だった。あらゆる面で型破りな隆家もそこだけは常道を往《ゆ》き、長女だけは邸の奥で大切に育てていた。むしろ並の貴族よりよほど気を遣っていたように思える。その入れ込みようは周囲に危機感を抱かせた。摂関家の倣いに照らせば隆家が長女を甥の敦康親王と娶《めあわ》せようとしていたと見るのが当然だが、道長はそこの従兄妹同士の結びつきだけは避けたかった。先手を打って敦康親王が十五歳になった時に皇族の姫と結婚させた。相手は村上天皇の皇孫で、両親共に皇族であるが父宮を既に亡くしており、政治的には何の脅威でもない。后腹の第一皇子という高位の皇位継承権者の妃が、身分は釣り合うし余計な勢力との結びつきにもならないとくれば良いこと尽くめだった。さらにその妃は道長の嫡男頼通の正妻の実妹でもあったので、相婿としての交流を通じてこちら側に抱き込むにも大いに役立った。そうやって隆家から甥親王を引き離し、長女との結婚など話も出させないようにした。

　それがまさか、敦康親王が亡くなった後になって、こんな風に逆襲してくるとは。こちらの攻めだったはずの手が、いつの間にか引っくり返されて悪手になっている。あの時に敦康親王との結婚を阻んだために、隆家の后がねの姫は清らかなまま残り、敦儀親王を婿取ることが叶った。盤面の攻守を入れ替えるほどの隆家の悪運をもってすれば、逆儲君も何のそので彼の娘は容易く国母になりおおせるかもしれない。それは理屈を超えた恐怖だった。疫病など人智の及ばない領域を、世人が隆家と結びつけたがる気持ちも少しはわかる。

「主上の御悩発《おこ》りたまいたる時も、卿相多く参らざる中にありて馳せ参じたるは、若き帝を案じたるにはあらざるか！」

ろくに出仕もしない隆家があの時ばかりは大方の公卿に先んじて内裏に駆けつけたのは、まだ幼い天皇を心配したのではなく、その死を期待してのことだったのか。一月《ひと》を超す長患いを前に、屍肉を狙う大鴉のように黒の衣冠に身を包み今か今かと待ち構えていたのか。濃紫の眼帯が治ったはずの右目を覆っていたのは、唐草の裏で昏い願望に輝く瞳を隠すためだったのか。口では道長を折々に気遣いながら、真意は道長の一族を蹴落とすことにしかなかったのか。

そのような腹芸ができる男ではなかったはずなのに。筑紫での鬼神の如き武勇は、そのまま隆家の中に鬼を棲み着かせたのだろうか。そんな途方もない世迷い言さえ頭に浮かぶ。

去年隆家が帰京した際は警戒した。だが同時に帰ってきてくれたことが嬉しかった。彼を飛び越えて五男教通を権大納言に昇進させた時、何の文句も言ってこないことに安堵しつつも寂しかった——いっそ直接言ってきたのなら、あるいは。数年ぶりの再会を果たした時、右目が治ったのを見て、彼のために心から良かったと思ったのに。夜御殿で公卿らの遅参に怒り心頭になっても、隆家だけは怒鳴れなかった。火事の見舞いも自ら訪ねてきたことも有り難く、出家後も変わらずに重責を負わせてくる一族郎党と違って隆家だけが休めと言ってくれたことも、雉の集まった珍事に吉兆だと笑ってくれたことも、どれだけ心が楽になったか。危篤状態の道綱の元に向かうのに否応なく気分が沈んでいた際に、若い頃と変わらないやんちゃ振りを発揮した上に気遣いの言葉を掛けられて、救われたようにさえ思ったのに。

そのすべてが裏切られたように感じた。やりきれないのは、感情に反して、隆家の言動は全部が計算尽くではないと頭の隅では理解しているからだ。四十年も付き合えば甥の性格は知り抜いている。ひたすら打算だけで言葉を取り繕い、面従腹背を貫けるほど器用な男ではない。気遣いの言葉もいくらかは本心だろう。いっそすべてが偽りなら、憎みきることもできたのに。

道長と隆家の間に叔父と甥の親愛の情は確かにあって、ただ互いにそれよりも大事なものがあるだけだ。お互い様で、自分に甥を責める資格などないことはわかっている。ただ、甥よりも別の何かを優先する時に道長が何かしらの後ろめたさと痛みを感じずにはおれないのに対し、隆家は叔父を踏みつけていくことに何の痛痒も覚えない。そして踏み台にされたのは道長だけではない。

隆家は、大納言道綱の薨去を悲しむ様子も見せずに華やかな婚礼を催そうとしている。近親であるのに、喪失感と哀惜の念を分かち合うこともできない。それどころか彼は叔父の死を待ち構えていた節さえある。

——前帥殿が、御出家を望まば急がれよと。

出家を望む異母兄の心には添ってやりたかったが、それを認めると死ぬことを受け入れるようでどうしても出来なかった。息子の頼通は、今上帝の病悩平癒のための諸事の手配に忙殺されていてとても太政官の人事異動に手が回らなかった。ただでさえこの一年議題に上がり続けている隆家の権大納言昇進に絡み、認可を与えれば脅威だし却下すればかつてない反発に遭うことはわかりきっているという状況で、この難題に結論を出すことを先延ばしにしたがっていた。

そこへ隆家が横槍を入れ、出家を後押しした。道長と頼通の意向を平気で蹴飛ばせる男は隆家くらいしかいない。意図を尋ねたところで、叔父の望みを叶えてやっただけだと言うだろう。最期の日が定まっていたのなら、ずるずると引き延ばすより受戒を済ませて旅立たせてやったほうが良いに決まっている。道長か頼通の許可を律儀に待っていたら手遅れになっていたことは確かだ。実際、道綱の入滅は剃髪から数日も経っていなかった。今となっては、こちらの許可を待たずに出家を行ったことは、異母兄のためには良かったのだろう。

だが、隆家は何を考えているのか。道綱が亡くなるのを見計らったように突如として外戚争いの表舞台に打って出たなら、出家の後押しは決して叔父の道綱を想ってのことだけでもあるまい。その死を悲しむ様子も見せず、嬉々として喧嘩を売ってきた。彼は笑っているのだろう。きっと、誰よりも楽しそうに。

心のままに世を闊歩する隆家の、何物にも囚われない自由さ。人倫も義理も社会の枠組みも何もかも気に掛けず、足で蹴散らして思うままに駆け回る。叔父と甥の血縁も、彼を繋ぎ止める絆になりはしない。お笑いなのは、そうして自分から自由だからこそ、彼に惹かれてやまないということだ。向こうはこちらを歯牙にもかけないのに、その性質こそが人を魅了するために誰も何も報われない。

「父上……」

御簾の向こうからおずおずと声がかかる。袖で顔を拭い、袂に手を差し入れて腕組みをしつつ「何や」と応えた。

「式部卿宮が隆家殿の姫と逢いたまう由、あまりに性急と存ず。主上の御悩も未だ平復には到らざれば、今は止めしむべしとぞ」

父と子二人だけの間でも、今上帝の病を理由に取り繕うのが頼通らしいところだ。問題は、相手はそんな建前など毛ほどにも気にかけないので、どれほどもっともらしい反対理由を並べ立てたところでまず説得されてはくれない。

「無論。しかして、如何にして隆家を言い含む？　あれは天下のさがな者なり」

隆家の気性なら、気に食わないから止めろと直截に言って拳で語ったほうがまだ望みがある。もっとも、彼を説き伏せるだけの腕力の持ち主は都にそうはいない。公卿の中で誰よりも喧嘩慣れしているのが隆家である。

「我は氏長者なり。隆家殿とても相応の覚悟なくしては、我が言を無下にはなさらじ。まして、式部卿宮までもが御心を同じゅうするとは」

「それはその通りならんが」

隆家とても、藤氏長者がはっきりと不許可を通知すれば、多少は身動きを封じられる。藤氏長者の命に真っ向から背いてその威信を失墜させれば、将来その地位を奪い取った時に困るのは自分だ。後宮政治に参戦しようという立場でそんな愚は犯すまい。そして、道長と頼通の威光は隆家には通じないかもしれないが、品行方正で物分かりの良い敦儀親王は違うだろう。その理屈はわかるのだが。

「文など遣りては破らるるのみにや」

「我が直に参らば」

「いずこの関白が中納言家にわざと出向いて所顕しに横槍を入《い》るるや。ええ笑いものや、寝言は寝て申せ」

書状なら破られておしまいだろう。かといって関白直々に乗り込めばもうそれだけで半ばは敗北を認めているようなものだ。格下の中納言家に直に乗り付けて婚礼に文句を付けるとは野暮の極みで無様が過ぎる。隆家は頼通に情けも掛けず笑い飛ばすだろう。それを跳ね除けて相手を屈服させるだけの覇気は、恵和の心の持ち主と称される頼通にはない。それどころか、頼通が自ら出向けば五体満足で帰ってこられるかも怪しい。めでたい席に首を刎ねて突っ返すような惨事はさしもの隆家も慎むだろうが、従兄弟の関白を殴る蹴るの挙句半死半生にして路上に放り出すくらいは大いに有り得そうなところだった。

黙り込んでしまった嫡男に、道長は溜め息をつく。そもそも、この長男が三十路近くなっても一向に子供を作らないものだから、隆家が後宮政治に割って入る隙を作ってしまったのだ。二十歳やそこらで娘をこさえていれば、今頃には今上帝や東宮に入内の話も出ていただろう。そうして次代に男御子が生まれれば皇統も我が家の摂関の地位も安泰だったのに。現状は、外戚の筆頭たるべき頼通に后がねの姫君どころか庶子さえ一人もなく、一方でその実弟の教通は既に立派な正妻との間に姫を二人儲けている。教通はやっと二十五歳なので孫娘達もまだ幼児だが、今から既に火種が見える。そこへもって隆家が秘蔵っ子の姫君という松明《たいまつ》を投げ込んできた。

決して認めるわけにはいかない。だが、その気になった隆家を止められるものなどほとんどない。実力行使でも彼には敵わない。どうにか説得する手はないか。かのさがな者でも無視できない誰かがいないか。――簡単に思いついたら苦労はしない。何せその筆頭は道長自身であるはずで、現状隆家はその自分に楯突いているのである。頼通では吹けば軽く飛ぶだろう。

逡巡した上で、やっと道長は一人の名を絞り出した。

「……経房を遣《や》れ」

頼通は従順に頷き、退出していく。隆家と親交のある経房を派遣する提案さえ、嫡男の口からは出てこなかった。何と頼りない。身内はまだまだ、出家の身を真に引退させてはくれない。

袂の中で組んだ腕の先の指で苛々と腕を叩く。まだ湿っぽい袖が重たげに揺れた。

廿　にぎはひ【賑はひ】

敦儀親王の三日夜通いが始まった。

　中納言邸の者達は浮かれ立ち、使用人らまで衣服を整え化粧をして晴れ舞台を演じ始めた。北の方に至っては小躍りせんばかりで、満面の笑みで隆家の口に餅を突っ込んできた。

「味のほどは？」

「……良過ぎや。並の米でええと言うたるに」

「我らが姫が親王を迎え奉るに、並の餅など！」

　このまま三日夜の餅の試食に付き合わされていては胃袋が破裂する。隆家は妻の前を抜け出し、姫君の対に渡った。二日目の朝であった。

「よう、なべて恙《つつが》無しや」

　既に敦儀親王は去り、後朝の文を待っている姫君はかすかに微笑みながらしどけなく脇息に身を預けていた。

「こよなく」

華奢な足先をぴょこぴょこと跳ねさせて姫君は上機嫌だった。隆家は苦笑する。

「本性は見せざりきと見ゆるな。永遠《とわ》に猫を被り続けらるるものにもなからんに。いつか化けの皮が剥がれば何とす？」

姫君は笑いながら扇を投げてきた。物を頭上まで投げるくらいに元気になったのなら結構だ、と思いながら隆家は軽く片手で受け止める。

「見せざりしかど、宮は定めて知りたまわん。聡《さと》う賢き御方なれば」

「ほう。さほどにか」

姫君付きの女房が、あっ、というような顔になった。怪訝に思ったが疑問はすぐに晴れた。姫君がうっとりとした顔になって、こちらがもう良いと三度言うまで怒濤の如くに惚気を並べ立て始めたからである。曰《いわ》く、式部卿宮はそれはもう見目麗しく声までも美しく弁舌爽やか着る物の趣味もよろしく焚き染める香も芳しくまさに当世一の貴公子、もう良し、心優しく常に甘く微笑み貴き身分にもかかわらず姫を下にも置かぬ扱いにてなだらかにもてなし世に二つとない宝玉にもなりたるような心地にて、もう良い、歌も楽も巧みにて一緒に合奏などしてもこなたの至らぬところに顔も顰めもせず手取り足取り丁寧に教えてくださり学識も豊か話もいつも面白く明敏な御方で言葉の端から物事を察するにも長け会話は打てば響くように弾み、もうええ。

——好みやろなとは思っとったんやが。

ここまでどっぷりと嵌まられると思い通り過ぎてかえって調子が狂う。これは向こうも絆《ほだ》されるだろうな、とは思った。姫君は内面はともかく外面《そとづら》は華奢で儚げな楚々とした美姫であるし、それに痘痕《あばた》も靨《えくぼ》とばかりに大絶賛で褒めちぎられて恋慕の念をこれでもかと向けられたら、男など単純なものだからそうそう邪険にはできない。加えて姫君は、傍目にも明らかに敦儀親王と情を交わす度に美しさを増している。

「殿。姫君は、宮のおわしまさぬ時は始終この御有様にて」

姫君付きの女房の言葉に、いや恋の力とは底知れず、と呆れる。滔々と立て板に水の美辞麗句が――当人を知っていればさすがに誇大広告ではなかろうかと思うのだが――やっと途切れたのは、若君が文を携えてやってきたからだった。

「姉上。式部卿宮より後朝の文が」

ぱたぱたと両足を上下させて文を胸に押し抱く姫君に、返事を代筆させられてはかなわんと、食傷気味の隆家は扇を投げ返して早々に退散する。若君がついてきた。

「父上に御礼を。姉上の喜びよう、げにいみじく、あな嬉し」

「おう、敬《うやま》え敬え。父の恩は海より深いぞ」

若君は緩んだ口元を扇で隠してしまった。それにしても、と隆家は軽く息を吐く。

「姫も変われば変わるもんやな」

「さように思《おぼ》さるるか？　かくの如き有様は、恋を知りたる乙女の常なり」

「何や、そなたもか？」

若君はぱっと扇を下ろし、真っ直ぐに隆家を見つめる。その目はいつになく輝き、唇の端は上がっていた。

「聞きたもうや？」

隆家は一瞬呆気に取られる。元より惚気を聞く趣味はなく、既にたらふく食らった今は吐き気さえ催しそうだ。だが、いつも冷静沈着で淡々と無表情な次女が、珍しく瞳を輝かせ頬を上気させ艶めく唇で微笑んでいると――

「…………おう」

ついそう言ってしまった。

一刻後、隆家は後悔という言葉の意味を脳髄から思い知っていた。

――二宮と兼経は、名実共に相婿《あいむこ》となりたる暁には尻の毛の数まで筒抜けになるんとちゃうか。

ぐったりしてやっと寝殿に帰り着いた頃にはそんな考えまで浮かんだ。北の方には大笑いされた。

「恋の話など若き女子《おなご》に振らば、かような様になるは火を見るより明らかならんに」

「知らんわ！　何か、そなたも同じようなことをしたるか？」

無論、隆家は「まさか」と一笑に付されることを予想してそう言ったのである。だが妻の顔がみるみる緩んで頬は朱に染まり、「やや、さて、その、ほほほほほほ」と笑って誤魔化されたので完全に当てが外れた。

――あかんわ、こら。誰かこの色惚け邸を何とかしてくれ!

そうでなくては早晩、隆家自身の顔が茹で蛸の如くに真っ赤になる。妻の惚気に興味がないではなかったが、今の今では家子郎党にどんな恥を晒すかわかったものではない。隆家は袖で顔を覆った。

「叔父上でも頼通でもええから早よ来てくれ……! ええんかおい、公《おおやけ》に披露するぞ」

袖の中で、自分にだけ聞こえるように小声で呟く。先方には最悪の時期を見計らってあれだけ派手に喧嘩を売ったというのに、敵の反応は鈍い。このままだと明日の夜には結婚が成就してしまうが、道長も頼通も指を咥えて見ていて良いわけではなかろうに何を考えているのか。邪魔立てされずに事が成るならそれはそれで結構なことではあるのだが、こちらは一戦交えるつもりでいたのに肩透かしを食らうのは何ともつまらない。

いま一夜明けて三日目の昼には、若い二人は一晩目にもましてたいそうお熱くよろしくやっていたと昨夜の様子が対の屋から寝殿まで伝わってきた。今晩の所顕しの準備に邸の者は浮足立って夜を徹したが、そんな騒がしさも気にした様子もなく燃え上がったとか。そして日が傾きかけ、三日夜通いの最後の訪れを目前にしつつも披露宴の刻限にはまだ早い頃合いに、一人先触れも出さずに訪ねてきた貴人があった。

「これはこれは、源《げん》中納言。良頼《よしより》は息災なりや」

よっしゃあ天の助けや、待たせよってからに――と拳を握りつつ隆家自ら出迎えた客人は、権中納言源経房であった。彼は他六名の中納言との区別のため宮中ではもっぱら氏を冠して呼ばれる。だが隆家がそう呼ぶと経房は居心地悪そうに首を竦めた。

彼は道長の義弟にして猶子である一方、隆家の長男の舅でもあり、愚息良頼は愛妻の実家、つまり源中納言家に入り浸っている。隆家との関係は良好で、普段は名で呼び合う仲だった。少なくとも、隆家が大宰権帥として筑紫に下るまでは。

「……隆家殿。入道殿は、いとど御気色悪うおわします。娘御を、右三位中将と娶したまうにはあらずや」

「それも真なり。兼経の中将は若に通われてあり。我には娘が二人おるゆえ」

経房はこめかみを指で押さえた。まあ詭弁である。

「……沙汰無きに、と申しても聞き入れたまわざらんな」

「この隆家が、皇太后の入内の折、いずこにて何をしたるか覚えては？」

入内絡みで道長の叔父に逆らうことに、隆家は今さら何の躊躇も覚えない。八年前、今の皇太后妍子が三条帝の中宮として参内した日には、三条帝が東宮時代から連れ添った娍子の立后が予定されていた。時の左大臣道長の妨害に遭って娍子立后の儀は式典の態をほとんど成さなかったところ、馳せ参じてどうにか形を取り繕って儀式を執り行ったのが隆家である。おかげで八年経った今、皇后は最も可愛がっている息子を姫君の婿にくれるというのだから、人に恩は売っておくものである。

経房も隆家の気性と前科をよくよく承知しており、何とも言葉を返せずに頭を抱えてしまった。隆家は笑って、声を張り上げた。

「経輔！　おるか？」

先日左少将に転任したばかりの次男を呼びつけ、「客人をもてなせ」と命じる。

「父上。まろには宮中にて付き合いもあれば、あまりかようなることは」

「この父と姉と、はた源中納言と、いずれが怖ろしや？」

「――源中納言殿、ささ、御酒など。我が兄の近頃の有様など聞かせたまえ」

経房をしばし軟禁することに決め、息子に監視を命じて、隆家はその場を立ち去った。北の対に向かっていると、北の方が奥から出てきて声をかけられる。

「殿。入道殿は、なお憤《いきどお》らせたまいて？　――今夕の所顕しは」

「延引せざるを得まいな」

そんな、と妻は悲鳴のような声を上げる。隆家とて、経房に何と言っても、無闇矢鱈に意地を張るつもりはない。一通り挑発したら譲歩してやるつもりだった。

「入道殿も無体な。姫が哀れでなりませず」

おや、と隆家は足を止めて振り返る。妻は本気で取り乱しており、髪を掻きむしらんばかりだった。

「……そなた、姫と共につと居たりけるに、さほどにあれのことを知らんのやな」

涙さえ浮かべていた北の方の目が怪訝な視線を投げ掛けてくるのに笑みを返し、隆家は踵を返して姫君の局に向かう。披露宴の予定に道長の横槍が入ったことを聞かされて、姫君は怒りも悲しみもせず、悪戯《いたずら》っ子のように目を輝かせた。

「入道殿がかく怒らせたまうとは。宮が怯《ひる》まれて夜離《よが》らせたまわばいかにせん？」

「捨ててやれ。それにて怯むような男は、そなたに似つかわしからず」

道長と敵対する気概もないような男を婿に迎える気など、隆家にはさらさらなかった。これで足が遠のくなら敦儀親王もそれまでの男だ。姫君はニヤリと笑う。

「所顕しの前とはいえ、共寝《ともね》したる後にそれを仰せらるるか、父上」

隆家は同じ表情を返す。姫君もわかっている。敦儀親王はここで怖気づくような男ではないと踏んだからこそ、隆家は彼を娘に通わせたのだ。

「よろしきかな。源中納言には、姫から直に申す」

「少しは待たせても」

「宮は、今日は早めに渡らせたまうと仰せられければ、早う済ませねば」

姫君は立ち上がり、すたすたと寝殿の経房を軟禁してある局に向かう。棟が違うので同じ敷地内でも女の足にはそれなりの距離だったが、姫君の足取りは軽かった。

経房から御簾を一枚隔てただけの所まで来ると、姫君は隆家に物陰に控えているよう目配せしてから、立ったまま客人と弟に声を掛けた。

「源中納言殿、我が父と弟の無礼を許されよ！　あなや、何たること——経輔、何をかしておる、疾く源中納言殿の従者をこなたへ。徒《いたずら》に引き留むるべきにあらじ」

なかなか芝居の巧い長女である。次男は姉の鋭い声を受けて駆け出して行く。経房は姫君を振り返った。

「これは、姫君におわしますか」

「如何にも、中納言隆家が娘に候《さぶらう》。申し訳もありませず、よもや御身を捕らうる無体を働くとは。直ちに従者を呼ばせますゆえ、いつなりと帰らせたまえ」

「あな忝《かたじけな》」

いくらもせず、経輔が経房の従者を引き連れて戻ってくる音がした。姫君は腰低く、経房に頭を垂れてみせる。

「あなかしこ。源中納言殿、願わくは入道殿に伝言《つてごと》を」

「何なりと」

従者らも大勢脇に控えている状態で、姫君はすぅ、と息を吸った。

「――若人《わこうど》の恋の道は出家の身の知りたることにあらず、生臭坊主がいとど浅まし！　そも、縁者をば帝に立たせたまうべく娘を帝に娶すことを既に二度なしたるは誰ぞ！　同じことを返されたる覚悟あらずして我が家の婿傅きが不快とは片腹痛《かたはらいた》し、鏡など見てよくよく恥を知りたまえ！」

沈黙が場を支配し、ただ姫君の怒鳴り声が反響するばかりだった。隆家が笑いをこらえるのに苦労している間に、姫君はにっこりと微笑んで会釈する。

「しかと入道殿に伝えたまえ。よろしゅう頼みます」

踵を返し、姫君は対の屋に戻っていく。経房と従者らが呆気にとられて動けない間に、隆家も予想していなかった声が響いた。

「――夫の言うべきをかく奪うものにはあらぬよ、我が姫」

敦儀親王であった。姫君は少し慌てた様子を見せたが、親王は穏やかに、それ以上に面白そうに姫君を見つめ、そしてすいと視線を経房に移した。

「源中納言殿。年明くるまで待たん」

「……式部卿宮？」

「我の本意は妻に同じ。されどこの敦儀は、岳父《がくふ》殿ほどには頑《かたく》ならず。さほどに御気色《けしき》悪しければ、少しの間所顕しを待ちて入道殿にも関白殿にも礼を尽くさん。――

さりとても、願わくは我と妻の間を引き裂くが如き無道は慎まれよかし」

――ほう。これは見事。

隆家は敦儀親王の物言いに感心する。穏やかな彼は、隆家と違って少なくとも建前上は道長と関白頼通に謙《へりくだ》る。親王の高貴な身分を笠に着て居丈高に口出し無用と言い放っても良いのに、本心では突っぱねたいところを堪えてやる、と隆家と姫君を出汁にして暗に恩を着せた。止《とど》めに、どうか恋を裂いてくれるなと純粋な若者を装って、結婚は止めないと言い切った。形だけでも譲歩されては、ただでさえ無理筋の横槍をこれ以上入れることは難しい。

経房は敦儀親王の言葉を咀嚼し、がっくりと項垂れる。だから、おそらく怒鳴って頭に昇っていた血の気が引いたために姫君がふらついて柱に手をついたのは見なかったはずだ。隆家は思わず身を動かしたが、駆け寄る前に敦儀親王が姫君を抱き上げ、姫君は青白い頬をわずかに紅に染めて親王を見上げた。敦儀親王も微笑んで腕の中の姫君を見つめ返し、その光景に隆家は胸に雷が落ちたかのような衝撃を覚える。倒れそうになる姫君を抱きとめてやるのは、もう父ではないのだ。敦儀親王は、見込んだ以上の男だった。嬉しさより寂しさが先に立つが、それでも、先程融通の利かない頑固親父と言われて良いように出汁にされたことは水に流してやろう。

二人が北の対に下がってしまうのを目で追いつつ、隆家は緩慢にその場に姿を現す。

「かくなる次第ゆえ、経房殿。腰伸《この》べて戻られよ」

経房もゆるゆると振り返り、大きく息を吐く。

「……隆家殿。入道殿の御気色悪きは、何も式部卿宮にあらずして、ただ」

地下に控える従者らに悟られぬよう、隆家は口の前に人差し指を立てて遮る。道長の叔父が何を思っているかなど、隆家には最初からわかっている。ただ慮ってやる気がないだけだ。そこへ、どうやら心を同じくするらしい者の声が降る。

「さればなおのこと、当家に口出しは無用」

「何や、若。そなたまで出で来たるか」

次女であった。御簾の奥から、外の従者らには聞こえぬくらいには静かな声で、扇で口元を隠しつつ、若君もまた経房に向けて道長への批判を口にする。

「前の右大将の大納言が儚くならせたまうに、我が姉を祝うは許さじとかや。されどもまことに故人を思わば、右三位中将にこそ目を懸くべきに、入道殿が姫の二人までも独身なるは何事ぞ。今さらわたくしの人を渡しはいたしませねど、右三位中将の舅となりて後見するは入道殿ならで我らが父なれば、致仕の御身はただ黙《あなかまたま》給えかし」

経房はもはや何を言う気力もない様子で退出していった。

廿一　ねんねん【念々】

所顕しが直前になって慌ただしく中止されても、皇后娍子と北の方以外からは不満は聞かれなかった。大方の招待客としては、出席して道長に睨まれることも、欠席して隆家から敵と認定されることも、どちらも避けたかったところだろう。願ったり叶ったりという様子の彼らに隆家は何の対応もしなかったが、ただ列席する気満々でいてくれた隣家の右大将には自ら出向いて詫びを入れた。

「かくなる次第にて、所顕しは年明けてからということに」

「承知。されども中納言、式部卿宮との婚儀など入道大相国の不興を被るは明らかなるに、何故かく顕《あらわ》なることを？」

隆家は内心で可笑しくなる。賢人と名高い実資でも、道長の心を読み間違う。どうやら承知しているのは当の道長と、隆家と、経房と、そして若君だけだ。

だが本人の思うところなどどうでも良い。道長は、関白の血筋であり大武勲を打ち立てた隆家が再び皇室と縁付くのをひどく恐れて、大人気なく妨害に出た――それが世間に認識されるべき姿だ。経房の従者にも右大将にも、せいぜい道長の叔父の狭量で臆病な虚像を言いふらしてもらおう。そしてどれだけ悪評が出回っても、道長は親しい相手にさえ訂正はしないだろうという目算が隆家にはあった。本当に故人のためを思うなら忘れ形見のことをこそ気にかけるべきだろう、それもしないなら黙っていろ、と若君が痛いところを突いたからである。冷静沈着で頭が回る次女は、恋人が関わると人が変わったように感情が豊かになる。

「……敵《かたき》あればこそ奮い立ち、友ならで仇にこそ生かせらるる性《さが》の持ち主が世にはあり」

ほろ酔いでそれだけを言ってみると、実資は微笑みながら返す。

「中納言正身《そうじみ》のことなりや？」

酔いに紛らわして、隆家はわずかに首を横に振った。実資が気づいた様子はなかった。隆家自身のことではない。姫君の啖呵を前に引く素振りも見せなかった敦儀親王のことでもない。思っていたよりよほど反骨精神のある男ではあったが。

――長生きしたまえよ、叔父上。そしてこの隆家と末永く喧嘩をいたしましょう。

隆家は盃を宙に掲げた。片割れ月が酒に浮かび、月光を浴びた酒の最後の一滴まで隆家は一気に飲み干した。

さて、いよいよ真正面から喧嘩を売りお買い上げいただいたからには攻勢を緩めるわけにはいかない。お誂《あつら》え向きに、別の晴れ舞台が目前に迫っていた。

今上帝は相変わらず発熱を繰り返していたが、時は変わりなく流れ定例の催事の期日は容赦なくやってくる。春日祭《かすがのまつり》の使者が選任される時期になり、今年白羽の矢が立ったのは隆家の嫡男経輔であった。春日祭は例年二月と十一月の初めの申《さる》の日に奈良の春日大社で執り行われる例祭であるが、今年の十一月は一日がいきなり申の日なので十月中に準備を済ませなくてはならない。

都を代表する祭使の一行はそれに相応しい格好をしなくてはならず、その掛かりはすべて当人とその実家が負担する。結構な出費で、自家では賄いきれないことが常であるため、親類縁者や友人が祝いと称して必要な人員を手配したり随身の装束などを寄付するのが慣例となっていた。しかしながら貴族社会において隆家は疫病神扱いなので、そんな援助を表立ってしてくれようとする人間は少ない。嫡男の名誉の祭使任命は、それを見越してこちらの面目を潰そうという策だろう。――されども。

「大宰権帥は儲かりましてなあ、叔父上」

身も蓋もないことを言ってしまえば、隆家に財産は唸るほどあった。九州を統べるのが役割の前職は、肥沃な大地と大陸との交易のおかげで実入りが大変によろしく、どういうわけか地元の勢力に懐かれた隆家は寄進もたっぷりと受け、元より不如意でもなかった手元はびしょびしょに潤って濡れ手で粟の大儲けだった。懐に何の痛みも覚えずに、ほとんど一人で嫡男の装束はもちろん舞人や陪従《べいじゅう》の衣装まで新調した。人手は財に物を言わせて揃えた。姫君の所顕しへの準備を控かれた使用人らは、臨時の賞与をはずめば盛り上がった熱意をそのまま春日祭使の準備に向けた。当の本人を置き去りに。

「父上、あの、まろはかほどに華美な物でのうても。神の御前に参るのみにて」

「喧《やかま》し。二十余年、わぬしが母の着せ替え雛なりける父の心を今こそ思い知れ」

一人息子の晴れ舞台の用意に勤しむ北の方の派手好きは留まることを知らず、隆家は嫡男を道連れとばかりに妻を煽りに煽った。とはいえ、家内から反発がなかったわけでもない。最高級の装束を揃えるのに不可欠の協力を得るには少々骨が折れた。

「嫌！　姫の染めはまだ宮にも差し上げたること無きに、何故経輔などに！」

家中に姫君以上の染めの名手がいないため、娘に頭を下げざるを得なかったが、長女はあまり弟思いではなかった。姫君はその日の空気や湿度などを巧みに読み取ってほとんど瞬時に染色や乾燥の時間を計算し狙った通りの色を出すことができたが、当人にとってそれは理屈ではなく感覚的なもので、人に説明できるようなことではないという。春日祭使の一行はそれなりの人数だが、中納言邸の染殿《そめどの》はさほどに大きくはないため、装束の染色はどうしても複数回に分けることになる。そのため装束の量産には是非とも姫君の天賦の才が必要だった。舞人や陪従にはそれぞれ揃いの衣装を誂えてやらねばならないが、染めというものは普通、同時に行ったものでなければ同じ色は作れない。同じ材料を用いても、水加減や気温、湿度等の条件がわずかでも異なれば色味は敏感に変化するため、別の機会には似た色を作ることさえ難しい。しかし姫君の勘はその困難を軽く克服して、既存の物と寸分違わぬ色を作ることもできた。ただ華やかな色を煮出すより遥かに高度な技術だ。問題はその持ち主の気性である。

「そう言うなて。豪華絢爛にせばするほど、入道殿にも世間にも意趣返しとなるのや。面の皮引っ叩いてやる機をあたら逃すんか？」

「それは……されども！」

膨れっ面になってしまった姫君の頬を軽くつついて説得したのは敦儀親王だった。

「我には悪しからず。心置きなく左近少将《さこんのしょうしょう》に仕立てられよ」

「……宮の仰せとあらば」

父親にはぎゃんぎゃんと逆らいもするくせに婚約者には従順なのは少し面白くない。敦儀親王は、所顕しが予定されていた日には泊まらずに帰ったものの、以来二日通っては一日だけ空けて再訪するということを繰り返しており、年内の譲歩はいよいよ形骸化した。この調子だと下手をすると延期された所顕しの時には姫君の腹に子供くらい出来ているかもしれない。披露宴とはいえ女は御簾の奥から出て来ないので見苦しいことはないだろうが、懐妊がそうと知れて間もない頃の孕み月は一番悪阻が酷い時期だと隆家も過去の女性経験から知っていたので、できれば避けたいところだ。

姫君はてきぱきと染殿の使用人らに指示を出し、見事な染めの布地を大量生産した。

北の方と若君は女房らに混じって裁縫に精を出す。身体の弱い姫君は根気の要る裁縫は苦手だったが、要領の良い若君には得意分野で、姉妹で上手く分業して見事な装束を仕立てた。

かくして、寛仁四年の霜月の春日祭使の一行は、ほとんど一家のみで賄ったにもかかわらず例年にも増して燦《きら》びやかになった。ほとんど、とは物好きな隣人のためだ。

「余人には乞わじとは聞けども、少しは前例に従うもよろしからん」

というわけで摺袴《すりばかま》を贈ってきた。上着の小忌衣《おみごろも》ではなく下に穿く袴に留めるあたり、実資はつくづく気が回る。折角の心尽くしを有り難く息子に着せ、春日祭の前日の十月三十日に都から送り出した。

勅使の一行はまず内裏で舞の披露等の神事を行い、その後に春日大社に向けて出発する。当日になって、一行の数を増員したために馬が足りないことに気づいて、慌てて右大将を頼ったのは御愛嬌。隣人は気前良く即座に馬二頭を貸し与えてくれた。

京での神楽の奉納を、経輔は危なげなくこなした。隆家としては、いっそすっ転びでもしたらそれはそれで面白いことになると思ったのだが、次男はそつがなかった。

観覧の公卿らは驚嘆していたので、隆家は大いに溜飲を下げる。自前で準備していたことは実資以外の誰にも言わなかったし、他の諸卿は誰も援助をした覚えがないはずなので、さぞや見すぼらしい姿を想像されていただろう。

「何と絢爛な」

「入道殿の御気色をかほどに悪うしても、前帥殿には何の障りもなしとは」

「さてそれにしても、相変わらずの派手好みよ」

最後のだけは異を唱えたい。妻やっちゅうに。隆家を少しでも知っていたら、どうしたってそんな洒落者だとは思えないだろうに、公卿は節穴ばかりか。昔から服は仕立てられたその日にかぎ裂きを作り、返り血で染みを作ることも日常茶飯事だったため、仕立てなど気にしたこともない。

「天晴れ、左近少将！　いと美々し！」

隆家が道長と頼通に大々的に宣戦布告したばかりにもかかわらず、経輔は大絶賛を受けた。まあ、援助をしなかった後ろめたさを払拭するため口だけなら何とでも、ということかもしれない。その中で空気を読まず、言葉だけでなく褒美の品を賜《たまわ》そうとしてきた女があった。

「いとめでたし、左近少将。まことにかばかりのは今日までは見えざりつ」

皇太后藤原妍子であった。彼女は綾摺の見事な袴を二腰贈ろうとしてきたが、まさか受け入れてやるわけにはいかない。己の父と兄の立場をそこまで度外視できるとはいっそ見事だし、その考えの浅さに付け込んで引っ掻き回してやる手もないではなかったが、彼女は味方に付けると敵より厄介だ。謹んで距離を取らせてもらおう――という父の意向を十二分に承知していたらしい経輔は、皇太后の申し出を断って脱兎の如く春日へ逃げ出した。体よく断るには十五歳の息子は人生経験が足りなかったらしく、逃走としか表現できない出立ぶりだった。

霜月に入り、春日の地でも御使を立派に勤め上げて一泊二日の行程で帰ってきた経輔を、隆家は珍しく労った。

「良うし得たり。明日にも、実資殿に直に御礼を申しに参れよ」

「えい……」

一日だけ休ませていると、世間に忌避されるさがな者の邸には珍しく四人までも公卿の来客があった。

「これは各方《おのおのがた》、揃われて如何なされたるや」

顔触れは、源中納言に加え、参議兼修理大夫《しゅりだいぶ》藤原通任《みちとう》、左三位中将藤原道雅、そして参議藤原資平《すけひら》であった。

「息男の春日祭にての功労に、労《いたつ》きを申し上げたく」

「あな忝《かたじけな》」

上辺だけは無難に礼を返しつつ、隆家は頭の中で推断を行う。経房は、半々というところだろう。別に隆家に肩入れするつもりはないが敵対する気もなく、これまでの親交を維持する目的に加えて道長に代わってこちらの動向を探りに来たというあたりか。参議資平は隆家と昵懇《じっこん》の仲の右大将の養嗣子なので、隣人の名代として来たに違いない。出仕を疎かにしているせいで宮中事情に疎い隆家に、大納言昇進を巡る議論のあれこれ等各種の情報を、養父への報告のついでではあるが共有してくれるのは資平だった。彼ら二人の訪問は驚くにはあたらず、隆家の興味を引いたのは通任と道雅だった。

通任は皇后娍子の実弟であり、すなわち敦儀親王の登極があれば外戚の第一たるべき血縁である。彼にとって隆家は、甥親王への援助は有り難い反面、いざ事が成った時には外戚の地位を激しく争うことにもなりかねない潜在的な脅威である。しかし、春日祭使の事前の援助は控えたとはいえ今日祝いに来たということは、まずは協調路線を往くことに決めたようだった。皇后に説得を願い出るまでもなく、隆家の陣営には一人公卿が増えた。

左三位中将道雅は二十九歳、影のある美男で、隆家には久し振りだが馴染みの顔だった。

「祭使の歌舞は、我も簾中にて見侍りき。いみじくめでたし」

「そなたが人を褒むとは珍しきかな、道雅」

――相変わらず、兄貴に似て美形やわ。

適当に返しつつ、隆家は甥を注視する。かつて道長の叔父と藤氏長者と摂関の地位を掛けて激しく争ったのは、隆家ではなく嫡兄伊周だった。結局は敗れて虚しく世を去った伊周は、今際の際に自身の嫡子道雅に「世の中にあり侘びなむ際は出家すばかりなり」と、他人に――誰よりも道長に――諂《へつら》って生きるくらいなら出家せよと言い遺した。だが結局道雅は大叔父道長の下風に立たざるを得ないまま、髪を下ろすほどの思い切りもなく俗世にあり続け、時折爆発するように顔に似合わぬ狼藉を働く。

――今日来たるも狼藉のうちかな。

道雅が単純に甥として叔父の隆家を慕うから今日来てくれたのだとは、道長の叔父に喧嘩を売ったばかりの隆家としてはさすがに図々しすぎる考えだろう。だが、少なくとも殴り飛ばすのは隆家より道長のほうが先だと心に決めてくれたのならそれで良い。そういう男は好きだ。慕った兄の忘れ形見なら尚更。父として娘の夫には御免でも、叔父として男としてなら喜んで懐に入れよう。

客人を丁寧に歓待しつつ、隆家はここにはいない男達に心中に思い浮かべて語りかける。

――春日祭が昨日で、今日既に四人。経房殿を抜いても実資殿を加えてなお四人。さて、叔父上、頼通。如何《いかが》なさる？　このさがな者は、思いの外《ほか》に人望のありたるようにて。あるいは、其許《そこもと》の権勢も存じの外《ほか》堅固ならざりや。

道雅は太政官ではないが、三位の高位であるため広義の公卿には属している。若君が婿取ろうとしている兼経も同じだ。姫君の所顕しの予定から十日と経たずこれだけ集った。

――我を捨て置きたまうなよ。あまりに易《やす》うては興醒めや。

隆家はニヤリと笑い、それぞれ腹に一物抱えて集った面々に改めて感謝と歓迎の意を伝えた。

廿二　ぞめき【騒き】

実のところ、相手方にはどうあっても先送りにできない問題がひとつあるはずだった。大納言道綱亡き後の太政官人事である。

春日祭の翌々日、隆家は経輔を隣家に遣わし摺袴と馬の礼を直接述べさせた。その次の日の夕刻に、実資から便りがあった。前日の経輔の来訪時に伝言できなかった事項を書き送ってきたのだろうが、昨日の今日で敢えて連絡せねばならないこととは何か——と思いながら文を開けば、半ばは予想通りだがもう半ばは意外なことが書かれてあった。

『四条大納言曰く、入道殿、太政官除目《じもく》の事、約諾し了《おわ》んぬ。前帥殿は亜槐《あかい》に一定《いちじょう》任ぜらるる由』

亜槐とは大納言の別名である。隆家の権大納言昇進は去年から繰り返し取り沙汰されてきたので驚くにはあたらない。意外なのは、まず情報の出所が公任だということだ。実資は隆家と違って真面目に宮仕えをしているから、中央政界の情報収集で他者に遅れを取ることはあまりない。それなのに公任が実資に先んじるを得たということは、公任自身が一次情報に直接関与していることを示唆する。つまりは、太政官人事の内定につき道長の承諾を得るべく働きかけたのが公任ということになる。だが彼は隆家への恩賞も加階も一貫して反対の立場だったはずだ。その公任が、よりにもよって隆家が道長への叛意を大っぴらに喧伝した今になって、隆家の権大納言昇進を含む人事の提案をしたとは奇妙な話である。どういうことかと考えていると、後ろから手紙を引ったくられた。

「――へぇ。漸《ようよ》う大納言か。寿《ことぶき》すべからんや」

「まだ早いわ」

姫君から取り返しつつ何用か尋ねれば、敦儀親王は式部省の部下との会合が急遽入ったとかで今夜は訪ねてこられなくなったらしく、その詫びに菓子が届けられたので相伴させてやるとのことだった。姫君が言い終わる前に菓子と葛湯《くずゆ》の用意を持った女房らが入ってきて茶菓の準備をし、ついでに若君まで入ってきて腰を下ろした。お誘いとは珍しい。

「母ならでこの父にとは、如何なる風の吹き回しや」

「母上は、経輔に付きっきりなんやもの」

「春日祭より、装束の仕立てに火が着きたるようにて」

あの晴れ舞台の日から、妻の着せ替え人形は息子に代替わりしたらしい。新しい衣装の仮縫いで手が離せないとの北の方の言葉に、母想いの娘二人は菓子を欲しがる弟を何の躊躇もなく捨て置いて父の私室にやって来た。

——引き籠もりたる甲斐こそありけれ。

ろくに出仕もしない夫より、外に出て行く機会の多い息子の衣服のほうが腕を振う甲斐もあるのだろう。まだ五位の息子の当色《とうじき》は目に鮮やかな緋色であるから、二位の夫の黒装束より仕立ても楽しいのかもしれない。隆家はお役御免を素直に喜んだ。北の方の気遣いは有り難いが、凝る性質の妻は染色や織り、生地の裁断から着用者を付き合わせて服を作るので、一々拘束されて大変なのである。

唐菓子《からがし》をつまみつつ、姫君は何とはなしに手紙を見つめながら言う。

「いずこの親も、世継《つぎ》の後見《うしろみ》は一方《ひとかた》ならず。四条大納言も、御嫡男をいと慈しみたまうと見ゆ」

「……その心は？」

菓子を自分から口にする程度の食欲があることは結構だ、と思いつつ尋ねる。娘二人は呆れたような表情になった。

「四条大納言が、父上を権大納言に挙したまう道理は無し」

「さればかの御方の御心は、御嫡男定頼《さだより》の弁《べん》をば公卿に列さすにこそあらめ」

「夏に失せたまいぬ宮《みや》の宰相《さいしょう》の後、参議の一席は空きたるに、定頼の弁はいま一人、式部大輔《たいふ》広業《ひろなり》とかや申すなる者とその官職《つかさ》を争いたまうなり。四条大納言にあられては必ず御嫡男を宰相にせんとて、大納言の加階によりていま一の参議を空かすべきにやある」

「定頼殿を新参議にとの一心にて、父上の加階もあるべかしく入道殿に諮《はか》りたらん」

交互に淀みなく説明する娘達を前に隆家は呆気に取られる。公任の思惑は嫡子の左《さ》中弁《ちゅうべん》定頼を公卿に昇進させることにあり、そのために議政官に空きが出れば既存の職員の昇格人事を行って末席の参議職を空けたがっているということは隆家も知っていた。そして今年の夏に参議が一人亡くなって欠員が出た。ところが新参議の候補には定頼の他にいま一人、式部大輔広業という者の名が挙がっているらしい。嫡子定頼を確実に参議に昇進させたい公任としては、この際隆家を昇進させてしまうことになってもいいから、どうしてももう一つ参議の席を空けたいということのようである。

なるほど綺麗に説明はつく――が。

「何故そなたらが、さほどまでに情を知りたるか」

基本的に外出もしない高貴の女君が、そこまで他家の事情に通じているのは不自然だった。姫君と若君は顔を見合わせ、妙に意味ありげに微笑む。

「雪降りつる方の歌詠人《うたよみびと》は、天橋立《あまのはしだて》に去《い》ぬめりと」

「狂い咲きの花心《はなごころ》も、雪降る寒さに耐えかねて萎《しお》るれば、『思うことなくてぞ見まし与謝《よさ》の海』とばかりに」

ひゅっと胃が縮んだ。雪が降った所の歌人とは、隆家が先々月に花心つまり浮気心を起こした相手の和泉式部を指す。だが、天橋立に与謝の海とは——どちらも丹後国《たんごのくに》の地名である。若君が引いたのは往年の女流歌人赤染衛門《あかぞめえもん》の歌の一節で、彼女の夫大《おお》江匡衡《えのまさひら》が丹後守《かみ》に任じられた際、任国に同行して詠んだ歌だった。

娘二人の口振りからすると、和泉式部は丹後国へ向かったようだが、それはまた一体どうして——と思っていると、姫君は袂から文を数通出した。

「いずこの妹背《いもせ》も匡衡衛門ほどに睦《むつ》ましからば、我らが心の痛むこともなきものを」

「姉上、さればこそ和泉の雪は今は与謝の海に降るめり」

文は、見覚えのない和泉式部からの艶文だった。いつ届いたものかは知らないが、宛先の隆家の元には届かず、娘二人に握り潰されていたらしい。命の危険を感じて、隆家は高速で思考を回転させる。大江匡衡と赤染衛門は、匡衡衛門と称されるほど両者卓越した歌才で知られるのみならず、鴛鴦《おしどり》夫婦として有名だった。どこの夫婦もそうだったら苦労しない、というのは隆家と妻のことを当てこすっただけでなく、和泉式部のほうにも含むところがあるのだろう。彼女が既婚の身だということは承知の上だったが、相手は誰だったか——思い出さないと死ぬ。

「………和泉の今の夫は、当代の丹後守か」

娘二人は揃って頷く。

「丹後守保昌《やすまさ》と申す者なり。入道殿また関白殿の家司をも務めけり」

「道長四天王とまで称さるる武勇の人とかや」

真冬にどっと汗が噴き出た。当たっていて良かった。つまりは、娘二人は父親の浮気相手からの手紙を自分達限りに留め、おそらくは勝手に返事をして和泉式部を説得し夫の任国に追いやったらしい。

「いずこの親も子想いやなぁ。丹後守の室は、都を去らば娘の宮仕えには何も申さじと言えば、慌《あわた》しく発《た》ちにけり。さて、女の身の我らになし得ることなど四条大納言に文を奉《たてまつ》るが限りやというに、何をかばかりに怖れたるものかは」

「娘もこれがまた母に似て色好み、侍名も母とよう似て小式部《こ》と。夫ある身にて四条大納言の息子にも婿にも通じ、四条の御方もいとどよろしき面の皮」

「――教通《のりみち》にも？」

姫君と若君は揃って頷く。和泉式部の娘は小式部内侍《こしきぶのないし》の伺候名で宮中に出仕しているが、娘のほうもなかなか恋愛遍歴が華やかで、道長の五男教通の庶子を産んだ一方、公任の嫡男定頼とも関係があるとかないとか。公任としては、自身の嫡子と自慢の婿の両方を手玉に取る女の存在を知ったならば、烈火の如く怒って宮中から追放するだろう。娘の素行を黙っていてやる、との条件で、姫君と若君は父親の浮気相手を追い払ったらしかった。

「かくまでに爛《ただ》れたる男女の沙汰を知りとうはなかれども、そがために我らが父の出世の訳を知るとは不思議なもの」

「文に艶事までも書く女に、密《みそ》か事を忍びぬくことなど適わじ。父上、心したまえ」

隆家は魂が抜けたような気分だった。和泉式部の筆は、最初は相手を隆家と信じて疑わない様子だった。娘二人は父親になりすましてその浮気相手から情報を引き出した後に、都を去るように交渉したのだろう。

――あな恐ろしや。二宮も兼経も、浅はかなる徒心《あだごころ》は付かぬが身のためやぞ。

思えば、姫君が先程無作法に手紙を取り上げたのも、またぞろ浮気相手からの文かと疑われていたせいかもしれない。そんなことをしなくてももう十二分に懲りた。

気分を変えたくて菓子に手を伸ばしたが、砂を食むような気分だった。娘二人はけろりとして、「さはさりながら」と話題を転換する。

「四条大納言の思わるるところは明らかなれど、入道殿はまことに父上の加階を約諾したまいけりや」

「――さてな。父にも疑わしく思わるればこそ、『まだ早い』と言うたんや」

ごく平常運転の娘二人がやや不気味ではあったが、藪を突いて蛇を出す気もないので、隆家は全力で話題転換に乗った。それこそが、予想外の二点目だった。

敦儀親王を婿取ることも、隆家の権大納言昇進も、道長と頼通にとっては受け入れ難いことだろうに、彼ら親子が唯々諾々と承認したとはとても思えなかった。

ふぅん、と姫君はつまらなそうな顔になる。

「立身出世はめでたきに」

若君の言葉の後、しばらく沈黙が流れた。姫君は髪を弄ぶようにかもじの付け根を整える。

「………文無《あやな》し」

隆家と姫君の声が期せずして重なった。このまま順調に権大納言になってしまうのは何とも退屈だ。売った喧嘩はまだ大いにツケが残っている。隆家は笑った。

「さてしかし、頼通はともかく、叔父上はさまでに腑抜けにはなければ、今月のうちには何事かあらん」

「さこそあらめ」

父と姉の好戦的な会話に、若君は苦笑する。

「父上と姉上は、まことに良く似たまうかな」

「止めて若、顔貌《かおかたち》は似ても似つかず！」

「美形やのうて悪かりけりな。——若、言うてそなたも一蓮托生やぞ。かほどの舌峰を叔父上に向けたれば」

「あな、生憎《あやにく》。我らが従姉妹の姫は伊周の伯父上亡き後に頼宗の権中納言の北の方になりたまいけるに、我も家が傾かば同じ道を歩まん。兼経殿は入道殿の養子なり、入道殿は愚かにも女子供には甘しと見ゆ」

今度は隆家が苦笑する番だった。道長の叔父は、隆家の嫡兄伊周と激しい主導権争いの末に勝利を収めたが、敗者の一族を容赦なく切り捨てることはなかった。柔らかい性根ゆえにできなかったのか、諸々計算の上で敢えてしなかったのかは他人が知り得るところではない。明らかなのは、伊周の死後に残された娘を、政治的に何の利もないのに自分の次男頼宗の正妻に迎えたという事実だけだ。

いざとなったらそれに倣《なら》う、とちゃっかりとしている次女は臆面もなく言う。それもよかろう。若君には、自分のことは自分で何とかできるだけの頭と健康な身体がある。隆家が気にかけてやるべきは――

高坏《たかつき》にひとつだけ残った唐菓子に、隆家と姫君は同時に手を伸ばした。顔を見合わせ、高坏越しに会話する。

「――姫。父を、一家の主を、敬うべきとは思わずや」

「元はと言わば姫に贈られたる菓子ぞ」

「さらに元を辿らばこの父が仲立ちしたる縁《えにし》やないか」

「仲立ち言うなら三日夜の餅を食らわしてから宣《のたま》え」

睨み合っているとにゅっと若君の手が伸び、唐菓子を半分に千切った。

「大人気なく争いたまうな。母上と経輔に持て参らん」

それが合図になって、父と娘の茶菓の集いは散会となった。


太政官の除目が行われたのは、その月の二十九日になってからだった。

道綱の叔父が座っていた正官の大納言の席には、権大納言藤原斉信《ただのぶ》が就いた。そして斉信の昇進により空いた権大納言に任じられたのは、正官の中納言たる隆家ではなく権中納言行成だった。再び中納言据え置きとなった隆家は、その沙汰を聞いて声を上げて笑った。

「そうとも！　そう来なくては、叔父上！」

隆家と行成の下は順繰りに一階ずつ加階があり、空いた末席の参議には公任の思惑通りその嫡男定頼が、式部大輔広業と共に任じられた。公任自身は権大納言に留まり、強いて言うなら三人の権大納言の中で次席から主席に上がりはしたもののそれだけだ。それでも彼は満足だろう。

行成は権大納言昇進と同時に大宰権帥を辞した。結局筑紫に下向しないまま一年足らずで職を去った彼の後釜には、権中納言源経房が任じられた。

廿三　かくよく【鶴翼】

報復人事の発令を受け、それなりに批判の声は上がった。

「入道殿も横暴な」

「元より、去年の冬に太皇太后宮大夫が致仕《ちじ》となりたまいける折に、前帥殿を差し置き五の君を押して大納言に加階させたまいけるもあまりと言わばあまり」

「それ、その太皇太后宮大夫は、このほど民部卿《みんぶきょう》にならせたまうとか。致仕の御身で聞かざること」

不満の滲む噂を、隆家は薄い笑みを浮かべつつ聞くともなしに聞いていた。隆家が中納言に留め置かれるのは、刀伊の入寇後に限ってもこれで二度目だ。昨年の冬、権大納言　源　俊賢《みなもとのとしかた》が辞任し、その後釜に隆家を飛び越えて座ったのは道長の五男教通である。手を付けた女官が義兄とも関係を持っていたため、回り回ってつい最近隆家の浮気を牽制し浮気相手を脅迫するネタに使われた教通である。

源俊賢は主に一条朝にあって左大臣道長を支えたいわゆる寛弘《かんこう》の四納言の最年長であり、経房の異母兄でもある。昨年太政官を退き、兼職の治部《じぶ》卿と太皇太后宮大夫のみを残して半隠居状態にあった。治部卿は外交と、戸籍のうち姓名関係と、儀礼とを司る治部省の長官である。だが遣唐使が廃止されて百年以上経つ今となっては外事も何もあったものではなく大宰府にその役割を奪われ、戸籍の姓名関連業務も八色《やくさ》の姓《かばね》がほとんどすべて朝臣《あそん》に収斂《しゅうれん》していく中では管理も何もなく、儀礼は元より政治的な重要性は高くない。要はお飾りの職で、太皇太后宮職も時の太后彰子の御所では判官たる大進が良く精勤しているので、上役たる長官の仕事はごく少ないだろう。つまるところ俊賢は事実上引退したものと見られていた。

道長と頼通は、引退した彼を引っ張り出して民部卿に任じたのである。あまり、というか全く前例のないことであった。民部省は租税を司り、同じ八省の一とはいえその重要性は治部省とは比べ物にもならない要職であった。

「我が忠実《まめ》に大内裏に日勤したるが故に警《いまし》めたまうや。さて、いま少し牙を隠したるべきにや」

「勘のええことや」

「何の、式部卿宮。務めに励まれるはよろしき事、迷わず参上したまえ」

無茶な八省卿人事は、隆家に公卿を切り崩させまいとするだけでなく、太政官の下に位置する八省の懐柔を許さぬという姿勢の現れだろう。関白などという最高位に昇れば足元の八省など低すぎて見えないかと思ったが、道長が後ろについているとさすがに抜け目がない。隆家が式部省の長官を婿として抱え込んだことを、叔父は見過ごしはしなかった。

式部省は人事を統括し八省のうちでも一、二を争う重要度であるため、その長官には親王のみが任ぜられる慣例が出来上がっていた。二百年も続けば親王長官たる式部卿宮は才覚よりもただ血の尊さが物を言う名誉職に変じたが、だからといって実際に仕事をしてはいけない理屈はない。敦儀親王は、隆家の中納言家に婿入りする話が公になるやいなや動いた。自ら大内裏の式部省舎に出勤し、業務の掌握に乗り出したのである。すべてを自分で決定するのは不可能だが、文官人事の最終的な裁可には式部卿の承認を要するため、単にその気になるだけである程度の実権を手にすることができた。後はどれだけ式部省の部下が従順に付き従うかだが――

「貴族ならざる者共は、公卿よりはるかに厳しく、しかして度し易し。精勤は褒め、怠惰を咎む。見貶《みおと》さず、折々に言葉を掛く。後はこの血が良う物を言い候」

敦儀親王は部下の人心掌握にもあまり苦労はしていないようだった。下級役人は公卿よりも実務を見る目が厳しいが、長官として単純に依怙贔屓せず良きを褒め悪しきを叱り友好的に挨拶を交わせば、あとは皇族の地位が物を言って勝手に心酔してくれる、と言う。その、依怙贔屓せず公平に評価し見下さずに言葉を交わすというのが、柵《しがらみ》だらけの家に生まれ傅かれて育った皇族や公卿にとっては時として酷く難しいのだが、敦儀親王にはわけもないことのようだった。

「宮の御心栄えこそいとをかしけれ」

姫君が頬を染めて敦儀親王にしなだれかかる。近い。――確かに、敦儀親王はそもそも物言いや物腰が柔らかい。高貴で優美だが、取っ付きにくさは感じさせない。それは得難い資質だった。――それはそれとして、姫君と敦儀親王の距離が近い。親王も機嫌良く華奢な肩を抱いている場合ではない、正式な婚儀はまだだというのに。

隆家は咳払いした。

「通任殿は大蔵卿に。こなたが都の蔵を押さえては、税のみは何としても、というところかな」

春日祭の翌日に集った面々のうち、敦儀親王の叔父の参議通任はこの度の人事で修理大夫を離れ大蔵卿に任じられた。言わずもがな財政を司る要職である。道長と頼通の親子は、通任に対しては報復ではなく懐柔を選んだのか、あるいはただでさえ落ち目の小一条流をこれ以上冷遇してはそれこそ反旗を翻されると踏んだのか。何にせよ、敦儀親王に近いところにそうして公の蔵を預けることになったからには、俊賢を引っ張り出してでも自分の陣営を固めておきたかったのだろう。八省は既に拮抗状態にあった。

「あとは武官か……」

式部省は武官人事にも一定の影響力があるし、隣の右大将に甥の左中将に婿の右中将に息子の右少将と左少将、とくれば悪くはないのかもしれないが、一方で息子と婿と甥にはさっさと昇進してもらわねば困るので、下から突き上げる力を維持するにはまだ別の手を打つ必要がある。だが隆家の言葉に敦儀親王は軽く手を振った。

「御案じ召されずとも、前帥殿は武を心得たる者どもや下々への聞こえはいとよろしければ。今に至りても前帥あるいは帥殿と呼ばれたまいて、新大納言も源中納言も立場なし」

敦儀親王の言う通り、隆家は血気盛んな衆や庶民には妙に人気がある。下手な流行歌まで作られる始末だ。それを承知で道長の息の掛かった公卿上層部より――隆家より高位で堂々と道長に否やを唱えることが出来る者は実資だけだ――下からの突き崩しを狙った。わかりやすい武勲は人を惹きつけ、前任の大宰権帥が複数ある今でも単に前帥と言えば隆家を指す。何ならいまだに帥殿と畏敬を込めて呼ばれることすらあるくらいには功名が世に通っていた。ただ家来を見てみると、浮気の口止めに嫁を紹介しろだの洗濯物を取り込まねばならないから討ち入りに同行したくないだの、主君を主君とも思わぬ軽口を叩かれてばかりいるし、親しまれているには違いないがこれはどちらかと言うと侮られているような――だが、まあ良い。何にせよ、敦儀親王が宮中人事の掌握に動くなら、武官の懐柔くらいは隆家が引き受けないわけにはいかないだろう。

八省は、と敦儀親王は続ける。

「中務《なかつかさ》には知己多かれど、いま一手を打つべきにやあらん」

中務省は天皇を補佐し、詔勅や叙位に関わる。八省のうち最重要部署とされ、その長官に就任できるのは親王に限られるが、式部卿より名誉職の色合いが薄く、中務卿に相応しい親王がいない場合は空位となる。式部卿宮は今年初めに配置換えになるまでは六年半にわたり中務卿を務めていたが、今は直接の影響力を持たない。

「皇后より主上に、敦平《あつひら》を任ずべき由請い願い奉りたまわん」

「――三宮がこの隆家と協調なさるとは思われねども」

「致すとも。前帥殿、先日の無礼はただ羨《とも》しさの裏返しに候」

隆家は苦笑した。素直でない親王殿下の相手はややこしい。自分は皇子が憧れるような立場でもないと思うのだが、人の心は量り難い。

諸親王のうち第一席の者は、八省卿のうち最重要の中務卿ではなく、式部卿に任じられる慣例がある。小一条院も東宮に立つ前は式部卿宮と呼ばれ、生前の敦康親王も東宮に立てなかった見返りに一品式部卿に任じられた。それはおそらく、東宮に次ぐ高位の皇位継承権者に中務卿として詔勅を司らせては、利益相反により聖務が滞りかねないという配慮によるものだろう。だが現状中務卿の候補者は敦儀親王の弟しかいないので、かえって八省の上位二省をこちら側で押さえることが出来る。

　まあそれは、上手くいけば儲けものくらいの人事だ。皇族のことはいかなさがな者でも、物理的手段以外の手は出せない。穏当な方向で行くなら婿殿のお手並み拝見といこう。――とはいえ、まだ婿ではない。

「姫。紫染めは如何様にかある。見とらんでええんか」

　そろそろ離れてほしい。姫君は身を起こして敦儀親王から身体を離し、ぱん、と手を打った。それを合図に布地を持った女房がしずしずと入ってくる。

「宮、新年の御装束の織りと染めまではかように。御気に召さばこれより縫いに掛かり参らせ候《さぶらう》、さなくば別の布を染め直して。――如何に思し召すや？」

「――これを、姫が？」

　姫君はわずかに緊張した面持ちで頷いた。そんな殊勝な顔を父にはついぞ見せたことがないくせに、と少し面白くない。紫に染め抜いた雲鶴文様《うんかくもんよう》の織物は、色といい織りの出方といい文句なしに一級品の出来栄えだった。気に入らないなどと言ったら一発殴ってやる、と拳を袖の中で握った時、敦儀親王は姫君に満面の笑みを向けた。

「かかる織物より美しきは、姫の他にはつゆ見ざり。げに忝く《かたじけな》、成り合う日が今より待ち遠し」

　ぱっと姫君の顔が明るくなった。満点の褒め言葉を得た姫君は、正月までに急いで仕上げると言って退出した。よし結構、いちゃつくなら結婚してからにしてくれ。

「――所顕しも経ざるに、中納言殿、かかる婿傅きはまことに有り難く忝く存ず。何せ、宮筋などというものは手元不如意にて」

「僭上《せんしょう》は当家の一の才にてな。されども、かかる装束にて表におわしまさば、いよいよ後戻りは叶わじ。御心構えは？」

紫は三位以上の高位しか許されぬ上、その染めの難度から否が応にも自己の権勢を見せつけることになる色である。そして雲居に鶴は、親王でなくては着用を許されない特別の文様だ。その出で立ちで公に姿を現すのは、我ここにありと高らかに名乗りを上げて宣戦布告するに等しい。まして仕立てたのが隆家の中納言家と知られたら、それは正式な隆家方に立っての参戦の合図である。今でも足繁く通っている彼の意図など周囲にも明らかだが、それでも表向きは一応道長に譲歩して婚姻を延引したことになっている敦儀親王としては、建前だけでもあまり露骨なことはしないという選択もあり得るはずだ。

敦儀親王は涼しい顔で「今更」とだけ応えた。男の新年の装束の用意は正妻の役割である。だが所顕しも経ていない現段階では手を出しても良いものかどうか隆家と姫君が悩んでいると、敦儀親王のほうから頭を下げてきた。親王家は実入りが少なく、良い歳をして母皇后に援助を願うのも情けなく、と腰低く告げたが、無論そんなものは建前に決まっている。三条流の親王家が本当に手元不如意なら、新大蔵卿通任が多少の無理をしてでも何とかするだろう。方便を用いて、大宰権帥を経て財力が有り余っている隆家が自身に恩を売る機会を差し出してきたのである。

黙っていると、敦儀親王はしばし遠つ方を見遣ってから、ぽつりぽつりと話しだした。言葉は隆家に語りかけていたが、その声はただ自らの裡に反響するようだった。

「……中納言殿。なべて世にあるすべての望みを断たれし時の諦観を御存知か。中納言殿も我も、まことの望みは彼方の恐るるよりも小さきに、挫き屠りたる方々はそれを知りもせで怯《おび》ゆ。一矢つがわば千の弓兵あらんとばかりに——さてもさても。心にもあらで憂き世に永らえば、恋しかるは月の光ほどに侘びしげなるに、恐れに曇りたる眼《まなこ》は日輪の眩しさをいみじと。ただ月夜に夢を見らるるならばよろしきものを」

真意は特に伝わらなくてもいいのだろう。主語を省き取っ散らかった語りは表面上はまったくもって意味不明だった。だが、隆家には何となくその意が察せられた。なるほど、敦儀親王は隆家の思惑まで悟って、その上で乗るつもりらしい。

少しの沈黙を置いてから、隆家はぱんと手を叩いた。敦儀親王ははっとしたように視線を同じ局の中に戻す。

「承知。さらば、年が明けなば姫の手による装束にて、大いに艶《えん》立《だ》ち時めかれよ。しかる後に、三日通わせたまえ。一世一代の宴を行わん」

敦儀親王は微かに笑みを浮かべ、暇乞いの所作をした。去り際に、辞去の挨拶に代えて彼が口にしたのは姫君への想いだった。

「中納言殿の姫は、月影よりも清けく夢よりも美し。火に焦がれ身を焼く蝶の心もかばかりかと」

「当然」

謙遜もせず姫君への褒め言葉に胸を張ると、敦儀親王は微苦笑して局を出て行く。しばらくすると、どこからともなく箏の音が聴こえてきた。二台で合奏しているようで、比較的易しい単音の旋律を、超絶技巧の伴奏が支える。いつか皇后御所で聴いた曲だった。敦儀親王は、装束の仕立ての手を止めさせて、姫君との合奏を所望したらしい。

「……姫の気に入らば、相手の心など如何にても良かれど」

隆家はぽつりと呟く。何とはなしに北を見た。

「――叔父上。隆家の婿殿は、思いたるよりも強者《つわもの》や。何もかも承知の上にて矢面に立たんと。さてもさても、恨まれたるもんやな。さらば将としてはしばし後陣に控えん。年改まらば我が家の晴れがましき婚儀も見そなわせ」

策謀を巡らすのは隆家の得意とするところではないが、この際そんなことは言っていられない。式部省に加え中務省の押さえは敦儀親王がやる気満々なので任せるとして、その間の喧嘩の手は、と考える。

　正月の装束での挑発は良いが、今年は閏月《うるうづき》があるので一月はまだ先だ。その間にもう二つ三つ挑発をしておきたいところだったが、不測の事態により多少手を緩めざるを得なくなった。十二月の半ばに道長は山寺での受戒のために数日都を離れ、戻ってきたと思ったらまた火事に見舞われたのである。火の手が上がったのは土御門殿の東側に建設途中だった無量寿院《むりょうじゅいん》で、疫病対策に今年の初めから阿弥陀堂の建立が行われていたが、その北の小宅が焼けたということだった。

「雉が内裏に迷い込み卜の卦は火と戦、雉小南に舞い降りて土御門殿焼け落ちぬ――で、次は無量寿院かい。我が贈りたる唐の綾錦も焼けたるかな。あまり気落ちされても困るんやわ」

　下準備だけはしつつもしばし様子見に転じる。正月を待ちながら、隆家は行く年を見送った。

廿四　かへるとし【返る年】

年が明けた。四十三歳になった実感は湧かない。

敦儀親王の装束は、漣《さざなみ》を起こしはしたようだった。見た者は誰もがその見事さを褒めそやした。褒めた後で、声を潜めて囁く。去年までとはまるで趣向が違うのは何故か、と。答えがあまりにも明らかな問いだったので、何となく誰もが声高に口にするのは避けた。

言わずもがな、姫君が染めに心血を注いだ後、若君が正確無比な針使いで縫い上げた傑作である。兼経はまだ喪中なので晴れ着の準備も何もなく、若君は持て余した裁縫の腕をありったけ義兄の装束に向けた。その際、今後兼経に衣服を仕立てる際には姉が染色に協力する旨の約束を取り付けていたのは抜かりがないというか何というか。

とはいえ、たかが装束ひとつで起きる波など程度は知れている。一月には正月の祝いや春の除目など都は忙しい。しかし春の除目は基本的に外官の人事なので、中央政界はさほどに騒がしくはない。中納言家では強いて言えば嫡子の左近少将経輔が備後《びんご》介《すけ》に任じられたくらいだ。

「行くか？　備後。わぬしの祖父君《おおぢ》も若かりし頃は左近少将と備後介を兼ねたり」

「えー……」

十六歳になった経輔は都で遊んでいたいお年頃らしく遙任《ようにん》を選んだ。

遡ること十数日前には、道長は法性寺にて修正月会《しゅしょうがつえ》を行い、新年の国家安泰、五穀豊穣を厳かに祈願し、華やかな宴を催したという。元気になったようなので、隆家は遠慮なく次の手を打った。

「──改元？」

「辛酉《しんゆう》革命の年ゆえ、しかるべく」

寛仁五年の干支は辛《かのと》の酉《とり》である。人の心が冷酷に染まりやすいとされ、血をもって天命が革《あらた》まる卦の年と言われる。天子にとっては不吉な干支のため、元号を改めて革命を装い、代替わりを避ける慣習があった。

改元の提案を隆家に教唆された敦儀親王は、少々訝しげだった。

「中納言殿がかような卦を気に掛けたもうとは思いの外なり」

「別に毛ほども。形ばかりなればこそ、式部卿宮ここにありと世に示すも一興かと」

「──前帥中納言隆家卿ここにあり、ならで？」

どちらでも変わらない。辛酉の不吉も何も真剣に信じていない隆家にとって重要なのは、皇位継承順位暫定二位の敦儀親王から改元を提案することの政治的影響だった。

どのみち改元が既定路線なら、敦儀親王を発起人に加えて存在感を誇示しておいたほうがいい。隆家に婿取られようとしている敦儀親王がその意見を朝廷に通す例を作る絶好の機会だった。事が事だけに先方は却下もできないはずだ。六十年毎の慣例に背くことになるし、加えて辛酉の性質上、改元の否定は革命——すなわち隆家が武力でもって敦儀親王に帝位を簒奪させることを想起させる。正月の晴れ着で周囲を多少挑発した敦儀親王は、反逆の意図はなし、と改元の提案をもって示すことで、かえって朝廷の祭祀に自らの意向を反映させる例を作ることができる。今上帝が幸いにも病から快復した今、表向きだけでも恭順を取り繕うことも、形の上だけでも朝廷に意見を通すことも、どちらも有効な手であった。ただ人を遣わして手紙を一本書くだけで良いのだから一石二鳥のお手軽な策だ。

今年が辛酉なのは僥倖だった。やはり隆家は悪運が強いのかもしれない。

敦儀親王は頷き、式部省の次官たる式部大輔に宛てて明朝皇后御所に参上せよとの命を持たせた随身を遣わしてから、隆家に向き直った。

「中納言殿がかく深謀遠慮を巡らせたまうとは思いかけぬことなり」

——娘どもに決まっとるやろが。

隆家は苦笑する。こんな頭を使う口手八丁舌先三寸の策略は、頭より口より先に手と足が動く性質の自分には最も不向きな仕事だった。しかし二人の娘は、特に次女は、この手の策謀が大得意である。和泉式部を天橋立に追いやったのも同じ乗りだったのだろうな、と容易に見て取れるほど嬉々として暦を引いた。

とはいえその片割れは今は拗ねた顔である。

「三日夜通いの一夜目に、迎うる方の主が対の屋まで赴いて何を色気のない話を」

正月気分が落ち着いた頃、隆家は改めて敦儀親王に三日夜通いを要請し、方々に所顕しの招待状を送った。一月二十八日に、敦儀親王は通い初めた。既に入り浸っている身なので、三日夜通いの打診も、二日連続で明け方には早々に帰れ、その後盛装して宴に出ろ、という以上の意味はない。だが若い女の不思議なところで、それでも大いに気分が変わるらしく、隆家はいつにも増して如実に邪魔者扱いされ姫君にしっしっと手を振られた。

「これは畏《かしこ》し。――中納言殿、願わくは有明の月見酒は我と姫のみにて」

今更初夜も何もなかろうに若くてお盛んで結構なことで、と腐りつつ隆家は寝殿に戻って北の方と共寝した。恋に燃え上がった娘に邪険にされたのは妻も同じだった。

「餅は搗きたるか？　蔵に、何某《なにがし》の荘園からの米があり。あれは旨い、使え」

「……殿？　前《さき》の折に並の米を使えと仰せられたるは、よもや入道殿が延引の由を申し入れたまうを期《ご》して？」

「何や、今更思い及びたるか」

「殿！　あなうたて、姫に何たる性無《さがな》き僻事《ひがごと》を！」

――本人が怒っとらんのやからええやろが。

まさか気づかれていないとは思わず、不用意に虎の尾を踏んでしまった。きゃんきゃんと言い慕る妻の小言を最初は大人しく聞いていたが、こうしている間にも姫君は砂を吐くほど甘い夜を楽しんでいるのだと思うと次第に苛立ちが募り、ついには妻を褥に引き倒した。

「黙《あなかま》。さがな者がさがな事をして何が悪い。姫のためを思わば三日夜に騒ぐな」

妻はぷりぷりと怒っていたが、それでも、まあ――その夜はお互いまだ若いことを再確認した。若者の力は周りを引き込む力もあるらしい。何ともはや。

とはいえ翌日は昼まで寝腐っていたあたりは歳かもしれない。隆家が目を覚ますと隣に妻の姿はなく、女房に尋ねると御厨子所《みずしどころ》で三日夜の餅の試作に精を出しているとのことだった。元気なことだ。真実若い人間はさらに元気で、隆家が起き出した時には敦儀親王はもう辞去していた。勤勉な性質らしく、朝から式部大輔を通じてかくの如く道長に諮問する手筈を整えたという。

『辛酉によりて改元あるべかしく存ず。乾綱、嘉保はた喜祥とも、村上の先帝に肖《あ》ゆるや如何。卿相より宜しく主上に奉らせたまえかし』

どうせ夕刻には再訪するのに写しを添付した文でも報せてくるとは律儀だ。敦儀親王が提示したのは村上御記に記載のある元号候補で、村上天皇の御世には俎上に挙がったものの採用されなかった。しかし後世には改元の動きがある度に引かれる。いちいち四書五経を参照してしかるべき二字を選び出すより、聖帝と理想化される村上天皇御自ら書き残された日記に起源を求めるほうが無難で簡便だからである。

道長と頼通にとっての問題は、その文句のつけようのない提案が、敦儀親王からなされたことにある。役職からいって当然の進言であるが、敦儀親王からなく村上天皇の曾孫にあたる皇子である上に、村上帝から箏を受け継いだのは今上帝と同じく東宮でもなく敦儀親王であることを併せ考えれば、嫌でも不穏な含みが臭う。隆家からの数々の挑発を経た上では尚更だった。

反応が返ってくるまでには一両日は掛かるだろう。敦儀親王は式部大輔を単身遣わすのではなく、他の公卿らが参入する予定である翌二月一日に合わせて彼らの面前で道長に諮るよう指示した。示威行為は人目がないと意味がない。

二日目の夜にそう当人から報告を受けて、やはり燃え上がる若い二人をよそに隆家は独りごちる。

「さて、如何《いかが》なさる？　我が家の所顕しを座して待つとは叔父上めかしからず」

結果として隆家は正しく、道長は三日夜通いの成就をただ指を咥えて見ていることはなかった。

寛仁五年二月一日の披露宴の日、予定より早くまだ日の高いうちから、先触れもなく敦儀親王が訪れた。姫君の仕立てた紫に雲鶴文様の袍を石帯《せきたい》で着付けた布袴《ほうこ》姿で、武官姿の若い男を伴っていた。供は、隆家には馴染みの顔だった。

「良頼《よしより》？」

「父上。今夕、尚侍《かん》の君が東宮に参らるる由。源中納言も供奉したまわん」

別居の長男が単刀直入に告げた内容を咀嚼した後、隆家は爆笑した。

笑い過ぎて腹が痛い。

「この隆家の婿取りの日に、敢えて末娘を東宮に入侍さすとは！　は、腹が捩《よじ》らる、苦しい！　さてもさても、如何にも式部卿宮は皇后が御子なり、さありしかど！」

尚侍の君とは、道長の六女藤原嬉子のことである。三后と関白頼通と権大納言教通の同母妹で今年十五歳になったばかりの、当代随一の后がねの姫君であった。尚侍《ないしのかみ》は後宮官司たる内侍司《ないしのつかさ》の長官であるが、その職務の重要性から女御に立ってもおかしくない身分の女性が任官され、職務の性質上天皇に近侍するので、いつしか后妃に準ずる位に変化した。嬉子の尚侍任官は三年前のことで、十二歳の少女に女官を統括する職務の遂行など誰も期待せず、彼女は出仕すらせずに父道長の邸で過ごした。世間にはいずれ入内するものと見られたが、尚侍の官職に今やそれ以上の意味はなかった。

今上帝には既に嬉子の三姉威子が入内し中宮に立っているため、嬉子の相手はその弟の東宮敦良《あつなが》親王である。今年十三歳になった東宮は、今上帝と同じく太皇太后彰子を母とするため、今上帝と中宮威子の夫妻と同様、東宮と嬉子も甥と叔母の結婚となる。皇統にはよくあることだった。

よくある話の既定路線は驚くには当たらず、問題はその時期だった。よりによって今日、姫君と敦儀親王の婚礼の日にぶつけてくるとは。そのあからさまな妨害の意図もさることながら、笑えて仕方ないのはそれが二番煎じであることだった。

いつか経房を怒鳴りつけたのと同じ口調で、姫君は鋭く批難する。

「皇后宮《きさいのみや》の立后の日とさながら同じ行いをなさるとは、入道殿は九年の時をただ徒《いたづら》に重ねたるのみとぞ見ゆる。恥ずかしくも芸のなきこと！」

隆家は最後までは言わなかったのだが、長女には遠慮も容赦もなかった。道長の叔父は、かつて敦儀親王の母娍子が皇后に冊立される際、これを挫くために敢えて同日に自分の娘妍子を参内させ、諸卿に供奉を命じた。まさか性懲りも恥も外聞もなく同じ手で来るとは、出家の身で泥臭い手も厭わない御様子、大変愉快――あかん、笑い死ぬ。

「笑い事やないと思うて参りましたるが、中納言殿はさすが」

感心したような敦儀親王に、隆家は涙を拭いつつやっとのことで返す。

「宮、これが笑わいでか！　――良頼、父はな、わぬしが舅殿にも言うたるぞ。この隆家が皇太后の入内の折にいずこにて何をしたるか覚えては、とな。しかも立后の儀と異なりて婚礼など夫婦がおれば良し、客は欠くべからざるに非ずして、何の障りかあらん。入道殿もそれを知らぬべき様もなし、しかして猶《なお》なさるとは、よほどに腹に据えかねたりと見ゆ！」

齢五十六の受戒までした僧形の男が、二番煎じの無様も構わず随分大人気ない手に出てきてくれたものだ。同じ土俵に下りてきてもらった隆家としては万々歳である。挑発を重ねてきた甲斐があった。

「さりては、所顕しは」

「いずこの宴よりも華やかに執り行わん」

敦儀親王はやっと少し微笑んだ。覚悟を決めたつもりでも若い身では動揺することも多いようだが、隆家はもう四十三である。思えば父の享年に並んでしまった。

隆家の感慨をよそに、少しだけ気まずげに敦儀親王が注進してくる。

「諸卿は尚侍の入内に供奉すべからく、その――大蔵卿も」

参議大蔵卿通任、皇后娍子の実弟すなわち敦儀親王の叔父である彼も、今夜は向こう側につくつもりらしかった。隆家は鷹揚に頷く。

「よろしやないか。元より我らが往くは覇道邪道なれば、迷いを捨つるは難し。板挟みにて苦しますよりは、内裏の情を持ち帰りたまわば上々。故大納言の後任の皇太后宮大夫に先日任ぜられたりとあらば、今は目立つことのなさりようもあるまじ」

嬉子の東宮入侍が隆家にとっては何の痛手にもならないことは、道長はとっくに承知の上だろう。九年前の立后の儀を思い起こさずとも、道長の叔父は隆家の性格をよく知っている。だから彼の思惑は、隆家自身に打撃を与えることではなく、周囲の人間を引き離すことにこそあるはずだ。誰も彼も、隆家ほど平気な顔をして道長に楯突くことはできない。

であれば、思惑通りに大蔵卿通任を蹴り出してやることはない。板挟みで締め付けた挙句に首につけた縄を捻り切られるより、縄を長くして靡《なび》くなら靡くままにしておき、後で引き戻せるようにしておいたほうがいい。通任は正月に跡取り息子が叙爵し表舞台に出てきたばかりで、今上帝も快復したことだし当面は大人しくしていたいのだろう。事情はわかるのでしばらくは放っておこうと決めた。何より、通任にはおそらく実姉の皇后娍子から二言三言あるだろう。追い打ちを掛けるには及ばない。

敦儀親王曰く、皇后娍子自身は来賓の意思があるようだった。一騎当千の箝付けだ。令に定められた序列は、東宮より皇后のほうが高い。

「さあ、宴や！　各方、用意召されよ」

隆家の号令に一同は弛緩し、それからわっと活気づいた。

最後の準備の間に、隆家は隣家に文を遣わした。隣の儀礼の生き字引に、婚礼の照明について問い合わせるためである。婚儀は華燭の典礼と呼ばれるほどに明かりの作法が細かに定められている。間違いがないか確かめてくれ——という名目で改めて招待した。招待状は既に方々に発していたが、事がこう運んだ以上は身内以外は来るつもりがあっても来づらいだろうから、適当な口実で最後の一押しをした。通任と違って彼は別に道長の威光は気にかけないし、むしろこういう時に来訪を請わねば気を悪くするくらいの親しい関係ではあった。果たして彼は喜び勇んでやってきた。

「いとめでたし」

「忝《かたじけな》く、実資殿。宮中には?」

「尚侍の関白殿の養子となりて東宮に参らるるも、改元の沙汰も、内儀の外は甚だ益無きなり」

特に道長の一派というわけでもない実資は議論から弾き出されたので、密談の蚊帳の外にあっては参内したところで意味がない、とのことだった。そういう現実主義的なところで気が合うから、この隣人は慕わしい。

所顕しは賑やかしく行われた。宵の庭では良頼と経輔が舞を披露した。奇しくも右近少将、左近少将と対になるような役職にある二人は、異母兄弟で別居のくせに妙に息がぴったりだった。それほど、姉の晴れ舞台で失態を犯すのは怖いらしい。隆家にもよくわかる、長姉には何をどうしても敵わないものだ。これはもう理屈ではなく、弟として生まれた者の宿業だった。

供された三日夜の餅を食した敦儀親王は軽く目を瞠《みは》った。北の方は最高級の米で会心の出来の餅を作り上げたようで、花婿の手は止まらず危うく慣例に反して最後の一個に手を伸ばしかけた。そこではっと気づいて名残惜しそうに引っ込める。三日夜の餅を、婿は食べきらないのが決まりだった。その様子を御簾越しにうっとりと見つめる姫君の視線の流れ矢が隆家にもちくちくと刺さった。こういう、可愛げとでも言うのだろうか、常は年上らしく穏やかで理知的な敦儀親王のたまに見せる無邪気さが姫君にはたまらないようだった。勝手にやっとれ、と思いつつも御簾の向こうの花嫁の様子を窺うと、姫君も姫君で餅をひとつふたつは口にしているようなので、隆家は満足だった。

隆家の大炊御門第に行啓《ぎょうけい》した皇后は、御自ら箏で祝いの曲を奏でた。敦儀親王を上回る達人の腕前で奏でられた旋律に、姫君は感動して涙さえ浮かべているようだった。多分、折角の晴れ着の裾で顔を覆ったからにはそういうことなのだろう。

宴もたけなわの頃に、酒を何杯か聞《きこ》し召した敦儀親王は、心持ちとろんとした目で新月の空を見上げつつ、隆家に語りかける。

「心にもあらでうき世に永らえば恋しかるべき夜半の月かな――父帝隠れさせたまいしより我が心は常に朔月《さくづき》にて、美しき月はただ夢にのみぞ見る。今もまたそれは変わらず、現《うつつ》に月は昇らでただ夢の中に求めらるるのみ。されども露とも思わざりけり、同じ夢を共に見る人のあらんとは。共にあるのみにて、惜しみつつ恋しかるべき月の影が、いとど楽しげに輝かんとは。

岳父殿。式部卿の身を欲したまわば、心のままに乗ぜられよ。その代《しろ》ははや我に与えられければ。仮初のうき世なればこそ、しばし美しき姫と共に夢を見め」

こうやって、敦儀親王も若君も容易く隆家の真の思惑を見抜くのに、何故道長の叔父や実資は気づかないのか、と時折思う。姫君は――薄々察してはいるかもしれないが、きっと必死で目を背けている。それでいい。長女には、余計なことを思い悩む暇などないのだから。ただ恋に舞い上がり熱に浮かされたまま突き進んで、幸せになればいい。

言われた通り、元より利用してやるつもりの相手ではあったが、意図を見抜いた上で反発もせず全面的に協力を申し出られると少々調子が狂う。だが姫君のためにはそれが一番良いので、自分の天の邪鬼な心の出る幕はない。

隆家は従僕に命じ、敦儀親王の沓《くつ》を持ってこさせた。婿に見えるように掲げ持ち、それから懐に抱く。敦儀親王は何の躊躇もなく頷いた。

婚礼の夜、舅は婿の沓を抱いて寝る慣わしがある。婿君を家から逃さないまじないだ。敦儀親王の心は自ら沓を差し出してきた。

「――飲み過ぐしたまうなよ。三日夜はこれからや、使い物にならねば困《こう》ず」

敦儀親王は微笑んで盃を置き、その表情のまま御簾の向こうの姫君を振り返った。

姫君もはにかんで笑みを返す気配があった。

廿五　りょぐゎい【慮外】

　翌朝、もう明け方に帰っていく必要がなくなった敦儀親王は、大いに姫君と朝寝を貪っていた——ところを、隆家は姫君ともども叩き起こさざるを得なかった。いちゃついているのが気に食わなかったわけではない、少ししか。父親の心とは不思議なもので、自分で迎えた婿でも度々こんな気分になる。清少納言も「有り難きもの、舅に褒めらるる婿の君」と書き記していたので、世間一般にそういうものなのだろう。『枕草紙』では隆家の軽口なども余す所無く書き残して喧伝してくれたが、たまには含蓄ある記述もある。

「如何《いかが》なされたるか、中納言殿」

「式部大輔の着座、停止さるる由」

　几帳の奥の敦儀親王は瞬時に跳ね起き、茵《しとね》に座り直した。隣の情報通からの報で、昨夜大いに歓待した甲斐あって最新の宮中事情が早朝に隆家の元に届けられた。

「中納言殿、改元の陣定《じんのさだめ》は？」

「未だ告げなけれど、本日のうちには必ず」

几帳越しに、歯の裏で何かが詰まるような音がした。敦儀親王は、おそらく舌打ちしようとしたところを、すんでのところで堪えたのだろう。根っから品のいいことだ。

本日、陣定が開かれ改元についての閣議が行われるのはほぼ確実だった。陣定への参加資格があるのは関白以外の公卿で、昨年の十一月末に新たに参議に昇進して公卿入りした二人、四条大納言公任の嫡男定頼と、式部大輔藤原広業《ひろなり》もそれに含まれる。ところが、後者にはしばらく出席停止の措置が取られるという。

敦儀親王が式部卿として道長の元に式部大輔を遣わして行った改元提案と無関係であるはずがない。道長の叔父は迅速だった。

「式部大輔とは、如何《いか》なる者に候《そうろう》か」

宮中の顔触れに疎い隆家は、式部省において渦中の人物の直属の上司である婿に尋ねる。「広業は」と敦儀親王は淀みなく説明した。

「儒者なり。齢は既に四十の半ば。我が父帝が東宮と聞こえし時は東宮学士を務め、今東宮にも同じ職にて奉仕す。文章博士にもなりたる文の人で、その才は入道殿の覚えもめでたく。そがために遣わしけるに、着座の停止とは――思い切りたることを」

なるほど、と隆家は頷く。部下とはいえ、ただ式部卿宮からの提案を持たせるだけなら、参議式部大輔はいささか大物すぎる。使者に立てるなら公卿の一、式部省の次官でなくとも、いくらでも使い走りに相応しい人材はいるはずだ。敢えて組織の第二席を引っ張り出したのは、昔からその学識を重んじられた彼の進言なら道長も無視は出来まいと踏んでのことだったのだろう。

「賭けに出でられたるな。入道殿にかかるほどに近ければ、御教書《みきょうしょ》を握りつぶすやもとは思《おぼ》さざりけりや」

「令旨《りょうじ》」

敦儀親王の膝を枕に、まだ眠たげな声で姫君が口を挟んでくる。御教書とは三位以上の高位の者が発する命令書である。令旨は本来は三后もしくは皇太子の命令を伝える文書であったが、最近は親王から発せられる物も指す。言葉尻はどうでもいい、というか父親の眼前で臆面もなく男の膝にしなだれかかるとは我が娘ながらどういう神経だろう。親の顔が見たい——後で北の方に鏡箱を持ってこさせよう。

敦儀親王は姫君の髪を優しく撫でる。

「広業は良くも悪くも学者にて、宮中の争いには疎し。誰の言《げん》なりともげにと思わば従い候。我が改元の教書につけても何も疑わず。村上御記に依るべきも道理と思案したれば、村上の先帝が主上と我の御祖《みおや》におわしますことも、我がその箏を受け継ぎたることも、思い及ばすことなし」

「令旨！」

真剣な話をしていても、姫君の拗ねたような声に敦儀親王は相好を崩す。「さようさよう、令旨な令旨」と鸚鵡返しして膝の上に流れる髪を弄んだ。新婚とはこんなものだったろうか、と隆家が我が身を振り返れば、確か親掛かりの結婚だった最初の妻とは舅がどれだけ遅くまで起きて待って丁寧な婿傅きをしようとすぐに夜離《よが》れて別の女のところに通ったので、敦儀親王には他山の石以上の参考にはしないでもらいたい。

それはともかく、新参議兼式部大輔広業は平たく言えば学者馬鹿で、政治の世界の派閥争いも何もとんと気に掛けない類の人間らしかった。正論しか通じず融通が利かず、現実的な妥協策より机上の空論を追い求める。皇太后妍子とは違う意味で、あまり近づけると厄介そうだった。

それは先方にも同じで、だからこそ彼は陣定を弾き出されるのだろう。だが、参議昇進から三月《みつき》も経った今になっての出席停止となると、改元の議題が契機となったことはもはや疑いない。最新参であるために陣定においては最初の発言権を有する彼に――陣定は最下位から意見を述べ上卿は最後とされる慣わしである――文句のつけようのない改元案を出されることを誰かが嫌ったのだ。

――何ともはや、矢継ぎ早に。

道長の叔父が立て続けに反撃してきてくれたからには、こちらも迎え撃たなければならない。隆家の気分は高揚した。

とにかく、若い夫婦には着替えて食事を摂るように伝えてから一度寝殿に戻って次の手を考えていると、申《さる》の刻ばかりに左大臣の使いがやって来た。予想通り、改元を議題に閣議を行う旨の、陣定への招集通知だった。

「若、少し来《こ》よ。そこの、姫の局の御簾の内に几帳を立てて若の席を作れ」

若君に声を掛けて隆家は次女を伴い再び姫君の局に向かう。敦儀親王がまだそこにいる以上、若君は彼と直に顔を合わせるわけにはいかない。家女房に命じて姫君の部屋を相応しく仕切らせてから、隆家は娘二人と婿との会合を行った。

「かかる次第にて、今宵改元の勅を請い奉るべく、陣定あり」

「しかして、父上は参内なさらじや」

姫君がそう尋ねたのは、隆家が衣冠姿でなく、烏帽子に狩衣《かりぎぬ》という極めて寛《くつろ》いだ部屋着姿だったからだろう。

「せんわ、何が楽しゅうて悲しゅうて参内など。実資殿とて同じやろ」

――内儀の外は甚だ益無きなり。

さすがに昨日の今日では隣人の言葉を覚えていた。式部大輔広業の出席停止措置まで繰り出してきたからには、もう結論は決まっていて、形ばかり議決する必要があるだけだ。顔だけ出しても意味がない。

「諾《うべ》なり。そも陣の外にありたまう式部卿宮がみきょ――令旨を下したまえるがこそ入道殿はかくまでに畏れたまえるに、父上が陣座へ参入しては化けの皮も剥がれん」

御教書と言いかけて、几帳越しの姫君の視線をどうやってか感じ取り言い直した若君は勘の良い娘だった。隆家は口を尖らす。

「なァにが、化けの皮や。喧嘩は先方の土俵に上がらば勝てじ、彼方様を此方の舞台に上がらさねばな。清涼殿も陣座も、叔父上が強《したた》かに押さえたれば、内裏に参りても何ほどのことかは。攻むるならば外からか、下からや」

現在の天子は道長の外孫で、公卿はおおかた彼の息の掛かった者である。二十余人のうち例外を数えたほうが早い。左大臣顕光は才覚からいって道長の敵ではないし、味方にして頼もしい存在でもない。隣人大納言実資は道長の意向にも異を唱えることのできる数少ない人間ではあるし、有り難いことに隆家は可愛がってもらっているが、彼は殊更に道長に敵対しているわけでも隆家に心酔しているわけでもなく、ただ己の道を貫いているだけだ。単純に喧嘩を吹っ掛けているだけ、理由はただそうしたいからという酔狂にはさすがに乗ってくれないだろう。敦儀親王の叔父参議通任はこちらに付く様子を見せつつもまだ思いきれない様子だし、実資の養嗣子参議資平は養父より長い物に巻かれる気質が強い。

体制側は明らかに、道長の叔父なのだ。相手の掌の上で暴れ回ったって何にもならない。外から枠組みそのものをぶち壊すか、下から突き上げるか、どちらかでなくては勝つどころか先方に危機感を抱かせるにも足りない。

誰に資力や兵力や名誉を与えるわけでもない、たかが改元に強い反発が返ってきたのは、まさに太政官の下の式部省から、陣座の外にある敦儀親王から、令旨に等しい提案がなされたからだった。せっかく大いに警戒してくれたのに、隆家が自ら出向いてその肩を持てば、単純に言い負かされて脅威が雲散霧消するのが目に見えている。ちょうど一年前の正月に恩賞の沙汰をあっさり否決されたように。隆家は元来口が達者なほうではないのだ。

「さらば、陣座には中納言正身《そうじみ》ならで紙を遣らん。令旨ならでも、式部省の長官《かみ》の申し出を蔑ろにし得べきものかは」

敦儀親王は既に、必ず昨日の令旨を勘文《かんもん》として陣定に提出するよう式部大輔広業に命じたという。勘文は公卿の諮問に応じて提出される専門家の回答書で、閣議の参考資料として使用される。広業自身の陣定における発言権と議決権が封じられたのならなおのこと、書類だけでも公の場に出して記録に残しておかなくては、せっかくの攻撃も黙殺されて終《しま》いだ。そうはさせるか、ということらしい。

「いと隈《くま》なき御心の性にて」

隆家が笑ってその抜け目なさに讃辞を贈ると、「父上に褒めらるるとは恐悦至極」と姫君から返ってきた。それで娘の悪知恵だと知る。どうして内裏に行ったこともない娘が、若い頃からあの場所に入り浸っていた自分より知恵が回るのか——というより、恋の力やなこれは、と考える。病弱だったために深窓育ちの姫君は、第一席の親王たる敦儀親王の威光を無邪気に信じているのだ。皇統は藤原に牛耳られて久しいが、その藤原摂関家にはど近いところにいながら、姫君の中には皇室の威信が根付いている。おそらくそれも敦儀親王が陥落した理由のひとつだろう。貴き血筋の皇子とはいえ道長と縁遠いために日陰の身に追いやられて、誰も彼も建前だけ頭を下げても心から畏れはしない。そんなところにきらきらと輝く瞳で純粋な憧れと尊敬をもって見上げられたら、まず絆されて落ちる。恋心も含め父には到底持ち得ない物なので、隆家の後見のみならず姫君自身が敦儀親王にとって手放し難い存在になっているのなら何よりである。

「――さても父上、陣定に参らざらば、次の手は何となさる？　入道殿がかほどに攻めに転じたまいたれば、ただ待つのみにはあらじや」

若君は冷静だった。その通りである。殴り返されたらさらに拳を繰り出さなくては喧嘩とは言えない。

「内裏の外にて婚礼を。若、兼経を三日通わせよ」

やっと自分が呼ばれた理由を理解した若君は、なかなか面白い顔になった。まず目と口を開き、一瞬後に表情を引き締め、それでも端々が緩むのを抑えられない。

「……兼経の中将殿は、重服《じゅうぶく》の人なれど」

重服とは喪服のことである。故大納言道綱の喪は未だ明けていない。隆家は呆れて目を細めた。

「なァーにが、重服や。道綱の叔父上が死にかかっとる時にも逢うておきながら良う申すわ。喪が明けなば生憎《あやにく》き目を見することにならんのや、とっとと呼べ」

次女が、常識人のような顔をしておきながら、結局は父の血を分けた娘であることを隆家はよく知っていた。若君は扇で顔を隠し、こくりと頷く。どうせその扇の裏は満面の笑みなのだろうな、と思って隆家は目を逸らした。

その夜に改元があり、新元号は治安《じあん》と定められた。式部卿宮敦儀親王の提案したものではなく、村上御記由来ですらなく、海を挟んだ外国《とつくに》の遥か昔の書物から取られた。『漢書』とは。大陸からの侵攻に晒されしより露の間の二年の後の元号には、あまりに拗《ねじ》けがましき選びよう」

「若！　婚礼装束には姫の秘蔵の染め使ってええから！　重服の婿殿の沓《くつ》は父上の寝間着に縫いつけとき！」

非常に寝心地が悪そうなのでやめてもらって良いだろうか。姉夫婦に焚き付けられた若君は非常に熱心に兼経を掻き口説き、限られた日数の中で見事な婚礼衣装を縫い上げた。

「何も新しゅう仕立てずとも、姫の装束を使わば」

「父上、一世一代の晴れ着に古着など、若が愛《かな》しゅうないんか！」

「この身は姉上より伸びやかなれば、姉上の御装束にては見苦しからん」

「……要するに、そなた姉より太っ」

言い終わる前に鋏《はさみ》が飛んできた。最近の若君はとみに姫君に似てきた気がする。

若君は迅速だった。姫君の所顕しが二月一日、翌二日の夜には改元があって、それから中二日しか空けずに兼経の三日夜通いが始まった。

道長と頼通は連名で『故大納言道綱卿の喪中につき』と咎めるような手紙を送ってきたが、隆家は笑って破いた。若君のほうが正しい。亡くなった道綱の叔父のためを思えば、遺された息子が幸せな結婚をすることが何よりの供養になるはずだ。

「良きかなと言いたるは叔父上なり、と伝えおけ」

破いた紙をそのまま使者に持たせて追い返し、隆家は再び豪勢な宴を催した。つい数日前に同じように舞を披露した息子達は、慣れたのか別の理由か、少し寛いだ様子だった。特に長男は肩の力を抜いていた。

——母が違うとわからんもんかな。怒らすと姫より厄介やぞ、若は。

とはいえ既に他家に婿取られた息子のことなど知らない。頃合いを見て、隆家は右近少将良頼を呼びつけた。

「良頼、わぬしの舅に会いに行く。良きに計らえ」

道長との喧嘩は、まだまだこれからが長かった。

廿六　けうやう【孝養】

六年前には、経房が隆家を見送った。

「筑紫はええ所やそ、経房殿。牡蠣も蛸も美味い」

苦笑が返ってくる。結局大宰府へ下ることなく一年足らずで権大納言に昇進し大宰権帥の職を退いた藤原行成の後任には、旧知の友源経房が任じられた。新たに帥納言と呼ばれるようになった彼は、春の内には旅立つという。

「出立の日には内裏にて餞《はなむけ》もあらんに、わざと我が邸を訪《おとな》いたまうとは」

「御前に参らばまた叔父上が煩《うるさ》からん、嫌や嫌や」

経房はますます苦笑を深くする。「相変わらずの性無さよ」とどう考えても悪口にしか聞こえないことを言われたが、昔はそれを気にしないくらいの親しい相手ではあったのだ。今でも隆家のほうでは別段抱く感情が変わってはいない。経房にも、道長の叔父にもだ。

——単刀直入に行くか。

まだるっこしい物言いは隆家の最も不得手とするところである。和泉国の雪などときつい嫌味を言える娘達の口は誰に似たのか心底不思議なくらいだった。

「経房殿。我に何ぞ頼み事あらん。言うてみよ、聞き入れんに」

経房は一気に笑みを消して、緊張した面持ちで居住まいを正した。一時監禁したのがそれほど怖かったかな、と隆家は考える。帰京してからこちら、彼はどうも腫れ物に触るように隆家に接する。

「隆家殿。否、中納言殿。願わくは、まろが都に残す娘が侘びしき思いをすることのなきよう御助力を。今となりては良頼殿の御父の中納言殿に縋り申すより外はなし。故式部卿宮を世に留め参らすことの叶わざりしまろがかく願うはいとど面無く心浅ましかれど、何卒――何卒」

――あ。それか。

敦康親王を託されていながら彼が隆家の大宰府赴任中に薨去してしまったことを、経房はずっと気に病んでいたのだとやっと思い至った。基本的に人の心の機微に疎い隆家は、別に何とも思ってはいなかったのだが。経房が故意に敦康親王を死なせたわけではないなら、もう仕方のないことだ。そんな大それたことが出来る男ではないし、第一彼には利がない。

「心得たり、何も案じたまうことなく筑紫へ往かれよ。良頼、舅殿の目が離れても嫁御前を疎かに扱うなよ」

右近少将良頼と結婚した娘を大宰府に連れて行けるはずもなく、かといって人の世話がなくては生きていけない身分の姫であるので、経房としては婿に託すしかない。しかし別居の妻問婚では夫婦間の絆は不安定で、若い男は後見の舅が遠ざかれば薄情にも夜離ることが多い。若い婿の移ろいやすい心ひとつに頼るのではなく、その実家を巻き込み家族ぐるみで囲い込んでやっと安心できようというものだ。隆家もそれを承知していたから経房がそのうち頭を下げて頼んでくるだろうと思っていたのに、大宰権帥任官から四ヶ月経って出立日を目前にしても何の音沙汰もないものだから、業を煮やして乗り込んできた。

二つ返事で頷いた隆家に経房は呆気に取られ、それから気が抜けたように微苦笑する。

「……隆家殿は存外、心ばせ人におわすな。身内と思う者には殊に」

「存外とは、海淵の如くに深き慈悲の心を持つ隆家を捕らえて何たる仰せられ様」

「淵て、父上。浅瀬やろ」

軽口を混ぜ返してきた長男に鉄拳を食らわすと「否、瀬ほども慈悲などないわ！」と涙目で吠えられた。経房は笑いながら、どこか物悲しげな表情を浮かべる。

「しかり、婿殿。御身の父君は水無瀬《みなせ》の心ばせ人や。慈悲深さの真逆にあるように見えて、水の絶えたる瀬と見えて、下には豊かに。――その前帥殿が、何故入道殿には返す返すも無体をなさるや」

娘どもといい経房といい、都の貴族というのはどうしてこう言葉を飾るのが好きなのかと思うが、褒められると悪い気はしない。地上の水は枯れても地下には豊かに流れる水無瀬川のように、隆家は外見や評判に反して案外身内には面倒見が良いと――よく考えると別にそこまで褒められていなかった。さておき経房は、隆家は身内には情が深いと見込んだようだった。それなのに、単に嫁の父たる経房には気遣いを見せておきながら血縁の道長と丁々発止の諍いを繰り広げていることに疑問を呈され、隆家はしばし考え込む。

――さて、何と答えたるもんかな。

見込み違いだと言えば嫁を見捨てる宣言のようにもなるし、何より経房は適当な言では誤魔化されてはくれまい。魑魅魍魎跋扈する貴族社会において、微妙な関係にあった道長と隆家の両方と近しく付き合うのは、常人の為せる業ではない。大方の貴族は時の最高権力者に諂《へつら》って隆家をさがな者と呼んで排斥し、あるいは数少ない道長の敵対者は隆家を矢面に立たせるのが狙いですり寄ってきた。そんな中にあって経房は、隆家が全く気にしていない事を気に病むくらいには人の心の機微に敏感で、その甲斐あってか人間関係の綱渡りを器用にこなしていた。それだけ人の顔色を窺うのに長けた彼に、小手先の嘘は通じない。そもそも隆家は嘘が得意ではない。

「……身内と言うてもなぁ。両手の指にても足りぬ数の子を持つ男に、甥が何ほどのものかは」

大体甥というなら、敦儀親王の父帝三条院も、隆家の亡き嫡兄伊周も、道長の血を分けた甥であった。両者とも、道長と対立しその地位を追い落とされた。叔姪婚《しゅくてっこん》も当たり前の皇室と藤原摂関家の間では、叔父と甥など他人もいいところだ。

「さりとても、さればこそ、入道殿は前帥殿を格別に思し召すこと明らけく、その逆もまた然《しか》りというに、今は何故かように頑是なくあらるるか」

隆家は苦笑を押し殺す。経房の言う通りではある。皇嗣を求められる天皇家と、多産によって栄えた藤原氏の間では、叔父と甥の血縁など水よりも薄い。だからこそ、道長と隆家の間の親交は、親戚付き合いで括りきれないものがあった。隆家は自分にない才を持つ道長の叔父を尊敬していた。彼の才が発揮されるのは大概隆家の周辺に牙を剥く時だったので素直に慕うことはできなかったが、傑出した大器だとは今でも思っている。おそらくは父よりも兄よりも――。そしてまた、道長の叔父が伊周とは激しく対立したことを思えば、近しい生まれゆえではなく隆家自身が特別に彼に好かれていることも悟らずにはいられない。傍目にも明らかという経房の言は誇張が過ぎるだろうが、彼と同じくらいに人の心の機微に聡い人間なら感じ取るかもしれない。

そしてそれが冷静沈着で頭の回る次女以外だと、少々困るのだった。

感情を押さえ込むように笑顔を作る。たぶん今、自分は悪い顔をしているだろう。

「親しく思えども、互いに一の人ならざれば。入道殿は甥のうち隆家を格別に思せど、大納言へは上げとうないのやろ。良き叔父たれ主たれとは、我は一度も思わざりけり。ただ良き敵たれとこそが、我が家の望みなれ」

「……勝つこと能わずとも、争いこそを求めたるか」

隆家殿らしい、と悲しげに言われた。その通りである。喧嘩がしたいのだ。経房が大宰府に向かうのはつくづく幸運だった。道長の叔父にも他の都人にも、経房の鋭い推察が耳に入る前に物理的に離れてもらわなくては。そのためなら都に残される嫁の世話くらい引き受けてやる。別に情け深いからではない。

「隆家殿にはそれも良かれども、入道殿は悲しがりたまうに」

それはそうだろう。昔から、道長の叔父はおおらかで陽気で気前よく、人心掌握に長けていた。人の心を読み気を遣い人間関係に惜しげもなく投資することができる人間は、その裏返しとして感情が湿っぽく、いざ思い通りにいかなかった時は往々にして涙ながらにねちっこい恨み言を口にする。

だが、それは隆家の知ったことではない。暗渠の流れに喩えられた情は表には出ないし、注ぐ先も道長の叔父ではない。彼の我田引水も、隆家にだけは通用しない。

「隆家もいとど悲し、筑紫より帰り来て懐かしき顔にも再び会うるに、此度は経房殿が遠き地に下りたまうとは。別れ路はいつも嘆きの絶えせぬに」

それ以上は、経房は何も言わなかった。隆家が現地でのかつての部下に宛てた書状の束を差し出すと恭しく受け取り、再度娘の世話を頼んで深く頭を下げてきた。隆家もまた一昨年筑紫でこさえた庶子の面倒を経房に頼み込んで頭を下げ、畳の目を数えながらほくそ笑む。

――今にして思わば、行成が下向せぬまま権大納言に昇りたるは僥倖。

隆家と大納言昇進を争う形になった彼が、一年足らずの任期の間一度も下向せずに大宰権帥を退いたがために、後任の経房は筑紫に赴かざるを得なくなった。世間はまた好き勝手言うだろう。隆家が反旗を翻したことによって、親しく付き合っていた経房を引き離そうとの意図で道長が下向を命じたのだとも、あるいは姫君と敦儀親王の結婚を阻止できなかったがゆえに怒りを買い左遷されたのだとも。不吉な雉の卦と同じく、隆家はそう噂を流す。人の風評などそれはそれは無責任なものだ。

道綱の叔父亡き後、道長の叔父の湿っぽい心を理解し、なおかつ寄り添うことのできる者は経房をおいて他にいない。その彼を追いやれるなら、一人の友と遠く隔たることも権大納言に昇進できなかったことも隆家には何ともなかった。つくづく自分は悪運が強い。誰も隆家の思惑など知らず、長女の婿と次女以外は薄々感じ取ることすらできていないというのに、割と都合の良いように物事が進んでいく。

「経房殿。方々との餞の宴の際には、叔父上に伝言を。御身の長久を隆家は願っており申すと」

複雑な顔をしながら、経房ははっきりと「否」と言った。隆家は怪訝に思う。

「経房殿？」

「直に申したまえ、隆家殿」

ガタン、と音がして奥の障子が開いた。道長の叔父がそこに座していた。

――何と何と。

経房は随分お節介な男らしい。苦虫を噛み潰したような道長に、隆家は咄嗟に笑顔を作ってみせた。

「これはこれは叔父上。盗み聞きとはいとどおかしき行いを」

「……恣《ほしいまま》に、敵に仕立て上げられてはかなわじ」

隆家、と道長は叔父の顔で語りかける。苦言ではあったが、その苦味を生むのは親愛の情だった。

「世に二つとなき大戦《おおいくさ》を刀伊と繰り広げておきながら、何故なおも争いを望むか。人の子の親となりたる身で、何故手を取り合うことを選べぬか」

――人の子の親となりたるからこそや。

その内心を、道長にも経房にも、何なら己の長男にも悟られるわけにはいかなかった。隆家は鼻を鳴らす。

「融和の何が面白いんや。気ィ張って気を揉んで、行き着く先が御仏に縋りてなお安寧の遠かりて。己が有様を見そなわせ、叔父上。この甥をいささかなりとも気に掛けたまわば、まことかかる生を隆家にもと望みたもうや？」

史上最も輝かしいところまで昇りつめたはずの道長は、幸せに満ち溢れているようには見えない。人の業は深かった。得意満面に、もう何も思い残すことはないとばかりに幸福に浸ることも出来ないなら、彼は何のために出世したのか。隆家は自身の幸福がどこにあるか理解しており、それは叔父の望むところとは遠く離れていた。

「…………我は、そなたと争《かた》いとうはない。親類とも朋友とも、好誼《よしみ》を結びたくこそあらめ、それが何故かくも難きか」

――叔父上の不幸は、悲痛の根が己の深き貪欲《とんよく》なりと未だ知らぬところやな。

苦渋の滲む声を平然と右から左へ聞き流しながら、隆家は冷淡に考える。摂政太政大臣まで出世し、天皇の外祖父となり、我が娘が三后の位を占め、嫡男は関白に立った。それ以上の何を望むべくもなかろうに、この上に血縁との親交に恋々とするから要らぬ涙を流す。栄華を極めこれまで失う物が少なかったからこそ、腕《かいな》の中に抱いた物が零れ落ちるのを恐れる。余人はとうに多くを失い諦めを知り、だからこそ穏やかに過ごすことができるというのに。出家、受戒、数多の寺院の建立——道長の叔父の救われたいと願う心は傍目にも明らかで、だが己の内に巣食う元凶にはいささかも気づいていないあたりが滑稽だった。そしてそれを教えてやるほど隆家は優しくはない。むしろ大いに欲の皮を突っ張らせ、悲しみながらも怒りに燃え上がってこちらを潰しにかかってきてくれなくては困るのだ。

「嘘や、叔父上。これはすべて叔父上が望まれたることぞ。御身の栄華を惜しみたもうは、我との争いを厭う心よりもいとど強からん。まこと隆家の芳心を欲したまわば、寛和の頃に花山院へなさりたる如くに、主上を仏門に入らせたまえ。長和の頃に小一条院になさりたる如くに、東宮にその位を退かせたまえ。しかして式部卿宮の登極ありて我が娘の立后叶わば、叔父上をこそ有徳の人と遇し、我はその恩義を生涯忘れず、心より叔父上に仕えん」

万一、実際にそうなったら困ることにはなるかもしれないが、その時はその時で別の手を打つ。だが、道長の叔父がその道を選ばないことはわかりきっていた。赤黒く変色する顔を見れば明らかだ。幼稚ですらある単純な挑発だったが、それだけに効いたようだった。隆家は良頼を促し、自らも立ち上がる。

「何の値も払わずに歓心を贖《あがな》わるるほど、我は安からじ」

「——隆家、そなたこそ嘘を！」

道長の叫びに隆家は振り返る。

「荒唐無稽なる戯言を申しおって。まことにかかる立身出世を望まば、この叔父に礼を尽くして大納言なり大臣なり望まば良きものを、かかる行いにはつゆ出でずして何が立后ぞ。詭弁は飽きたり、何が望みや」

――割と鋭いな。

さすがは四十余年の付き合いの叔父だった。だが、隆家が真に望んでいることがわからないなら、そのままでいてもらおう。胸の内を明かすほど親切にはなれない。

「我は貰《もら》うのは嫌《きら》わしく、奪い取るこそ好《この》め。曲げて施しを受くるならば、その持てるすべてならでは甲斐もなし。――隆家は高う付きますぞ、叔父上」

何かを手に入れるには代償が必要だ。甥との親交は、道長が思うほどささやかな望みではない。少なくとも隆家は、叔父への尊敬の念も親愛の情も、惜しみながらもそれよりもっと大切なもののために手放した。道長も結局は、隆家を大納言に昇進させることもなく、自分の家の繁栄を選ぶのだろう。ならば思い悩むだけ損だというのに、何を未練がましく経房に手引きさせてまで会いたがるのか、隆家には理解できなかった。

「願わくば御身末永く息災なれかし、叔父上。――良頼、行くぞ」

引き留める声を、隆家は完全に無視した。

帰り道を牛車に揺られていると、不穏な気配が追いかけてきた。いくらも経たず囲まれる。

「父上」

緊張した声の良頼に騒ぐなと身振りで指示し、随従を車の傍に寄らせた。

「幾人か」

「五、六人。すべて徒歩《かち》。牛馬や車は見えず」

それならば道長の叔父自身は追いかけてきていない。隆家は軽く命じた。

「蹴散らせ。それから、手頃な石を二つばかり拾うて来よ」

隆家は眼帯を外して二つに裂き、両手に巻いた。命令通り道端の小石が二つほど差し入れられると、それを手に握り込みつつ長男を車から蹴り出す。

「良頼！　殺してもええが、父にも残しておけよ！」

「父上一人にてなさるればええのや！」

右近少将良頼は名ばかり武官ではなかったようで、軽く受け身を取って立ち上がり襲撃者に向き直った。臆した様子もなく声を張り上げる。

「命が惜しくば退け！　――忠告はしたるぞ、恨むなよ。父に否やは申せでな」

な、の音と同時くらいに隆家は車から躍り出た。

「前帥殿……！」

何やら隆家に物言いたげだった追跡者の一人を思い切り殴り飛ばす。顔面に直撃したので鼻の骨が折れる感触と共に血が飛んだ。後ろから大いに呆れたような長男の声がする。

「残しておけも何も。訳を聞かでよろしいんか」

「聞いて何とす。叔父上が何と仰せられんと、知りとうはないわ」

隆家は道長に引き留めて欲しいのではない。望むのは敵意と攻撃だ。さがな者と名高い隆家の一行を襲うには頼りない数の追跡者達は、説得以上の意図を有してはいまい。それはわかっているが、彼らの口から直にそう聞いてしまえば擦《なす》り付けることもできなくなるので聞きたくなかった。隆家には積極的に危害を加えようとする追っ手こそが望ましかった。現実がそうでないなら、襲撃者に仕立て上げるまでだ。

貴族社会において大事なのは建前だけ、物を言うのは真実ではなく表向きの符号と符合だ。疫病の流行が隆家のせいだと言われたように。たかが雉が飛び込み舞い降りただけのことが不安を呼んだように、お飾りであるはずの親王から発せられた改元提案が宣戦布告となったように、経房の大宰権帥任官が左遷の何のと邪推されるように。今の状況で隆家が追跡を受け乱闘に発展したならば、世間はまず道長の息の掛かった者による襲撃を疑う。それで十分で、それこそが狙いだった。鴨が葱を背負って来たのならば、鍋に放り込んで骨までしゃぶってやらねばなるまい。

「それにこの者ども、目が二つ鼻が一つ口が一つあるあたりが、叔父上や頼通にそっくりや。思わず拳がな」

「思わず石を握り込みたまうか」

「者ども！　好きにせよ、後は何とでもしてくれん」

長男の突っ込みを無視して随従らを煽ると途端に色めき立った。

「おお、言わるれば腕が二本あるあたりが殿によう似て」

「二本足にて立つところもなかなか」

「殿も十年も経《へ》ばかく禿げたまうかな」

「――わぬしら後で覚えとけよ！　禿げんわ！」

軽口を叩きながら日頃の鬱憤を晴らす郎党の暴れぶりは、反撃も過剰防衛も通り越して積極加害の域だった。「いとど慕われたるようにて、父上。郎党は主に似るんやな」と言いつつ敵方の誰かの襟首を引っ掴んでわざと牛の足元に放り投げる長男のがよほどえげつないと思うが、両手拳に石を握り込むのもまあまあ卑怯な手ではあるので何も言わないでおいた。

　いくらも経たず、追跡者達は這々の体で退散していった。隆家は無傷で、布を巻いた拳には擦り傷ひとつなかった。

――悪いな、姫。されど人生、このほうが楽しいやろ。なあ？　隆家は笑う。久々に爽快な気分だった。

血と何かの汁に塗《まみ》れた紫染めの唐草綾織を手から外しつつ、隆家は笑う。久々に爽快な気分だった。


家に戻ると時間差で娘達に出くわした。最初は姫君だった。

「また浮気心を起こしたるにやあらん」

その疑いはおそらく乱れた着衣のためだろう。無傷だが、多少服が着崩れ髪が解《ほつ》れるくらいは避けられなかった。

「よもあらず」

眼帯だった物を後ろ手に隠しながら返すと、姫君は「ふぅん」と曖昧な反応を返すだけでそれ以上は追及してこなかった。嘘の下手な父親が誤魔化しているようではないと判断したのか、あるいは「姫」と屏風の向こうから声を掛ける夫に夢中なのか。ぱっと表情が華やいで姫君は敦儀親王の元へ一目散に駆け込んだ。一瞬だけの笑顔に隆家はしばし身動きさえ取れなかった。

――まことに、美しゅうなりたるわ。

元から顔立ちは整っていた長女だったが、最近は日毎美しさを増している。隆家の亡き姉一条院皇后定子よりも、美貌で聞こえた三条帝皇后娍子の若い頃よりも、その容貌と才能で低い身分ながら高貴の公達を次から次へと虜にした和泉式部よりも、誰よりも美しい。本朝一の美人は間違いなく我が娘だ、と考えつつこっそりと手水場《ちょうず》に向かい、人目を忍んで眼帯だった物を自ら洗っていると、後ろから若君の呆れた声がした。

「一家の主が洗い物とは」

「これればかりは如何《いかん》ともし難くてな」

力任せに擦りつけてもまったく色褪せない濃紫の染めは見事だ。血の色は落ちたと思うが見えにくく、加減がわからずに洗うのをやめられない。

「真《まこと》のことを姉上にも宣《のたま》わばよろしきものを」

「血など見せてか？　あれの心を惑わしてはかなわず」

「我ならばええと？」

「そなたにも進んで言いはせざるに。姫はな、怒ったらばええのや。泣くも案ずるも似合わじ似合わじ。そなたにも叶わば見せとうはなかれども、めでたきかな、見たるとて潰《つぶ》るるような肝も心の臓も持ち合わせとらんやろ」

若君は平静で、気を悪くした様子もなければ機嫌を良くした風でもない。ただ水に手を突っ込んで濃紫の布切れを引っ張り出した。

「後は、一度良う日に当てて見てみん。このままにては早晩擦り切らるわ」

軽く絞って広げ、そのまま持ち去ってしまう。隆家はフッと笑みを零した。

こうして人生が続いていけばいい。立ちはだかる強大な叔父と、親交を結ぶより敵対して丁々発止の関係で、たまに荒事を楽しんで。そして家の中は恙無く回る。それで十分だった。

濡れた手を振って水を飛ばしながら、ここにはいない叔父に語りかける。

「――叔父上。健《すく》やかに御身長久たれ、せめて頼通が良き敵に育つまでは」

道長の健勝を誰よりも願っているのが隆家だとは、きっと誰も知らない。それでいい、理解者など求めていない。求めているのはたったひとつだ。ささやかなようでいて大それた望みを知るのは、若君と敦儀親王だけでも多すぎる。

石を握って人を殴った手を、隆家は月に伸ばした。

廿七　るてん【流転】

思い通りの人生は四年間は続いた。隆家の人生で最も幸せな時期だった。父も兄も姉も健在で輝かしい栄光に溢れていた青春の時よりも、四十代半ばの数年ははるかに幸福だった。

その間に堀河左大臣顕光がついに天寿を全うし、太政官の全員に一階級昇進の目が出たが、隆家はやはり中納言に留められ、道長の妾腹の息子達の後塵をも拝することになった。則闕の官であるため空位であった太政大臣にそれまで右大臣だった藤原公季《きんすえ》が昇り、左大臣には関白頼通が、右大臣には隆家の隣人藤原実資が就いた。ここまでは順繰りの昇進だったが、内大臣を拝命したのは権大納言の末席だった藤原教通で、上役三人を飛び越えた形になった。さらに隆家を追い越して権大納言に昇進したのは藤原頼宗と能信の兄弟で、いずれも道長の息子達であり、強引な我が子の引き立てを世間は批難した。姫君も怒ったが隆家は笑った。若君は、「入道殿も、既に引き返せぬ所におわしましたるにや」と賢しらなことを言っていた。

結構、やるだけやってもらおう。必死になって叩き潰しにきてくれなくては困る。

隆家は態度を変えず、陰に陽に叔父と喧嘩を繰り広げた。

その傍《かたわ》ら、隆家の周囲ではめでたいことが続いた。結婚から二年後に、若君は兼経の跡取り息子を産んでみせた。丸々と太って健康的な赤ん坊で、皆が一様に喜んだ。家の外では良頼も経房の娘との間に嫡男を儲けた。それに触発されたのか、翌年には姫君も懐妊した。身体の弱い長女の妊娠は望外の喜びで、周囲の心配をよそに月が満ちると姫君は可愛らしい女の子を産んだ。孫娘はやたらと泣き声が大きく、よく眠りたらふく乳を飲む子供だった。乳母は一人では足りなかったので乳の出の良い女を数人雇い入れた。

「胸が痛いわぁ」

姫君自身も乳が張るらしく、娘を産んでからしばしば胸を押さえるようになった。敦儀親王は娘を目に入れても痛くないほど可愛がり、隆家はその内心を慮って大きく頷いた。わかる、わかる、第一子は特別だ。それが女の子なら男親にとっては殊更に可愛い。目頭が思わず熱くなる。病弱だった長女が、よくぞここまで――

潮目が変わったのは、孫娘の誕生の翌年だった。年が明けても胸を押さえていた姫君は、万寿《まんじゅ》二年の正月が過ぎると俄《にわか》に血を吐いた。

「姫！」

――原子。嘘や！

二十年以上前の妹の死が脳裏に蘇り、隆家は半狂乱になった。胸を患った姫君は、あっという間に危篤状態に陥った。その頃には太政官に見切りをつけ中納言を辞職して大蔵卿に転身していた隆家はあらゆる手を尽くし、らしくもなく神仏にも縋って姫君の快復を願った。

「うるっ、さいわ、ぴぃぴぃと……まことに、我を案ぜば、熊野の牛王符《ぎゅうおうふ》の一枚や二枚、取って来よ……！」

口だけは達者な長女が病床からそう言うので熊野参詣もした。熊野権現は霊験あらたかで、特に牛王符と呼ばれる熊野特有の護符は病人の床に敷くとたちどころに快癒すると評判だったので、財に物を言わせて買い占めた。

おかげでどうにか姫君は命を繋ぎ、隆家は胸を撫で下ろしたが、同じ年に道長は娘を二人亡くす。まず、敦儀親王の兄小一条院の後妻に入った高松殿女御寛子が亡くなった。小一条院と寛子の結婚は、小一条院の東宮辞退及び最初の妻である堀河女御藤原延子の悲痛の死と切り離して語られたことはなく、それゆえに寛子の死は延子及びその父の故左大臣顕光の祟りだと囁かれた。つくづく無責任な人の噂が消える前に、末娘の尚侍《かん》の君嬉子も十九歳にして世を去った。実姉の中宮威子が一人の皇子女も産みまいらせぬうちに東宮の御子を懐妊し、甥との間に一族待望の王子を産んでみせたが、産後わずか二日で赤疱瘡《あかもがさ》により旅立った。道長の嘆きようは凄まじく、陰陽師に反魂の術を試みることまでさせた。職権乱用も甚だしいと世間は批判したが、熊野に詣でた隆家は何も言えなかった。

そのさらに二年後の万寿四年には、どういうわけか妙に隆家に好意的だった皇太后妍子も崩御する。娘三人の相次いで先立たれたのがよほど堪えたらしく、道長自身も皇太后と同じ年の暮れに後を追うように薨去した。隆家が大宰府より帰洛してから八年が過ぎていた。

そして今、隆家も野辺の送りにその身を連ねている。

——長生きしたまえと、あれほど頼み申したるに、何故逝かれたるか叔父上！

道長の叔父が世を去ると、姫君は急激に弱ってしまった。病んだ胸は完全な快復を見ることはなく、どうにか堪えたのも束の間、暮れに薨去した道長を追うように年明けて万寿五年の春には寝付き夏には生ける屍となり、秋の半ばに儚くなった。

敵を前に、激情に突き動かされてしか生きられない娘だった。死霊に魅入られた姫君は絶えず死の淵に引きずり込まれようとしており、ただ怒りの力でもって生に齧りついた。姫君が生きるには敵が必要だったのだ。勝つ必要はない。むしろ勝ってしまえば姫君は生きる原動力を失う。強大な、撃ち破ることのできない敵役を、隆家はこの世の最高権力者に託した。初めこそ自分で憎まれ役を買っていたが、所詮は父への甘えに過ぎない怒りなど、姫君を生に執着させるにはとても足りなかった。子供の頃ならいざ知らず、長じてなお父の想いに気づかずにいられるほど鈍い娘ではない。たとえ本気で憎まれようとそれが生きる力になるのなら一切構わなかったのに、隆家が大宰府から帰った頃の姫君はもう、父に対する無理筋の怒りでは奮い立つことが出来なくなっていた。

——そがために、叔父上に託したるに。

何故、と幾度も隆家に尋ねた道長の叔父は、本当にわからなかったのだろうか。隆家は、娘を后に立て天皇の外祖父となり人臣の最高位に昇る野望などとうになくしていた。あるいは最初から持っていなかったのかもしれない。摂関家の子弟に生まれ、父は関白に姉は皇后に立つ中で、周囲に影響されて思い込んでいただけではなかったか。その虚飾の野望さえ、姫君が生まれてからは瞬く間に削り取られていった。幼い娘が熱を出し生死の境を彷徨うたびに隆家は神仏に祈った。出世など望まぬから我が娘を助けたまえと。己の名誉も財産も身も心も命も、何を投げ売ってもいいから娘の命だけは救いたいと、親として当然に願った。それは、姫君の結婚の年にはまだ道長にとって未知の感情であったかもしれない。何もかも手にした道長は、我が子を喪うことなど想像の範疇外で、ただ権力が脅かされることを恐れていた。だが三人までも娘を亡くしては嫌でも悟ったろうに。隆家が一体何を望んでいたのか——悪評も失脚も叔父の怒りも恐れぬ隆家が、唯一何に怯えていたか。長女が生まれてからずっと恐怖は身近にあった。それに比べれば他の懸念など不安のうちにも入らなかったし、姫君の命のためなら叔父との親交など投げ捨てても何も惜しくなかった。

――しかるに何故姫を引き連れて逝かれたるか、叔父上！

心中の恨み言は尽きない。隆家は声を上げて泣いた。孫娘が残されようと、子が他に幾人いようと娘がまだ一人いようと、何の慰めにもならなかった。若君は今朝、髪を梳いている最中にふと手を止め、櫛を叩き割った。もうかもじを作る必要はない。壮健な身体に恵まれた次女は、夫との間に儲けた跡取り息子と姉の忘れ形見の姪を抱いて泣いた。五つばかりになっていた隆家の孫娘は何度も何度も母を呼び、何の返事もないことに大粒の涙を零した。孫息子もまた、美しかった伯母の死と、周囲の大人のただならぬ様子に泣き叫んだ。

敦儀親王は葬送に参列しなかった。この日は彼の凶日で、隆家はあえてそれを避けなかった。死の床につく前、姫君は病みさらばえた姿を見せたくないと言い張り、愛する夫を病穢と死穢に触れさせぬように別居を申し出た。敦儀親王が美しい夢と思ってくれるならそのままに去って覚めてほしい、という姫君が最後に張った意地を聞き入れ、彼は家を出た。今際の際には父の娘に戻って、姫君は微笑んで逝った。

「七年、かくも美しきうき世の夢を見ましたり」

敦儀親王はその言葉を最後に隆家とは義絶する。道長によりなすすべもなく皇統から追いやられ、自分の立場を弁えて行儀よく振る舞っていた彼が、礼儀正しさの裏に巧妙に隠し持っていた反骨精神。あるいは一生表に出てくることはなかったかもしれないそれに隆家が火をつけ、姫君が煽り立てた。賢明な敦儀親王は自らに皇位が巡ってくる日が来ると本気で思ってはいなかっただろうし、隆家が真剣に天皇の舅にいずれは外祖父になろうと目論んではいないことも察していた。真実その心積もりであったなら、病弱な長女より子供を産める見込みの高い次女を、恋人と引き裂いてでも娶せる。姫君の身体のことは邸の外の人間には知りようもなかったが、敦儀親王は通い初めてすぐ悟った。すべては姫君に后の夢を見させ道長を敵に回して奮い立たせるための茶番だと知って、それでも乗った。彼は彼なりに思うところがあった。次男の身で皇位を望むのは不遜でも、父は位を追われ兄はそもそも登極が叶わず、この上自分までも唯々諾々と至尊の座を明け渡すことは受け入れ難かったのだろう。我が父帝から兄院から奪った皇位を維持し続けるのも良かろう、ただし決してそれは安穏たる道であってはならない――という敦儀親王の意思を理解していたのが隆家と若君だけというのも皮肉な話だ。大きな望みを叶えるには、常にそれなりの代償が必要だというのは世の真理なのに。

　叶う日が来ることはないと知っていても、姫君と一緒に夢を見る敦儀親王は楽しそうだった。彼が皇統に見た夢は、後見の舅ゆえでなく、姫君あってこそのものだったと知っていたから、死期の近づく姫君の元を去る彼を隆家は引き止めなかった。敦儀親王は他に妻を迎えることもなく姫君の死から一年ほどで出家し、亡き妻の菩提を弔う余生を選んだ。

それから幾年の時が流れても、秋が来るたびに隆家は泣いた。

「――別れ路はいつも嘆きの絶えせぬにいとど悲しき秋の夕暮れ……」

若い頃、任地に下る年上の友に向けて詠んだ歌を、幾度となく口ずさんで繰り返す。いつか経房が大宰府に下る際にも断片を口にした。遠い昔の友は『とどまらむことは心にかなへどもいかにかせまし秋の誘ふを』と歌を返して地の果ての遠国に下向し、それきり帰ってこなかった。経房も赴任先の筑紫で没した。姫君もまた秋に誘われるように旅立ってしまった今、長男の舅である友を羨ましく思う気持ちが芽生えて日に日に大きく育っていった。

そしてまた幾度か季節は巡り、長元《ちょうげん》九年、天皇が在位二十年にして崩御した。瘧を生き延びた彼はしかし、結局一人の皇子もなさぬまま三十路前にして世を去る。奇しくもその享年は姫君と同じだった。登霞を受けて東宮敦良親王が即位し、その治世二年目に隆家は再び大宰権帥に任じられる。還暦を前にしての遠国への赴任の命に、隆家は一も二もなく頷いた。折しも暦は秋であった。長女の死から十年近く経って、やっと秋は隆家を誘った。留まることは、隆家の心にはもはや適わなかった。

そして大宰権帥藤原隆家は再び筑紫に下った。刀伊の入寇から二十年が経過した、長暦《ちょうりゃく》年間のことであった。

了

文芸社文庫

隆家卿のさがな姫

二〇二二年八月十五日　初版第一刷発行

著　者　阿岐有任
発行者　瓜谷綱延
発行所　株式会社　文芸社
〒一六〇－〇〇二二
東京都新宿区新宿一－一〇－一
電話　〇三－五三六九－三〇六〇（代表）
〇三－五三六九－二二九九（販売）
印刷所　図書印刷株式会社
装幀者　三村淳

ISBN978-4-286-23709-1

［文芸社文庫　既刊本］

阿岐有任

籬《まがき》の菊

中納言の君から妊娠したとの手紙が東宮に届く。世は乱れ、東宮御所には怪物・鵺が現れ、「穢れ」が入り込む。錯綜する事態の中、平安貴族たちの葛藤と愛を描いた第1回歴史文芸賞最優秀賞受賞作。

麻野涼

死の臓器

熊本の病院の医師が警察から取り調べを受けた。死期の近いがん患者から腎臓を摘出し、移植手術を行っていた容疑だ。臓器売買をめぐる大病院、製薬会社の陰謀を暴いた医療サスペンスの傑作。

宇賀神修

フェルメール・コネクション

フェルメールの絵に隠された〝鍵言葉〟と、第二次大戦の封印された事実を探る新聞記者の森本は、ロスチャイルド家とナチ残党の暗闘に巻き込まれていく。史実と虚構が織り成す壮大なミステリー。

小田垣邦道

ユリシーズ　「日本ミニバン」誕生物語

1994年、日本初のミニバンが発売された。生活様式が変化しつつあった時代、革新的なアイデアを盛り込んだ車は空前の大ヒットとなる。モノづくり日本の技術者たちのプライドを描く。

［文芸社文庫　既刊本］

黒川甚平
1972年からの来訪
1992年、山荘を管理する永森の呼びかけで大学時代の仲間が集まった。束の間の避暑のはずが……。日本中を震撼させた〝革命〟から20年後、あの時代を知る者たちの総括を描くサスペンス小説。

小島英俊
昭和の漱石先生
実は漱石は終戦の日まで生きていた⁉　敗戦へと向かう日本の流れを止めようと、漱石はどんな手を打ったのか。昭和史の裏で暗躍する姿を描く歴史改編小説。第2回歴史文芸賞最優秀賞受賞作。

白蔵盈太
あの日、松の廊下で
浅野内匠頭が吉良上野介を斬りつけた本当の理由とは？　二人の間に割って入った旗本・梶川与惣兵衛の視点から、松の廊下刃傷事件の真相を軽妙な文体で描く。第3回歴史文芸賞最優秀賞受賞作。

白蔵盈太
討ち入りたくない内蔵助
一生裕福で平穏だったはずの大石内蔵助の人生は、主君が起こした刃傷事件によって暗転する。利害と忖度にまみれた世間に嫌気がさしつつも一人踏ん張る内蔵助の「人間味」を描いた新たな忠臣蔵。

［文芸社文庫　既刊本］

白蔵盈太
画狂老人卍　葛飾北斎の数奇なる日乗

奇人変人、でも天才。偏屈で一般常識など持ち合わせていない江戸の大絵師・葛飾北斎の破天荒な日常と、絵への尋常ならざる探求心とを、師匠に振り回される常識人の弟子の視点から生き生きと描く。

高井忍
新説　東洲斎写楽　浮世絵師の遊戯《ゲーム》

江戸後期に突如現れ、1年足らずの期間に数々の名作を残し、忽然と姿を消した浮世絵師・東洲斎写楽。その正体を巡り、4つの歴史談義が繰り広げられる。歴史謎解きエンターテインメント。

原田実
疫病・災害と超古代史
神話や古史古伝における災禍との闘いから学ぶ

ギリシア神話や聖書、日本の『竹内文書』には古代世界を襲った災厄や疫病が記されているが、それらが刻印されている意味とは何か？　コロナ禍に見舞われた2020年を総括しながら考察する。

三吉眞一郎
死の名はワルキューレ

第二次大戦末期、独空軍中将ガーランドは、極秘に製造を進めていた戦闘機「ワルキューレ」に乗り込む精鋭部隊を結成する。愛する人を守るため、祖国を守るため、軍人たちは誇りを胸に立ち上がる。